印迹

张晓新　慈妍妮　主编

光明日报出版社

图书在版编目（CIP）数据

印迹 / 张晓新，慈妍妮主编 .-- 北京：光明日报
出版社，2018.10
ISBN 978-7-5194-4719-9

Ⅰ.①印… Ⅱ.①张… ②慈… Ⅲ.①散文集—中国
—当代 Ⅳ.① I267

中国版本图书馆 CIP 数据核字（2018）第 237546 号

印迹

YINJI

主　　编：张晓新　慈妍妮

责任编辑：庄　宁　　　　　　　　责任校对：赵鸣鸣
封面设计：中联学林　　　　　　　责任印制：曹　净

出版发行：光明日报出版社
地　　址：北京市西城区永安路 106 号，100050
电　　话：010-67078251（咨询），63131930（邮购）
传　　真：010-67078227，67078255
网　　址：http://book.gmw.cn
E - mail：zhuangning@gmw.cn
法律顾问：北京德恒律师事务所龚柳方律师，电话：010-67019571

印　　刷：三河市华东印刷有限公司
装　　订：三河市华东印刷有限公司
本书如有破损、缺页、装订错误，请与本社联系调换

开　　本：170mm×240mm
字　　数：261 千字　　　　　　　印张：17
版　　次：2019 年 3 月第 1 版　　印次：2019 年 3 月第 1 次印刷
书　　号：ISBN 978-7-5194-4719-9

定　　价：65.00 元

编 委 会

印风雨历程，记酸甜苦辣

北京印刷学院历经60年的发展历程，已经形成了具有自身鲜明特色的办学理念，为国家新闻出版传媒行业输送了大量人才。此次校报四版文章合集以"印迹"为题，紧贴学校的鲜明特色，印风雨历程，记酸甜苦辣，在诗韵书香中带你体会印院的独特风采。

《印迹》是以学校办学60周年，校报发行400期为契机，所发行的特别刊物，总结了2011年以来校报四版中印院师生的优秀文章。印院师生们通过多种多样的形式，或散文，或诗词表达着他们对学校的热爱，对生活的感悟，展现着北印人"腹有诗书气自华"的风采，"观千剑而后识器"的志向，以及"独立东风看牡丹"的情怀。字里行间中流露出的是一种源自生命深处的深情，是一份经历过岁月打磨反而更具光彩的纯粹。

北京印刷学院校报始终坚持以书面的形式呈现给读者丰富的资讯内容，我们相信富有质感的纸张能够搭建起人与人之间沟通的桥梁，当手指摩挲纸面的时候两个不同时空的人便完成了一次心灵上的对话。这些年来，我们始终如初地认真对待每一份报纸，精选每一篇文章，不仅仅因为它是学校发展的见证者和记录者，更因为它所承载的一份情感，一份只有通过这传统

1

的媒介形式才能准确表达出来的情感。

在这里，每一篇文章都是有温度的，它们记录了北印青年学子天马行空的奇思妙想，有的感叹一人求学在外的思乡情切，有的抒写游走祖国大好河山的美丽心情，有的倾诉深夜落泪的辛酸苦楚，有的承载了新一代青年人壮志凌云的雄伟抱负。一句句一行行构成无法与人言语唯有在纸上展开的少年情怀，展现北印人所坚守的信仰与品格。它们是在这艰辛而又充满乐趣的生命之旅中所迸发出的精彩，而这份精彩我们希望能与读者一同体会。

在这个现代科技快速发展的时代，在这个电子传媒蜂拥而至，传统媒体受到冷落的时代，每一位校报编辑工作者都对这本刊物的发行倾注了心血，全心投入，希望通过《印迹》更加真实地传达出我们的感受来让大家记住这些学校经典，记住在北印校园中重要的时刻，重要的想法，重要的人。

印生活点滴，记北印学子文采飞扬，笔耕不辍的青春时光。

印开拓创新，记北印学子巧捷万端，遨游学海的不拘一格。

印砥砺进取，记北印学子守正出新，笃志敏行的使命担当。

北京印刷学院校报编辑部

2018年7月

目　录
CONTENTS

学海泛槎

思绪飞扬

品味人生

故土亲情

诗词悠扬

歌者追梦

北印光年

学海泛槎

娱乐至死？！

用了大一暑假中的三天时间，通读了尼尔·波兹曼的《娱乐至死》。相比于乔治·奥威尔的《1984》和《动物农庄》，这真的是一本很能激发阅读快感的书，阅读过程中，似乎总能冒出一些话来，令人不吐不快。

媒介即隐

梦枕貘在《阴阳师》里曾经写过，名字是世界上最短的咒。这是一个隐喻。自从有了语言，并将语言作用于万事万物，人类感知世界，思考世界的方式都发生了变化。那么，自从语言由口头音节变为可供书写的文字，人类的思考方式和思想结构也无疑是一个巨大的飞跃。

无论你相信与否，我们无法恰如其分地描述这个世界。这并不是在宣扬什么不可知论，人类的确在一步步探求、接近并力求用语言还原着真理，然而，相对于流动着的、无穷无尽的、具象而纷繁的客观真实，语言是苍白的。大千世界，存在着大片无法由语言驾驭的空白。语言太静止、太有限、太抽象，它来不及定义早晨八点的太阳，八点零一分的太阳就已经把它取代了。

这些都是普通语义学家告诉我们的。很难说运用语言和文字为媒介进行思考及对话的人类世界，与真实世界相比谁更精妙和复杂。一方面，人类在建构自己的世界的同时，运用生硬的概念和划分舍弃了太多的现象与意义；另一方面，人类又建构出许多真实世界没有的概念和意义，它们之间用逻辑串成一张灰灰的大网。

尼尔·波兹曼无疑是睿智的。在他的名著《娱乐至死》里，在开头两章便开宗明义地点出了"媒介即隐喻"、"媒介即认识论"这样的道理。以口头语言为媒介的社会诞生不了《论法的精神》，而以铅字为媒介的社会也诞生不了《荷马史诗》。我们创造的每一种工具都蕴涵着超越其自身的意义，波兹曼如是说。与其说我们是生活在客观世界里，还不如说我们是生活在由自身创造的媒介构筑起的强大迷宫里。

那么，以电视为媒介的今天呢？

躲猫猫的世界

这个世界的确在以非线性的、多元的方式发展着。设想我们是十八世纪的农民，我们每天看见的，是自家门口的那片山水，我们每天接触的，是自家村落里的那些同乡，我们每天接收到的信息，无非是村中的家长里短，几里之外发生的天灾人祸，大不了，就是皇帝下了诏书说要均田免粮。我们的一生，或者说我们自己所认知到的我们的一生，是一以贯之的。在这一生里，我们接收到的信息就像史诗一样连绵，又像公理一般紧凑，而不是像两个多世纪后的今天，所有现代人都被浸润在了无序信息的汪洋里。

信息过剩的直接后果就是造成了这个世界的变异。对个人来说，它从一个单一的、家常的、绵延发展的世界，变成了一个无常的、嘈杂的、躲猫猫的世界。就如游戏躲猫猫一样，它的面孔忽隐忽现，以使人们难以把握，无所适从。

中国的传播事业正走在国际化的道路上。从前，中国人曾经错过了向全球同步直播的王室婚礼、总统竞选、世界范围的募捐，而今天，我们对于信息的渴望则到了无可附加的程度。如果对哥德堡号的直播是因为这艘船在几百年前就和中国结下了不解之缘，那么对于埃及金字塔探秘的直播呢？对于泰国国王登基庆典的直播呢？这些大张旗鼓予以直播的事件对于我们来说，又有什么生活中的实际意义呢？恐怕没有。记得前段时间电视新闻里在报道日本的一起交通事故，播音员煞有介事地说："有关该起事故的最新消息，我们将在第一时间为您追踪报道。"他们的求新求快固然令人盛情难却，可我们实在想不到这则新闻除了作为茶前饭后的谈资还有什么别的用途。这些信息零碎、缺乏背景和铺垫，它们就这样以极快的速度出现，又以极快的速度被人遗忘。

我想，正是基于这点，波兹曼才会断言，这是一个被电视娱乐化了的世界。

娱乐至死？

"滚石乐队"的卡茨说："新式新闻是一个速配的混合物，它部分是好莱坞电影和电视电影，部分是流行音乐和流行艺术，它将流行文化和名人杂志混合起来，使小报式的电视节目、有线电视和家庭录像互相结合。"如果你不嫌烦琐的话，这就是对于新式新闻的定义。

从某种意义上说，电视是一个好东西。它如此成功地把声音和图像结合起来，并将新闻的时效性和真实性水平提高到一个前所未有的高度。而电视的影响力却不仅限于此。为了和电视竞争，报纸和广播出现了新的态势。如果说美国南北战争时期，印刷机统治下的世界里，铅字影响口语，使得集会中的人们倾向于用复杂冗长的书面语言来进行演讲和辩论；那么在这个电视机统治下的世界里，电视要求的口语化反过来影响了书面语。报纸新闻以多图片的搭配，描述性的语言出现，除此之外它还不得不向深度评论方面另辟蹊径。而广播的威力也大大减小了。至于杂志，它更像凝固了的电视，活色生香的图片是大多数都市杂志的卖点，而精彩的画面同样是电视不可或缺的成功因素。也许正是电视引导着人们步入一个速食主义的读图时代。

然而，这是电视的特性所决定的。报纸、书籍、电影都可以深刻，唯独面向最大多数观众的电视无法追求绝对的深刻。快速变换的画面无法让人静下心来思考，就算有人真的会思考，电视也将更倾向照顾那些不会思考或不想思考的多数人。收视率就是万恶之源。

然而，说这样的东西一定就是娱乐，那我不敢苟同。电视完全有可能在平实的基础上追求适度的深邃，如果满天下的电视节目全是歌舞升平的选秀、明星访问和冒险挑战，那这是社会的不幸，也是电视的不幸。而即便如此，电视并非世界的主宰，受众也并非我们所学《传播学》书中的"魔弹论"描述的应声倒地的枪靶，波兹曼在这一点上显然高估了电视，而低估了受众的理性。我已经很久没有看过电视了，看电视有瘾，那是在小的时候，在认为娱乐高于一切的年纪。而现在，显然不是了。另外，今天的我们也完全有理由相信，电脑和互联网的后来居上，将打破先前的媒介格局。从另一个角度看，尼尔·波兹曼关于电视的论述对于电脑来说，也具有同样的警示意义。

我仍旧相信，人类有追逐娱乐的天性，而人类也有保持理性的良知。

（文／张远溪）

你若盛开，清风自来

——读《娱乐至死》有感

"毁掉我们的，不是我们憎恨的东西，恰恰是我们热爱的东西。"万物微如蝼蚁而又蕴含着巨大能量，欲望让人们卷入神秘的漩涡，当人们实现了它，又会不断产生新的欲望，无数我们所喜爱的东西皆被创造出来。然而，它对人类社会来说是生存还是毁灭，我们又将从所谓的娱乐中得到些什么呢？这些问题对人类而言早已超越了它本身的价值。

在不久的以前，人们还沉浸在仰望星空的纯真与脚踏实地的勤勉之中，人们接收远距离的信息还是依靠文字和口头传播。"烽火连三月，家书抵万金。"这不是诗人的一句感慨，而是真实反映了人们对纸质文书的依赖。曾记得爸爸对我说过，他们那个年代出外打工的人和家里亲人唯一的可靠联系就是信件，写信的热切、对回信的期盼就成了他们情感的源泉。傍晚时的人们几乎都没有什么娱乐的方式，黑夜走过窗前，人们陷入香甜的梦乡，安静而祥和。

而今非昔比，当时间的车轮缓缓前进，迈入前所未有的娱乐时代。各式各样的信息铺天盖地地袭来，人们置身于一个信息洪流之中，但是"到处是水却没有一滴水可以喝"。人们为了娱乐而娱乐，对一系列新生的浅薄而新奇的事物感到极大的乐趣，其结果是我们成了一个娱乐至死的物种。

"很多事来不及思考，就这样自然发生了。"就像许巍《漫步》中唱到的一样，娱乐媒介以迅雷不及掩耳之势把信息展现在我们面前，"媒介即隐喻"，正如波兹曼所说，我们的媒介更像是一种隐喻，用一种隐蔽但有力的暗示来定义现实世界。但是这种媒介的隐喻力未免太过强大，让人惶恐，所谓"润物细无声"，它正是在不知不觉中控制了人们的思想和喜乐。

如果受众总是过量的接触过于刺激性的信息——金钱、性、暴力等，我们的欲望就会像潘多拉的魔盒一样永远也关不上。从另一个角度来说，越来越多的浅阅读需求也已经迫使娱乐上升到了一个它本不应该到达的高度。所谓娱乐，然后至死，更多有深度的值得思考的东西反而不被人关注，浮躁充斥的社会对深度的思考来说注定是一场悲剧。也许真的有一天，那些曾经为众学者所推崇的媒介会变成一种奢侈品，而娱乐却愈加大众化趣味化，这样的趋势实在太过可怕，对我们民族的文化也实是一场灾难。"我们将毁于我们所热爱的东西。"希望这样的话语终将被现实打破。

娱乐至死的根本原因也正是因为大众的无知与媒介的泛化导致的，而教育正是治疗无知的一帖良药。所以，我认为只有从学校教育抓起，提高整体的国民素质，才能真正让娱乐成为纯粹的娱乐，而非主流。莫让娱乐代替了主流，这样我们的眼睛才足以看见那些在黑夜中仍闪闪发光的真相，我们才有了真正可以沉下来去思索自身价值与社会价值的宝贵时光。饮一杯时光，且把闲绪抛。推开那扇教育的门，跋山涉水去寻找心中的桃花源。以教育为铠甲，以书籍为武器，以学识为盾，以修养为矛，又何患攻不下娱乐至死的大旗呢？你若盛开，清风自来。

（文／胡安婷）

季羡林大学时代的编译写作

《清华园日记》是季羡林先生在清华大学西洋文学系上三四年级的日记，时间跨度是1932年8月22日到1934年8月11日。翻开这本《清华园日记》，我们看到的是一个"私密"而"另类"的男生季羡林：看不上老师（比如骂老师"混蛋"等），看不起同学（比如骂同学"太神经质""劣根性大发""没人味"等），观女篮比赛就是为了"看大腿"，玩骨牌赌博，上课经常刷课，大部分考试靠"抄""管他娘"等脏话也不绝于耳……不由得让我们特别是男生，想起我们同样"不那么纯洁"的大学时代。如果不是这本季羡林要求一定要原样传播的"日记"，传主或者其他相关人等会有意识地去过滤掉某些所谓"低俗"的东西。好汉只提当年勇，只字不提当年怂。我们就看不到一个"真实"的季羡林，可以说，这本书让我们回忆起真实的但是逐渐忘却的大学生活。

但话要说回来，从这本《清华园日记》，我们还看到一个"爱拼才会赢"的男生季羡林——一个孜孜于编译和创作、成就不小的西洋文学系德文专业的学生。

细究起来，季羡林的创作形式主要有三类：编译、书评、散文。前期（第三学年）以编译和书评为主，主要是受吴宓的影响；后期（第四学年）主要是从事散文创作，收获了来自叶公超和李长之等人的"甜蜜"和"痛苦"。当然，前期和后期只是大致的分期，后期也作编译，前期也在写作，没有截然的分段。

季羡林1932年9月28日在《华北日报》"副叶"刊登的《<守财奴自传>序》是他较早发表的一篇译文。从8月27日算起，这篇文章从编译、修改、誊写到最终发表经过了一个月的时间。这期间，季羡林的心情是复杂的，患得患失的。比如，他在9月9日的日记中写道："我老早就想到阅报室里去，因为我老希望早些看到我的文章登出来，每天带着一颗渴望的心，到阅报室去看自己的文章登出来没有，在一方面说，虽然也是乐趣，但是也真是一种负担呵。"经常去阅报室，但文章迟迟不登，他还在9月11日的日记里来了一句"国骂"。文章刊登之后，又过了不到一个月，才领到了稿费——二元八角，他立刻庆祝自己的写作生意开张，"用所得的稿费请客——肥鸭一只"。

与约稿相比，自投稿的命运总是不那么确定。因此，借《<守财奴自传>序》小试身手之后，季羡林就应他的老师吴宓之邀，为后者主编的《大公报》提供外国文坛消息和书评。1932年8月30日，他听同学王岷源说，吴宓"有找我们帮他办《大公报·文学副刊》的意思，我冲动地很想试一试。"这个副刊"没有稿子，因为这刊物偏重 theory 和叙述方面，不大喜欢创造。"季羡林从当天早上赶到下午六点半，编译了一篇有关歌德百年祭的文章，9月4日作为敲门砖"拍"向了吴宓先生。吴宓让他浏览《伦敦泰晤士报·文学副刊》（此外还有《星期六文学评论》《美国信使》等），专作文坛消息。

除了这些文坛消息，国内书评的稿子吴宓的《文副》也是要的。季羡林还写了有关巴金的《家》、臧克家诗集《烙印》、鲁迅的《离婚》等的书评；

也引起了一些作者的反应。比如1933年9月，吴宓把著名青年诗人臧克家赠的诗集转送给季羡林，这部诗集描述了农村的破败景象，年轻气盛、不知臧克家为何许人的他就写了一篇关于其中一首诗《洋车夫》的批评文章。1933年11月14日，在李长之的宿舍，季羡林看到了臧克家给李长之的信，"信里说羡林先生不论何人，他叫我往前走一步"，引起了季羡林的反感和斗志，又写了《再评＜烙印＞》，不顾李长之的反对，登在《诗与批评》上。但这并不妨碍季羡林和臧克家后来成为一生的好朋友。季羡林一直给《文副》投稿，直到1934年12月底被迫停刊。

当然，除了《文副》，信心不断增强、敢于接受挑战的季羡林也开始应约别的杂志写稿。1932年11月12日，季羡林在报上看到约翰·高尔斯华绥（John Galsworthy）获得诺贝尔文学奖的消息，并不以为然，认为他"究竟是过去的人物了"。没想到过了十几天，瞿冰森托曹葆华作一篇关于Galsworthy的文章，曹葆华不愿意写，转托王岷源，王岷源又转托季羡林。还在跟荷尔德林死磕的季羡林不得不放下手头的工作，接手这个"急活"。不过他还真是认真负责，从同年11月25日的日记"做这篇Galsworthy，直费了我五整天的功夫，参考书十余本，五天之内读千数页的书，而且又读好几遍，又得写，这还是以往没有的记录"可见一斑。12月15日，《北京晨报》的"学园副刊"终于刊登出了他的"高斯桑绥"，他在日记里大发感慨："真没想到能这样快，虽然已经不算快了，这是我第一次在北晨《学园》发表东西，颇有点飘飘然呢。"更让他开心的是，北晨报社还给了他10元稿费。

这篇文章的成功给了季羡林很大的激励，他在1932年12月29日的日记中写道："最近作了这篇Galsworthy以后，本来懒于动笔的我，现在却老是跃跃欲试了。我计划写一篇荷尔德林（Holderlin，季羡林当时译为薛德林）介绍和一篇诗的形式问题。后一篇我是想发起点波澜的。"而努力的结果发表于1933年第五、六期《现代才被发现了的天才——德意志诗人薛德林》。在一年多的编译过程中，季羡林终于找到了大学生涯的最爱——荷尔德林。最终，在德文教授艾克（Ecke）的指导下，他用英文完成了毕业论文《论荷尔德林早期的诗》（The Early Poems of Holderlin），成为荷尔德林在中国不多的早期研究者之一。一年以后，他实现了在日记中写下的夙愿——去德国留学。

（文／叶新）

民国时期商务印书馆与现代出版文化一瞥

民国出版业呈多元化特征，民营出版商得到较大发展，而民国最杰出的三个民族资本出版机构商务印书馆、中华书局、生活书店，正是以人文社科出版成就成为现代出版业的佼佼者，其中商务印书馆在商业理念和人文精神的融合方面尤为经典。

商务印书馆书籍出版具有良好的规划性、系统性，其数量和规模几乎占民国书籍出版的半壁江山；在文化理念、专业人才培养上，商务印书馆对整个现代出版具有引领和辐射效应；其自身的改革和演变，也正是中国现代民营出版业的缩影。商务印书馆由原美华书馆工人夏瑞芳、鲍咸恩等4人于1897年在上海创办，是一个印制商业簿记的小印刷所。1901年增资改为股份有限公司，曾任前清翰林的维新派人物张元济入股，次年开设印刷所、编译所及发行所。元济担任编译所长后，聘请高梦旦、王云五、蔡元培文化名人加盟，将编写出版大、中、小学等各类教科书作为核心业务，业务迅速扩张。民国初年，商务版教科书已成国内权威教科书品牌，也成为其他出版机构效仿和竞争的目标。在整个民国时期，商务印书馆以书籍出版为中心，同时经营图书馆、举办小学和职业培训班、制造教具、涉足广告和保险业、拍摄电影，并参与社会公益事业，最盛时员工近5000人，在海内外设分馆36个，书刊出版物占全国总量60%以上。在1932年1月遭遇日军轰炸前，商务印书馆事业规模达到顶峰，雄踞亚洲出版机构之首，与北京大学并称为现代中国两大文化重镇。

民国时期商务印书馆的书籍出版种类，大致分为五类。第一类为教科书，以自编的国文、历史、地理等中小学教科书质量最高，体例简明，编排合理，内容通俗易懂，并在思想理念上与时俱进。第二类是现代文化普及丛书，如《万有文库》《大学丛书》。王云五主编的"万有文库"从1929年开始出版，共出1710种4000册书籍，是对商务印书馆已出的《国学小丛书》《新时代史地丛书》《汉译世界名著丛书》和《现代问题丛书》等丛书的大型汇编，内容包罗万象，强调新知识、通俗性和系统性三个要素。第三类是各类古籍丛书的整理出版。从1911到1946年，商务印书馆共出版古籍丛书58种，其中收书超过百册（或种）的丛书达17种；《四部丛刊》《百衲本二十四史》《丛书集成》三部古籍丛书最有代表性，皆在东方图书馆古籍善本的底本基础上，遍访海内外古籍藏书，辛勤辑成。张元济在1929—1935年间七上庐山，亲手审校《四部丛刊》和《百衲本二十四史》。第四类为工具书出版，民国时期商务印书馆先后推出过《新字典》《辞源》《综合英汉大辞典》和《四角号码辞典》等语言类辞典。1915年出版的《辞源》，是近代第一部汉语词典，开创了单字字头引出大量复词的辞书编纂体制；"以语词为主，兼收百科"的编纂宗旨，决定了其综合性大辞典的性质。除此之外，商务印书馆还编印过以学科分类的植物学、动物学、医学、地质矿物学、哲学等辞典，以及中外人名、地名辞典。第五类为期刊出版，商务印书馆主办的《东方杂志》《小说月报》《英文杂志》《妇女杂志》《儿童画报》等十多种大众期刊陆续创刊于清末民初，在民国时期产生了广泛影响。《东方杂志》（1904—1948年）作为近现代行刊最长的综合性文化期刊，共出版了811期44卷，孟森、杜亚泉、胡愈之等人曾任主编。《东方杂志》在五四运动之前文化倾向保守，重视科普知识；之后偏重社会科学知识，关注世界局势，不避现实政治话题，成为最重要的民国公共媒介之一。

民国学术界与出版界之间的文化渗透和共生现象，以在商务印书馆发展过程中体现得最为典型。一方面，商务出版人借学术而成就愈精。商务印书馆藏书丰厚、鼓励学习和创新，对于职员具有职场和大学的双重意义，如张元济经古籍整理生涯而成为文史研究和古籍校勘大家；而沈雁冰、叶圣陶则以普通编辑身份，长期浸淫于东方图书馆藏书和浓厚的研究精神，自修成为名作家；而胡愈之从《东方杂志》助理编辑职位起步，逐渐成长为国际新闻开拓者，并成为具有前瞻眼光和敏锐政治意识的报刊出版家、社会活动家。另一方面，学人借商务出版品牌而声名愈显。商务印书馆高端的文化追求、严谨的学风和高效的管理，对国内优秀的学者、作家和文化人有着强大的吸引力，因而得以聚合国内最好的作者群，如严复、鲁迅、蔡元培等人都在不同时期由商务印书馆出版其作品，或参与商务的编辑策划活动。民国时期的商务印书馆，实际上成为在北京大学、中央研究院等研究机构之外最重要的学术传播平台。

（文／范继忠）

琅嬛福地，别有洞天：历代笔记琐谈

《南齐书》云"笔记贱伎"，盖以笔记闲散纵浪，未若六朝骈俪般四六齐整，精工典丽。如刘勰《文心雕龙》称，有文有笔，文以系韵，笔则不及。笔记自然归入"笔"类，琐琐碎碎，残丛小语，不为声韵拘束，不受篇幅限制，信达即行，点到为止。

如此"贱伎"本不足道，然而代代有之，遂成大观。其初如前所言，起于六朝韵余，时人记事，以助谈资，天文地理，数术巫医疗，无所不包，其"杂"质如许。延及后世，是否"杂"记，仍为判定标准。盖因如此，"笔记"与"小说"融合海纳，竟成一体，诚《汉书·艺文志》所言，"街谈巷语，道听途说者之所造"。班固此说，未以文体、风格而论，直以价值为念，将圣贤大道以外小道经营者拉杂归并，笼统而言。故，笔记、小说二者似无有区分，情节婉曲，头尾稍具者近小说；偶有见闻，姗姗带过者近笔记。

若《世说新语》，自定类别，以类统事，所载之事系出名门，无论赏誉风流雅望，抑或针砭豪奢迂蠹，似时人亲历，多为史书典籍所采。具体至每事，则颇见营构，机巧玲珑，妙趣横生，真小说家手段。如记刘伶嗜酒一则，先言伶从妇求酒，妇捐酒毁器，言酒非摄生之道；继言，伶领命称好，望以神明借力佐其封禁；又言，妇信以为真，取酒馔配神，伶煞有介事，跪而告慰："天生刘伶，以酒为名。一饮一斛，五斗解酲。妇人之言，慎不可听。"言毕，"饮酒进肉，隗然已醉矣"。聊聊百字，迂曲回环不遏文气之行云，包袱抖落不碍前尘之敷衍，妇言詹詹，夫行肆谑，悉见于前。然，纯以白描，未假点染之法，又深得魏晋清谈高妙玄机、言约旨远之真谛。纯以"小说"来判，又稍欠妥当。

至唐人有心著述，演轶事杂记为虚构传奇，则"小说"独竖，横绝一代。一则无须仰仗实有之地点人物，下笔游龙，倍显自在；二则故以优孟演真人，真假参半，鱼龙并入，苦难判断；三则为求惊人心目，以志怪灵异写浮世清欢，骈散齐发，艳丽无匹——白描勾勒，不足撑人物之丰腴，必以辞藻研磨情态意趣。待"小说"与时兴"变文"愈益亲密，则臻至"每一出场，花明雪艳"之奇境。"笔记"则因彼而见此，亦自开述说时务，谈论掌故一派，且旁及考据辩证，于"正道"实有所补。

及至有宋，"笔记"大盛，有渐入佳境之妙，士大夫举凡得闲，均会濡墨走笔，述古评今，杂记所见所闻。其初，多追忆唐五代事，或逐水魏晋余波为巫鬼神怪之谈，如徐铉《稽神录》、吴淑《江淮异人录》、张君房《乘异记》之流，并无实质发明，惟使"异人"超越"鬼神"占据纸面，略开后世武侠先河。稍后，杂俎类笔记趋至上风，巧分类别，炫彩博物，真可谓果菰蜂蛤与怪诞卜筮齐飞，轶闻琐言共礼乐仪制一色。陶谷《清异录》堪称此中翘楚，个别条目不见于他处，然言之凿凿，亦无法轻易辩驳。如记唐世科考，言场外争售所谓"定名笔"，健毫圆锋，书写流利，乃善事之利器，高中之保障，虽索价不菲，然为众举子所喜。莫说找寻文献考辨，即以今人体验推敲，此条目亦足称真实。自考试客观题面以机读为判，诸多"神器"飒踏而生，一笔立成，上书"考试必备，金榜题名"，效率远超"青绿中华"，嗜利者争卖，众考生争买——此种周瑜黄盖之谊，世易时移，情不变矣。

于此志怪、杂俎二类之外，宋人特开实录一派，良史才工，文辞事剧。司马光《涑水记闻》专意国事，语录纷纭；欧阳修《归田录》忆记浮生，笔法摇曳；李廌《师友谈记》承载生平交游，所涉人事真切可信……然，若以影响而论，当首推苏轼《东坡志林》，上迄元丰，下至元符，二十余年事，二百零三篇，别为五卷，各以小题领起，百宝聚珍，妙美难陈！每条目篇幅短小，却体式各异，不拘成法。如"记承天夜游"，其言"庭下积水空明，水中藻荇交横，盖竹柏影也"，明镜无尘，空灵澄澈，向为学人所激赏，乃古体散文中不二惊警之句。论及养生，东坡云"真人之心，如珠在渊；众人之心，如泡在水"，喻言为珠则实存无碍，为泡则虚空漂浮，意味沉潜不露、清净自守为颐养身心之三昧。不过，坡公一生坎壈实违养生道法所致，盖其秉性抗直，终难于浮世中寂静消沉。此于书中"命分"类三条可见一斑：韩愈平生多得谤誉，马梦得为"穷之冠"，皆缘于以"磨蝎为身宫"，而坡直言与二人"同病"，虽与世无求，然备受"行拂乱其所为"之苦，终于"一饱亦如功名富贵不可轻得也"。如此感慨，非如常人所解是甘于"人生定分"，恰为知定分而不肯听天命罢了，风骨劲健，真顶级才子本色。《志林》中嬉笑怒骂、诙谐戏谑处亦不在少数，坡之谈笑顾盼，跃然而出。

北宋以降，笔记之部类渐趋定型，笔法亦沾染诸体，日益圆熟。诚因市民崛起，俗文学风行，小说部类特出，章回小说之经典"桥段"于此中滚雪积玉，蔚为大观。如《红楼梦》中贾母戏言小说中闺秀，一见了清俊男子，便弃平日家教于不顾，争为逾礼之事，凡此种种定是小说家虚构，不合情理。实情为何？若读过明清笔记中《张灵崔莹合传》《冒姬董小宛传》《费宫人传》《圆圆曲》等，颇识得粟儿、睐娘、梅无暇、顾慧仙等美人姝丽，观者当自有定夺。

井瓶之小取，难容蓬岛冰轮之大美；尺幅之短裁，难绘昆山木叶之渺迷。寥寥数语，粗陈笔记之梗概，似此琅嬛福地，诸君自可探访，一睹为快。

（文／张佩）

巧夺天工珍宝藏，史家绝唱不胜收

——读《中国印刷史》有感

百尺竿头，只求更进一步。字字心血，莫道寻常之路。

鲁迅曾赞美《史记》——"史家之绝唱，无韵之离骚。"而翻阅张秀民先生的《中国印刷史》，我却不得不感叹研精覃思，美不胜收，史家鸿篇不绝于此。

关于印刷术，古今中外的学者都曾做了不少研究，而这一类的著作也可以说是数不胜数。然而张秀民先生的《中国印刷史》弥补了印刷术这一专题领域优秀著作的空缺，对古今印刷术的发展历程做了一个详尽的阐述与记录，可以说是在中国文化史和科技史的研究上，再次书写了一节重要的篇章。

《中国印刷史》体大思精，洋洋五十万言，上下两部书分别讲了雕版印刷术、活字印刷术、历代技术、印刷术对亚非欧各国的影响，包罗了千百年来刻书和印书的历史，并详细讨论了各个时代印刷的特点及方法。可以说是迄今为止，唯一一部最完备而有系统的关于印刷术的综合之作。

1989年《中国印刷史》出版，钱存训先生曾称赞这部书"将是一部划时代的作品"。用"字字看来皆是血，十年辛苦不寻常"这句话形容张秀民老先生的这部著作也不为过。《中国印刷史》的撰写历时十年，其内容涉及古今中外，分雕版印刷术和活字印刷术两大体系，谈及不同朝代刻书印书的地点、特点、内容、版本特色等。

如果说《史记》是司马迁的毕生心血，那么我想《中国印刷史》可以说是张秀民老先生毕生所学之精华。与其说这是一部中国印刷的历史著作，不如说这是一部中国文学文化的历史著作。

胡道静先生曾经说道："尊撰的出版，使得率先发明造纸及印刷术的故乡，从此有了国人自写的专史，是文化史、技术史、国情教育上的一件辉煌大事，谨为吾公衷心祝贺。"

著名历史学家谭其骧教授也有言："大著内容丰富详瞻，无疑是前无古人，亦恐后人难以逾越。"

前无古人为之，后无来者继之。一睹本书芳容，不得不叹为观止。

细读《中国印刷史》，可以很明显地感受到这本书并不是粗枝大叶，反而可以说是枝叶茂盛，纷繁盛开。而张秀民老先生这些细致的观察和记载，看起来无足重轻，其实却是发人深省。细枝末节似乎微不足道，但是所反映的是印刷出版事业的发展过程。张先生几十年写下的数十册笔记，就是这样一点一滴酝酿而成，最终诞生了这样一部材料翔实的佳作。

著作不一定等身，一本足矣。然这一本却是毕生心血之作，流传后世千百年而不朽，为人称道赞许。这是一本书的成功，更是一个人的成功。像张秀民老先生一样的学者很多，但是不够多。时代需要一批领袖去开发，但是更需要一批新兴之叶去支撑。

（文／刘梦迪）

逍遥庄子

庄子一直给人一种虚幻缥缈的感觉，如他的《齐物论》，齐是非，齐生死。冯友兰先生曾说，庄子是从一个更高的境界看生死，看物我，超越了现实世界。或许现在我们还不能十分理解庄子的人生态度，更无法对他的"道"感同身受。但是，我们知道他的人生观并不是消极的，那种人间兴废莫问起，且消受眼底温柔的可贵，我们也能探得一二。

庄周被很多人赞美过，也被很多人评头论足过。千百年来，虽然他的主张并未成为正统，但吸引着一批又一批的推崇者。《古诗十九首》中，有"良无磐石固，虚名复何益"的超然；曹操《观沧海》中，有"日月之行，若出其中，星汉灿烂，若出其里"的豪迈；苏子《赤壁赋》中，有"盖将其变者而观之，则天地曾不能以一瞬，自其不变者而观之，则物与我皆无尽也"的哲学深意。这些都跟庄子的人生观、价值观有莫大的联系。

每个人都会有灰心失意的时候，而《庄子》凭其不紧不慢的叙述和以小见大、趣味良多的寓言，带领我们走出不谙世事的象牙塔。虽然有些许无奈与难过，但那就是一种成长。再回首，恍如隔世，而我们如今却能逍遥游了。这就是庄子的魅力。

庄子的隐是为了保全自己在那个混乱的世道有一丝喘息之地。刘熙载在《艺概》中说过："有路可走，卒归无路可走，屈子是也；无路可走，卒归有路可走，庄子是也。"庄子的"宁游戏污渎之中自快，无为有国者所羁，终身不仕，以快吾志焉"，是一种高洁的人格，不屑于与小人盘旋周转。他是比屈原更真实的存在，屈原的绝对美好只能引来自焚，而庄子则能保全自己。

道家和儒家的辩论也是一大看点。庄子把尧舜说得一文不值，估计让儒家人脸黑不止。他在《逍遥游》中说："之人也，物莫之伤，大浸稽天而不溺，大旱金石流、土山焦而不热，是其尘垢秕糠，将犹陶铸尧舜者也。"神人是金刚不坏之身，大水、大旱都不能摧毁他，而尧舜只是其间尘垢捏造的陶瓷般那么小的存在。看完不禁莞尔，庄子可真会调侃人。但这想必也是他道家主张的表达吧。当时的辩论环境多欢快，有什么说什么，不用遮遮掩掩，借古讽今。那样的动荡时代，是不幸也是大幸。不幸的是生灵涂炭，难有安居乐业。大幸的是学术氛围之浓厚，思想之开放，少有钳制。文人可以大胆发挥自己的才能。虽然庄子没有选择出仕，但他是以另一种方式去关注这个世界，并让自己逍遥，活在当下，实属不易。

关于庄子的思想，我们不需要刻意去神化什么，庄子自由、逍遥的品性就已经是很多人想追求却望尘莫及的了。经年后，但愿我们也能如庄子般且消受眼底温柔。

（文 / 黄潇潇）

秋夜无眠

——《琅琊榜》之读后感

恍然自梦中惊醒，再也没有丝毫睡意。秋夜的风透过窗纱吹进心底，那一丝丝寒意慢慢晕开，顺着血脉到达四肢，心底的悲凉更甚。披上外衣，径自踱步于庭院中，望着那束秋菊，月光下的它分外妖娆，似是在与我对视，轻轻舞动着曼妙的身体……思绪竟被越拉越远，犹如灵魂出窍，被风带着，慢慢地回到了那个时代。

我看到，他在梅岭崖底痛苦哀号，雪疥虫在他满是焦伤的身体上撕咬，身体的疼痛早已麻木，眼看着敬爱的父亲和生死兄弟们惨死，他的心里充满了茫然和愤恨！我想前去拥住他，这样的林殊不是世人愿意看到的。许是上天也不愿看到世间有如此冤案，便安排蔺晨父子相救。他毅然选择彻底解毒，他说："我还有很多事情要做，我必须有正常的容貌和声音，难道你让我躲起来，苟且度过余生吗？"

但闻此言，眸中有泪光闪烁。是啊，背负了如此惨烈的仇恨，百万雄师的英魂不安，这个死里偷生的人怎么能安心苟且一生？十三岁的年纪，正值风华正茂、意气风发，然而，经历了如斯惨痛，那个飞扬任性、英才天纵的赤焰少帅林殊再也回不来了，取而代之的只是在阴诡地狱里搅弄风云的江左梅郎。他心中的隐忍和痛楚又有几人知晓？

回到金陵，他对誉王虚与委蛇，暗中扶持他少时好友靖王。滨州侵地案、妓馆杀人案折断誉王在军中的唯一支柱庆国公和六部中的党羽吏部与刑部；兰园藏尸案、景睿生日宴再砍太子户部和军方支柱宁国府谢候爷；更是利用誉王向世人强调了一件大家都忽视的事——无论是太子、誉王，还是靖王、宁王皆是庶子，太子非长非嫡，自是可以动得、惹得，而同样身为庶子的靖王也是具有夺嫡资格的！就这样，他自己背负着罪恶和鲜血一步步将靖王扶持走向东宫宝座，最终逼迫皇帝不得不重查当年赤焰旧案，为七万亡灵平冤昭雪。

看着他一路走来，经历着各种艰辛与委屈痛苦，看着他翻手云、覆手雨，心里没有半点感触是假的。纵使他为达目的不择手段，对自己和身边的人都是残忍至极，但我心里从没有半点厌恶，有的只是心酸。他的经历放在现代任何人身上都是无法背负、无法走到成功，但他做到了。他的不择手段只是面对敌人，面对那些只知勾心斗角、不顾天下苍生的人，他给天下人选择了一代明主、一位有着赤子之心的有情有义之人，他给朝堂扶持了一批侠肝义胆、身负才华的忠贞之士。我想，假如当时的朝堂如现在一样霁月清风、激浊扬清，恐怕他也不会选择如此惨烈的沉冤方式吧！可若是那样，战功赫赫、忠心耿耿的一国支柱赤焰军七万怎会死得不明不白？爱民如子、匡扶正义的祁王殿下怎会含冤九泉？江山社稷、朝堂正气怎会如此不堪？一切都是命中注定，昨日的君主猜疑、暗下杀手，今日才会有地狱归来的林殊翻手改写着一代江山，还天下一个清风扶柳的依靠。

待到一切尘埃落定，边境却急报传来，朝中无将可用，他说：“我是林殊，是赤焰少帅，我要回到我的战场。”最终，完成使命后，他安然辞世。有人说：“他会永远活在你们心里。”可我，只想他活在这人世间。

（文／张宁）

陶翁的淡泊

初次相见，他浅吟了一句"采菊东篱下，悠然见南山"，便让我仿佛置身于一片恣意生长的菊花丛畔，在云雾萦绕的南山脚下，闻着淡淡的菊香。他的声音随着这缕花香，变成了一颗种子，驻进我的灵魂。

他是一位"种豆南山下"的悠然山翁，是桃花源的匆匆过客，也是个"不为五斗米折腰"的个性先生。他踩着文字搭建成的时空隧道而来，他的诗、他的文字、他的淡泊总是让我为他着迷。也许就是因为在这个浮躁的时代里，生活总是被太多的浮华纠缠，让容易躁动的人们那么不安，那么渴望淡泊宁静、渴望屏息静气。

带着厚厚的面具，在满是尘埃的世界里疲于奔波的人们，身后总是留下喧嚣而上的尘埃和满脸的茫然疲惫。人们想尽办法迅速向上攀爬，想要掌握更多的资源，仿佛有着永无止境的欲望。而欲望将这个本就不平静的世界扰得更加浑浊与浮躁。身处其中的人们，也只能为浮华所累，无可避免。浮躁，也许就是这个时代的特点。可我们就该跟着时代一起加入与浮华的狂欢吗？

我想未必。

陶翁是悠然淡泊的，他的悠然并非来自养育他的时代。东晋后期门阀制度严苛，庶族寒门出生的人虽不可能突破门阀士族对高官权位的垄断，但可通过与门阀士族周旋委蛇而收获所谓的既得利益。出身庶族寒门，他却不愿在官场中苟合取安，降志辱身，最终选择的是"暧暧远人村，依依墟里烟，狗吠深巷中，鸡鸣桑树颠"的淡泊宁静般的生活，为之付出的是物质生活的拮据。

衣食无忧、无心存于浊世的淡泊，其实容易，独居在自己心中的世界即可。心已无红尘、离世而居的隐士，自然淡泊，所谓"心如明镜台，何事惹尘埃"就是如此。可陶翁身居凡尘，辞官归田后，面对生活中柴、米、油、盐等琐碎，依然淡泊如山般在风雨中岿然不动。迫于生计，他带着家人开垦田地，却成就"久在樊笼里，复得返自然"。他的字里行间总是透着一丝挡不住的气息，淡泊清新，令人钦佩。

生活中，难免有时烦躁不安。当无法控制自己情绪时，便想想陶翁的淡泊，闻闻他字里行间所流露出的清新，暴躁的情绪，也一点点地平静下来，然后又一次次找回那被浮华所迷失的心。我们也许无法在文学上做到如他一样伟大，但可以修炼成如他般淡泊宁静的豁达之心。

（文／窦玥声）

归去来兮

面对这一张白纸，竟觉得无从下笔，要写的那个人早已逝去。几千年的清风山泉涤荡，几千年的桃叶桃花发枝，时间就这样流过了。尺素早已泛黄枯老，笔墨几度染遍青苔。滔滔岁月用一种近乎残忍的方式席卷一切昨是今非。千年前的你那样云淡风轻地生活着，用最清亮淡然的眼神掠过历史长卷，却留给我们一段刻骨铭心的记忆。

哪里来这样大的力量？或者说，是什么支撑着你在两千年后的今天依然被后人赞扬传颂？也许你断然没有想过百世流芳，只想平平淡淡地活着，至少，不能违着清静的良心苟活着。你也断然没有料到你的诗篇千古传诵，只愿用一支素笔，写尽心中所想。那么，也请让我去往你的时代，去跟你追寻一次桃花源。

陶潜，较之陶渊明，我其实更喜欢这个名字，就像一种暗示：潜入山林归隐一生。如同最美丽的蛟龙潜伏最深的湖底一般，你就是那条蛟龙。潜，唯有潜下去，潜到孤深的水底，无泥无草，才能持有一颗精纯之心。

但是，也许你知道自己是条蛟龙，只是单纯地护卫着良心，甚至可搭上一条性命，你坚持只穿破布棉衫，坚持一个月只吃九顿饭，你坚持到最后一无所有，仅有一颗心。那是怎样的一颗心？被野菊和浊酒熏醉得悠然的心？被风尘和污泥锻打得坚韧的心？被笔墨纸砚浸染得诗意的心？也许是吧，也许都不是。

为了那一颗心，你一无所有，无即有，大无即大有。因为都没有，没有物质所障，没有尘嚣所绊，没有人事所扰，你有了那一颗心。而那颗心，胜过所有的锦衣玉食、亭台楼宇、美人笙箫。多少年才能炼出这一颗心？多少日夜才能获得这般自然清净？千年前的你对我笑而不语，还是那样一身烂布破衣，还是那样一张憔悴如斯的脸，但还是有着无人可及的萧然洒脱，超然物外。

常拿你和我也很喜欢的几个古人相比，一个是屈原，他的人生过于激烈，如同夜半的昙花，只一瞬就消泯。他对这天地万物抱着极小的盼望，最后只求一死，少了一份婉约与随和。另一位是苏大学士，无论身处何时何地他总是乐呵呵的，"日啖荔枝三百颗，不辞长作岭南人"，"但寻牛矢觅归路，家在牛栏西复西"。他始终是由衷地乐于做官为民的，他也豁达，他也潇洒，他也随性。但与你相比，他的"功利心"和"烟火气"也许更浓。最后一位是李清照，经受国破家亡的才女。命途坎坷多难，为家愁，为情愁，亦为国愁，怎一个愁字了得！她是那样坚定不移的人，但比起你，易安居士少了一份禅定与随意。

你的人生像是一张白纸，在官场污浊的浑水中浮浮沉沉。你如此厌恶，便要彻底地抹去，彻底地不染世俗。你只留下这一张白纸，以白纸而来，以白纸而去。正如赤子，以无而来，以无而去。

你也曾峥嵘岁月刚猛少年，仗剑远游，自负才华地以为只待时机一至，必能扬帆而起，辅明主济苍生，成就一番事业。熟料事与愿违，枭雄烽烟，尔虞我诈，无人真心留你，救万民于水火之中。

还好，回去，还来得及。

无力无助的你坚持自己是对的，有些不该舍弃的东西，即使世俗不容，也要找一处净土安放留存。

"时时勤拂拭，勿使惹尘埃。"你这样对自己说。远山的云彩，淡淡的漂泊，东篱下的秋菊灿然盛开，却又这般寥落。在这样孤苦寂寞的日子里，你这样固守着自己的理想。后人忆你念你，玩味你的生活。你的呢喃自语，属于你的每一点细节，还有你那躬耕自足的精神态度。这一切，唯有你的信念在支撑。

某个冬日的夜晚，你裹着破毛毡望着黢黑清冷的窗外。想着既然这个世界不是我想象中的，那我不妨来描述一个我理想的社会吧。

点灯，研墨，镇纸，提笔。

冬日的晚上，你望着寥寥寒星，开始了最美的想象。

你用笔墨练就了一丸桃花源，多少中国人的一味温药，乡愁做药引，仅存的念想熬成汤汁，服下就暖遍了身体所有的角落。

桃花红艳，落英缤纷，芳草萋萋，屋舍俨然，良田美池，桑竹之属，阡陌纵横，老者稚儿，怡然自得。这样的一个世界，怎能让人不心生向往之。

我想你在写《桃花源记》时，脸上必定是带着憧憬的微笑。然后，放下笔，你必定又心生悲凉。那样的地方，终究无法抵达。

我在千年之后也只能轻轻地叹息，是的，那样的地方，终其一生，恐怕也无法抵达。

到不了的都叫作远方，回不去的名字叫家乡。你无意间创造了一个华夏子孙共同的家乡。

终于，你怀着这样美好的憧憬逝去，融于青山远黛，这便是最好的归宿罢。草席一卷撒纸几叠，自有桃花碧水，秋菊云鸟，送你归去。

纵浪大化中，不喜亦不惧。应尽便须尽，无复独多虑。

你是这红尘间清净散人，乘一叶扁舟披发而来长啸而去。也许你本就不属于这个世界，你来这里走一遭，不过是带给我们无尽的宝藏，中华的图腾。

归去来兮，你终于还是守住了那颗心，你终于真正回归田园山林。闲看庭前花开花落，漫随天外云卷云舒。

（文／盛书卉）

读《雾都孤儿》

我的父亲酷爱读书，在父亲潜移默化的影响下，我从小便喜欢看书。乱七八糟的书读了很多，好的作品名著也读了不少，但有那么两本小说让我直到现在仍心有感触。一本是《假如给我三天光明》，还有一本是《雾都孤儿》。

不得不说，这两本小说对我少年时期的成长具有重大意义，今天我想谈谈《雾都孤儿》这部小说。第一次接触这本小说还是在五年级的时候。

"欢乐与忧伤交汇在命运之杯里，然而其中绝没有辛酸的眼泪：因为就连忧伤本身也已冲淡，又裹在了那样甜蜜、亲切的回忆之中，失去了所有的苦涩，成了一种庄严的快慰。"这是作者狄更斯在文中的一句话，第一次读这句话时，仅仅是觉得语句优美，便将它摘抄了下来。如今当我再次读到这句话时，突然发现或许我这辈子都很难真正理解这句话所包含的辛酸与无奈。也许是生活在不同的时代，也许是自己不愿意去理解，谁知道呢。然而在《雾都孤儿》这本书中，有这么一个社会群体是使我感触最深的一个存在，乃至于我至今不能释怀——他们是孤儿。

故事的开头是一所孤儿院，破旧、阴暗、潮湿、死气沉沉。沉闷的环境以及麻木势利的修女一开始就让人们陷入了压抑的感觉当中，而我们的小主角奥利弗就在这样的环境里度过了吃不饱穿不暖的9年。为了节省开支，年幼的奥利弗被送到了一家棺材铺里当学徒。面对饥饿、暴力以及侮辱，小小的奥利弗下定决心逃离伦敦。然而不幸的是刚出虎穴又入狼窝，费金、比尔·赛克斯这群道德沦丧的强盗，他们把奥利弗训练成一个神偷手，然后利用他去窃取钱财，让我们不禁为奥利弗捏了把汗。人间自有真情在，善良的老人班布尔先生，他收留了可怜的奥利弗。然而窃贼团伙害怕奥利弗会泄露团伙的秘密试图抓住他，于是他被绑回了贼窝。当费金准备惩罚毒打奥利弗的时候，善良的南希挺身而出保护了奥利弗。在一次团伙行窃当中，奥利弗受伤昏倒在梅丽夫人和罗斯小姐的家门口，好心的她们收留并庇护了他，误打误撞的是，这位罗斯小姐正是奥利弗的姨妈。然而坏人们总是不肯消停，奥利弗同父异母的兄长蒙克斯与费金狼狈为奸，为了父亲的遗产准备陷害奥利弗，南希同情小奥利弗的遭遇，偷偷告诉了罗斯小姐，却被蒙克斯残忍杀害。后来警察围剿了贼窝，令人欣慰的是，小奥利弗终于结束了他苦难的童年，终得以与亲人团聚。

很多人都喜欢将《童年》与《雾都孤儿》相比较，高尔基的《童年》我只读过一遍，虽然记忆模糊，但其中的主人公阿廖沙与奥利弗相似又不同，相似的是他们都对生活充满了信心，努力冲破阻碍与不幸，向往美好的生活。

不同的是《童年》这部小说基调虽严肃、低沉，但是以一个孩子的角度和心理来进行描述，在一幕幕悲剧场景中又铺上一层天真烂漫的色彩，令读者读过悲哀又不过于低沉。而《雾都孤儿》则是完完全全不加掩饰的将生活中种种的丑恶现象表现了出来，小主人公奥利弗的童年是没有色彩的，不禁给读者留下了一连串的叹息。

不管是《童年》还是《雾都孤儿》，对于一名感性的读者而言，总是会将自己代入其中。在面对一个不得不向现实屈服的时代，是不知所措、歇斯底里、委曲求全还是奋力拼搏，答案不言而喻。不管是对现实的不满还是对社会的讥讽于我而言似乎有些遥远，有的只是些许唏嘘罢了，唯一让我不能释怀的就是那群孩子们，孤苦无依的孤儿们。

在读《雾都孤儿》的过程中，哭似乎成了我读这本书最深刻的记忆，但我并不觉得不好意思，引用书中的一句话"哭是上帝赋予我们的天性。"书中的世界虚幻夸张，却又来源于生活，来源于现实。不管是在书中还是书外，古代、现代还是未来，平朴的家乡还是繁华的都市，都会有那么一群小孩，他们没有父母的陪伴，没有亲人的关爱，我至今还记得在网上读过的一篇文章，里面有一句话更是让我触动了好久：世界如此寂寞，我们却要挣扎着寻找真爱。因为幸福就是这样，不是拥有，就是失去。

（文 / 魏玉婷）

"星爷"下的一代人

他一笑，便笑过了一个时代。

第一次听见周星驰的笑声，便有偶遇知己的畅快。

"星爷"的笑是复杂的，听得出的是快乐和嘲笑，听不出的是苦涩与无奈。在社会主义生活下的80后看似幸福，却有着无尽的苦衷。

80后有很多改革开放与计划生育所造就的时代特色，寂寞、叛逆与愤世嫉俗。作为新时代的先驱者，80后必须承受这些非议。漫漫黑夜，祈求一丝光亮，去抚慰在荆棘路上步履蹒跚的我们，哪怕只是一点点的理解，却不得。

周星驰的出现，改变了80后。我们突然发现，面对无谓的指责要做的就是大笑，然后继续按照自己的想法奋斗。

还记得"9527"吗？那个没有个性只有符号的华府下人。随着工业社会的发展，80后的个性逐渐失去了意义。我们在医院、银行里排队时，才发现每个人和其他人没有任何不同，80后蜕化成一个符号。一个符号，本就身无一物，还要时常被舆论扭曲着，渐渐地我们忘记了自己是什么符号，只是随人群而来，再随着人群而散。

"星爷"告诉80后，蛰伏是一种态度，只要默默坚持，终将会在夏日一鸣惊人。

"人类将上帝从他的宝座上拉了下来。在现代社会中被确立起来的那些价值体系，那些美德，那些曾经值得人们去奋斗的东西，随着现代社会的发展，又被粉碎了。"

小时候，我们学着"星爷"用市井小民的眼光打量着世界，大人告诉我们世界并不像你看到的那样美丽。

有一天，我们终于长大了，我们懂了，想做些事情改变这些丑陋时，但又忽然发现自己也成了丑陋的一分子，明知道是虚假的事情还要淡定地做着，明知道是刺人的话语还要猥琐地笑着。

"星爷"再一次告诉80后，不用去管世间的肮脏与丑陋，只要不懈地奋斗，小人物终究能变成大英雄，去拯救世界。

家中长辈经常问我为什么那么喜欢周星驰的电影，我笑而不语。

"星爷"的电影伴随80后走过了二十年，当我们一再被否认，一再被质疑的时候，我们没有屈服，而是凭借自己的执着，乘着改革开放的东风，引领中国大步追赶着与世界的差距。

谢谢你，周星驰，是你让我们在不开心的时候笑了。

（文/马天）

又见炊烟

翻开老旧的唱片，还是最喜欢邓丽君"又见炊烟"那首经典老歌，虽然听过很多翻唱的版本，可是都没有邓丽君那种自然流露的声音而感动。感觉邓丽君的歌就像那乡间的一缕炊烟，深深飘到我心间。

已经忘记了邓丽君走了多长时间，但我感觉她永远都在我们身边，每当心情好或不好的时候，听一听她的老情歌，总会有百转千回的感悟，听她的歌如同清泉，整个人的心境都被净化了，难怪20世纪的人们，都成了她声音的俘虏。

我是在大哥的旧磁带库里找到她的专辑的，而且居然有六盘之多，可见我大哥对她的歌情有独钟，从我第一次听到她的声音，我就被她甜美的声音深深打动了。多少年来，我一直听着她的歌，所有的激情岁月如梦一样，在她的歌声中成长。

洗去铅华的声音，是对邓丽君最好的评价。很多人和我一样被邓丽君的歌感动着、陶醉着、吸引着，在邓丽君的歌声中他们明白了生命的美好和幸福，越来越觉得她的歌声如同一杯醇酒，越老越香。

在很多人心目中邓丽君是中国有史以来最成功的女歌手之一。此曲只应天上有，此人亦只应天上有，她确是一个错落凡尘的仙子，是一个女人中的女人，一个爱美又懂得如何美丽的女人，各个时期自有不同的美丽，那种美丽仿佛不食人间烟火一般。

"淡妆浓抹总相宜"，她总是很有中国女人的特色，很有中国女人的味道，有端庄大方的气质，也有仪态万方的气势，温柔不失坚强，美丽而且善良。

日月如梭、时光荏苒。不变的是对她歌声的喜好，每当"又见炊烟"时，我知道邓丽君还会再来，她会出现在每个爱她的人的梦中，为人们送上一曲曲动人的歌，永远永远。因为爱所以爱，因为爱所以永远都在。

（文／叶知夏）

流浪的色彩

我想我终生也不会有那种流浪的勇气和毅力，也许在梦里，我才会迎着夕阳，走过广袤的无人的沙漠。钦佩那个女子，因为对撒哈拉特别的情怀，就义无反顾地奔向了那片神奇的土地。

在神秘而又寂寥的沙漠上，她身穿大朵碎花长裙，张开双臂，仰着头静静地站着，任凭风吹动她飘逸的黑发。她喜欢这种生活，这种流浪的生活。

她貌不惊人，连"三毛"这名字也有些潦草。不知是她明了自身天性取了这名字，还是这个流浪的名字注定了她一生颠沛。流浪的三毛，三毛的流浪，流浪和三毛似乎是天生一对。三毛说她第一次见着撒哈拉，像见到久违的故乡。那时她已在异国多年，也心存了各种风情，但似乎没有哪里比沙漠更适合安顿三毛的心。沙，安定流浪地听凭风停风起，沙漠收容了流浪的沙，也收容了流浪的三毛。

走进撒哈拉，三毛发现梦想之地并不美好。撒哈拉远离尘寰，白天酷热、夜晚酷冷，没有想象中"大漠孤烟直，长河落日圆"的诗意，只有无尽的落后、肮脏、贫乏。没有水，居民们用布包裹的身体，散发着浓浓的体臭；没有知识，大多数人都不知道自己的年龄；没有正义，善良而美丽的沙伊达被人唾骂……一切人们所需要的物质享受和精神滋养都匮乏。在那个荒山之夜，荷西深陷泥潭，没有人帮助，反而惹来强盗……愚钝、迷信、冷漠将撒哈拉的荒凉推向极点。三毛在那无边的荒凉面前，如同一粒沙般渺小。

或许每个人都向往过流浪，可那不过是年少轻狂时的想法。因为面对生存的困境，总会发现流浪并没有自己想象中那般美好，所以失望、厌世、颓废，这些三毛都没有。撒哈拉并不是三毛想象中的撒哈拉，可她从未改变过对它的爱。她怀着一颗美好的心，忘记了恶劣的环境，关注那广袤、美好的沙漠风光。

在撒哈拉，她提着照相机勾魂摄魄，提着药箱悬壶济世，用棺材木头将小屋装扮成爱的家园。给无知的撒哈拉女子讲课，把爱献给每一个人，无论他们是军官、工人、地主还是奴隶，不管他们懂不懂感恩，三毛总是一如既往地悲天悯人。

有人说这一切都是因为一粒叫三毛的沙子爱上了一片名为撒哈拉的大沙漠。她叫三毛，她爱流浪，她热爱那片金黄而又美丽的沙漠，热爱那片充满流浪色彩的撒哈拉。

（文／随心）

社交媒体里约大显身手

里约奥运会，自圣火传递伊始，便饱受争议，直到最终落幕，每天都会有许多引人注目的热点。但这些热点大都是由赛事延伸出的种种故事，故事或悲或喜，全在讲故事的人一念之间，奥运的故事也是如此，新媒体行业作为故事的主讲人，在此期间，左右了许多运动员未来的道路，也影响了人们对奥运的诸多看法。

回想奥运会第一场热点赛事就是男篮了，这几年人们对"一直走上坡路"的中国男篮抱有很大期望，没想到5战全败。虽说运动员努力过、尽力了，就值得尊敬，但还是有激愤的网民对运动员们口出恶言，男篮队员翟小川强势回应，一石激起千层浪。微博作为新媒体行业中最热的社交网络平台，就是人人可为自媒体，言论自由透明，让翟小川强势回应事件升级发酵，网民纷纷去翟小川的微博下留言，或鼓励或指责。本应在赛后调整心情、好好休息、更加刻苦努力的他们，不得不应付这场口水战。新媒体便利快捷的优点，让人们的关注点不再局限于赛事本身，而更多地放在了运动员身上，这对运动员来说，必会造成影响。如何承受舆论的压力，不让心情影响比赛发挥，如何妥善地使用新媒体，这些问题是每一位运动员都需要适应和了解的。如何为自己喜欢的运动员加油打气，不去影响他们的正常生活，更是网民们应该注意的问题。

新媒体带给我们的奥运故事里最出彩的，一定是傅园慧了。她没有夺得金牌，没有突出的战绩，却因为赛后一段让人啼笑皆非的采访，为人熟知，她幽默又夸张的行事风格，让人们戏称她是"被游泳事业耽误了的段子手"。

奥运会就像是和平年代里，一场没有硝烟的战争，胜者荣耀，败者叹息。我们不能因为运动员没有获得金牌就否定他存在的意义，就像一场战争里每个战士都不可或缺，金牌不是一切。但收到"国旗接连出错""女排遭质疑重赛""接力被美国重跑挤出决赛"这些信息时，我们是愤怒的。这些愤怒去哪儿发泄，怎样发泄，在这个"人人自媒体"的年代，新媒体行业该怎样管理一些负面舆论，正确地引导人们看待奥运会，这些问题亟待解决。

国家的强盛与否不止局限于奥运会，但是奥运会期间新媒体的作用，给予我们启示，新媒体是一把双刃剑，用得好，可宏观监控、安邦治国，用不好，也可误导群众、引发暴乱。而这一切也督促了每一个新媒体人，要为营造良好、正能量的网络环境而更加努力。

（文／赵辰）

从腾讯"假"新闻，看新闻人"真"态度

2016年9月25日，"共青团中央"官方微博发表长文，列举了腾讯新闻及腾讯特派记者应虹霞多条关于宁泽涛的虚假报道。

共青团中央，是共青团在新浪微博的窗口，目前拥有四百万粉丝。此次的长微博题目名为"媒体观察：腾讯体育'记者'涉宁泽涛虚假报道有什么背后玄机？"，其中关于腾讯体育虚假报道的情况梳理如下：

1. 腾讯体育《给宁泽涛上春晚泼点冷水》一文涉嫌虚假报道；2. 腾讯体育《宁泽涛：全民偶像是如何走下"神"坛的》一文涉嫌虚假报道；3. 腾讯新闻《张梦雪勇夺中国队首金 宁泽涛首秀失利》涉嫌歪曲报道；4. 腾讯体育《宁泽涛遭踩踏重伤 右臂难动弹》一文涉嫌"标题党"；5. 腾讯体育《宁泽涛淡看"爆红"尚未有女友 透露择偶标准》涉嫌歪曲报道。

我认为这场风波里，最该注意的是新闻媒体对新闻的态度。而今我们处在海量信息的时代，网络的普及让人们查阅新闻更加方便，在这种情况下，人们更愿意点击自己感兴趣的标题或者独家的新闻来获取想要的信息。很明显此次腾讯新闻就迎合了读者的要求，多次通过"劲爆标题""歪曲新闻""捏

造新闻"的方式来吸引眼球、增加点击量，甚至在标题中很明显地加入一些恶俗元素，这完全违背了新闻工作者的职业精神和道德素养。"真实是新闻的生命"，一则新闻不一定报道得多么生动，但真实性是必备的。"秀才不出门，天下事全知"是当今的生活状态，我们已经习惯通过网络中的新闻媒体了解时事，并且深信他们所提供的信息。如果我们持续地接受像应虹霞这样的记者给我们提供的虚假信息，最终将会对社会产生不良的影响。《中国新闻工作者职业道德准则》中提到新闻工作者应该坚持新闻真实性原则，保证正确的舆论导向，目的就是要维护新闻的真实性，假新闻的产生是新闻记者职业道德缺失与专业理念匮乏的突出体现，如果在这个充满利益诱惑的现代社会，不能独善其身，坚持新闻理念与职业道德，在新闻报道中坚持公正客观的原则，真实全面地报道新闻，那记者就失去了其自身的使命和工作意义。

不仅如此，虚假的报道，更会伤害许多无辜的人。笔者曾经在微博上看到过一个短新闻，新闻的原貌是一位年轻妈妈在把儿女哄睡之后开始玩手机，第二天家人发现她在被窝里一动不动，眼睛还盯着手机，经法医鉴定是通宵玩手机，加上过度疲劳引发的猝死。当时关于手机的负面新闻很多，例如"四岁幼童长时间玩手机导致失明""小孩玩父母手机结果在手游上花掉数万元"等，所以这条微博被大量新闻媒体和营销号转发，评论里也纷纷抨击手机的巨大危害，谴责现在"80后""90后"父母。作为媒体，的确是需要关注度，甚至一定程度上要让一则原本平淡的新闻变得富有戏剧性，但我们能不能试着少一点有意地引导舆论方向，是不是非要抹去那伟大的母爱？非要忽略幼童缺少的亲情？让那些不能发声的人背上莫须有的罪名，让无辜的人受到巨大的伤害，使得新闻本身不能反映真实，而成为不计后果、随意导向舆论的工具。媒体为了点击量捏造新闻，全然不顾当事人的形象的案例屡见不鲜，这警示我们不仅要不被这些虚假新闻误导，更要有抵制此类新闻的决心，防止更多的人因此受到伤害。

这次共青团中央点名腾讯新闻，是对虚假新闻的一次抨击，同时证明宁泽涛作为新一代"国民小鲜肉"同时也是国家杰出运动员的良好形象，但面对日益庞大的新闻网络，只有新闻工作者秉持良好的职业素养，坚持报道符合事实的新闻，才能向读者展示真正的社会和个人形象。坚持实事求是，应是每一位新闻人的自我准则。

（文／关键　赵辰）

思绪飞扬

古韵之夜

昭君怨，一颗灵秀的心放逐塞北的风里，让狼的悲鸣来相伴共度年华，看飞翔的鹰的自由，看奔驰的骏马无拘无束地放任心情，昭君啊，你的爱在哭泣，你的诗情在哭泣。

汉宫之秋啊，多少故事已惘然，多少情怀已成了天下的苦苦哀叹。冷眼看着这深宫里的孤独与悲欢迷恋，早已没有了秋的饱满与成熟之韵。汉宫的古韵啊，你的风范使人黯然神伤，又深深的折服于这秋之汉月后的一天又一天。怎奈汉宫早已不再，而秋却是一年又一年。

在平湖秋月的塔下，远去的嘈杂不再有，一切都归于平静，这是一切生命的自然。我以这样的心来审视平湖之秋月美丽的面容，看到了深情款款的月投入湖的怀里，融为一体的完整和谐。

古筝带着清凉明镜般的声音，空明，而又穿越远古，把我一次次带到了古国的神思中，让我放下一切身外的尘杂，无我无物、超然物外、俯视苍穹。让我倘徉于历史的隧道里，满怀思古之情，与古贤品位智慧的生命皈依，与道仙们一同云游山水。

（文 / 汤婕）

安然栖居在书海一隅

这是一个数字和传统阅读交相辉映的时代，我却甘心静静地流连纸上烟云。印苑的阅览室是静谧的。在这里，心情永远恬淡、安然。

在印苑，我用文字洗去心灵的灰尘。常常在馆里看到和我一样热爱文字

29

的朋友，静静地坐着，不管性别、年纪和专业。因为阅读，他们的心愈见温暖和芬芳，我们的校园也会因阅读变得愈加人文。

很久以前的一个深夜，我翻看着卷页，看见了那首《湖南大雪》。那一刻，正是无眠时，月色浸窗，而雪的足迹，在印苑里寂寂延展。心，突然空明澄澈。而我，就这样被打动了，最喜欢的是那句——世界睡了而你我醒着。

此刻，月光与绿意消融。我斜凝这北国之秋，内心汹涌，又别样的寂静，只望在这安静的一隅独享这份冷凝与安然。

时间如指尖流水，恍如昨世。

虽然从小背诵古典诗词，但多半是小和尚念经——有口无心，一直未能让诗词情怀浸满成长的心灵之路。真正饱尝了书海精华是在上大学后，在印苑的图书馆里。印苑图书馆，一个真正享用不尽的"财库"。或闲或忙，总记得阅读。两年下来，却也大量地阅读了匪我思存、海子、顾城、七堇年的作品……此刻驻足，回首感慨：原来，书里的世界如此辽阔！

书是人类进步的阶梯，这是高尔基的名言，于我则是一种信仰。直至今日，虽历经种种，但和屈原的心是一样的，九死其犹未悔。当然，我永远不能如文天祥一样写出《指南录后序》，因为我没有"留取丹心照汗青"的胸怀；我亦不能把书卷书写成一纸辛酸《漱玉词》，因为我没有"人比黄花瘦"的婉约。

安坐于印苑一隅，心是暖和的，但书海之外仍有冻馁。然我不是杜甫，也未曾茅屋所破，但求此心安处是吾乡。

如果可能，我仍会坚持，在阅读里终老。我想的告别世界的方式，或如查海生那样，面朝大海，描摹着自己的春暖花开，给世界留下一个诗意的背影，那该是多么幸福。我想在生命的最后，有一个安静的院子，在秋日的午后，一本《纳兰词》或一卷《漱玉词》在侧，安然离去。

这样想或许是奢侈的。

我知道，书籍是我永远的指路灯。叶嘉莹说："学习古典诗词最大的好处就是使你的心灵不死。"我喜欢这个"当代李清照"的心灵感悟。我深知，只有心灵不死，才能在自己朝圣路上一步步趋近我的象牙塔。

所以，在这浮躁的社会，我遨游在印苑书海里，让身心尽可能地安然栖居。这是我的梦想和奋斗目标。

（文／雷凡）

感悟自然

　　雄奇的山峰，广袤的原野，欢快的溪流，深沉的海洋……当真真切切地融入剔透玲珑的自然之中，我发觉，繁忙的生活中仍需弥补一种"静听花开花落，笑看云卷云舒"的恬淡与安宁。

　　自然是自然的，需要我们用生命去感悟，用心灵去聆听……当速溶咖啡、一次性餐具走入我们的生活，当白色垃圾、虚拟社区成为当今时代的一种符号时，我们已经远离了自然。虽然报纸上是连篇累牍的旅游广告，可是，我们已经缺少了那一份感悟大自然的情怀和心境。心已经不再静如止水时，自然便离我们而去。

　　融入自然，感受没有束缚的气息。让心灵远行，一种悠远，一种梦幻，一种淡然。渐渐地，一个全新的天地呈现了。

　　自然是哲学的。自然从不奢言唯物、唯心，也决不归属于某一个流派，只是静默地躺在那里，任你去发现。有人看见昙花的一夜即逝，于是感慨生命的短暂；有人看见群星的闪耀，于是高唱生命的永恒……迦叶看见了佛祖拈花，于是得道。我想他定是感悟了自然的哲学。

　　自然是文学的。自然本身有着诗一般的韵律。自然总是伫立在那里，静静地任你采摘。苏轼路过时，摘取了大江东去的豪迈；李白路过时，取走了长江奔流的浪漫；柳永路过时，摘取了幽怨的柳叶。其实自然还在那里，在抒写，在记叙。

　　自然是自然的。你也许感觉不到生命流动，也许感觉不到春风拂晓，但你仍可以为伟大的自然而流泪，因为你用心感悟，便得到了自然的精髓——自然。

　　也许有一天，我们又回到了那些嘈杂的人世间，但我们已有了一颗自然而宁静的心，于是我们发现了另一种人生，另一种风采！

（文／杨婧博）

生如夏花

泰戈尔说"生如夏花之灿烂，死如秋叶之静美"。生命诚如夏花一般，若绽放便绚烂，若结果便硕累，若飘香便芳芬。光与影的和谐搭配，艳艳的红，生生的绿，再意犹未尽地吐出鹅黄的花蕊，一副惊世骇俗的妩媚。生命应当如此……

在无数花海中，你的那一簇犹如沧海一粟，渺小而卑微。然而生命断不可因卑微而枯萎，佛曰：一花一世界。活得简单不难，只需懂得为自己而活，为美好而生，为幸福而做。需求越小，自由越多；奢华越少，舒适越多。夏是凡高笔下浓郁的向日葵，是久石让黑白键淌出的天籁。夏是属于轰轰烈烈，是属于坦坦荡荡，是属于炙热而宽阔的胸膛。

生命的镜头对着自然泻下一束树枝，按下快门，无数形状的叶子的身姿被风定格在画面中，很有生命张力的样子。有多少片叶子就有多少种生命状态，或淡薄，与世无争；或张牙舞爪，费尽心思。更多的只是随风飘摇，便此一生。他们用尽一生来追寻自己想要的最佳状态，道路或坎坷或凄苦或多彩或纷呈。

生命应是无所畏惧的，每一个生命的到来都是奇迹，都是对世界的宣言，生命怎能就此甘于平庸？生命应当如夏天，火热的个性容不得优柔寡断，容不得畏畏缩缩，它要的是力量，是速度。它不允许平凡。

生是荆棘，刺痛中享受着绚烂；生是骆刺，骄阳下享受着微风。生命便应如此，如夏花般，无遮无拦地绽放，无边无际地烂漫！

（文／贾斯瑾）

秋天里

走过泥泞，跨过沼泽，于是踏进了这样一个成熟的时间段，秋季。

雨下一整夜，早晨起来打开窗户，倍感清凉，快意在秋天。秋天里，着一双舒适的鞋，漫步在林荫间，聆听着枯叶在你脚下吟唱。拾一片历经凄风苦雨吹打后的树叶，用指尖摩挲拂去上面的灰尘，那份属于夏日的辉煌在它的脉络里依然清晰可见。

想想年少的我们寒窗十二载，终也等到凤凰涅槃之时。不经意间抬头，看天上云卷云舒，人生的沧桑浮沉尽入眼帘。

秋天里，捧一本满是人生哲思的书，安静地坐在大堤上，凝视着海天一线的风景。潮涨潮落引发无限往事，如浪潮般直扑心扉。忆往昔，我也学得如古人一般，饮浊酒一杯，生得几分人生的感慨。世事纵有些不如人意，美好依旧在，莫掉辛酸泪。

"群芳摇落叶知秋，金风送爽菊吐幽"，秋天里，正是赏菊之时。冰肌玉骨，几枝疏瘦，独倚东篱之下，嫣然一笑，可谓好风姿，让人多回首；淡泊宁静，脱俗风流，傲立秋江畔，绰约多姿，真是好清雅，不语也说秋；不媚狎客，好交净友，百花开时我不发，枝叶落尽我清雅，粉蝶尽去，抱香枝头，绝对好风骨。

秋天里，也是观雨之际。秋雨肃杀，多了几分惆怅。伫立檐下，舟中听雨，体会逝去岁月，回首千年沧桑，不经意间想起圣人先哲的落魄经历，文人骚客的凄美爱情。独自上街，看清冷雨丝笼罩沉闷天际；坐于窗下，听簌簌雨声撞击敏感心扉。很容易地想起心中那个她，霎时间，万种风情，千百愁绪，淡淡锁上眉头。

秋天里，看树叶燃着，嗅着袅袅升起的青烟，映着岁末那摇曳的烛火，把思念化作只言片语，不需修饰，也不必刻意写上收件人信息，就让那南飞的大雁衔去那遥远的问候……试问人生几度好清秋？人生之旅，快意在秋。

（文／莎莎）

我等候你

时光从不愿等候谁，总是匆匆忙忙地流走。从你踏上开往齐齐哈尔的火车，这一别，已经过去了三个月。彼时，我们还手牵手走在学校的林荫路上，写大段的文字给彼此。而此时，竟需要我用一封信来表达我的点点心绪。

枫叶黄，寒纱窗，愿写一笺相思信，送上北方。

忽然意识到，对于你此时所居住的城市齐齐哈尔，我了解甚少，只知道它在祖国的最北方，每年冬天会下厚厚的雪，有高大而健硕的树，有肥沃的黑土。尽管通信技术这般发达，可每次询问你的近况，也只是草草几句，不能再像以前那样找一个奶茶店或咖啡店，我们坐在最角落的位置，一起聊天，直到夕阳染红天空。那时好像也是这样的季节，可以看到远处透过落地窗打下来的温暖的阳光。暖阳下的你微笑着对我说，双生花，并蒂莲，在阳光下我们都是不死的向日葵。

我始终疑惑，你这样一个害怕寒冷的女孩，怎么会选择去那里度过美好的大学时光，选择那个与你最初意愿相背离的地方。

我不知道与我相隔几个纬度的你如今可好？是否领子上依旧别着那个背面用晶蓝色铅笔写着"君若安好，便是晴天"的卡通别针；是否还在听我传给你的那些歌；是否还可以捧一本书窝在角落，一坐便是一天。梦里有你，醒来你却不在身旁，这才想起，今年的八月你已经踏上北上的绿皮火车，去了我陌生的城市。我承认，我想你了。

北京的秋天到了，去年我们一起拾起的落叶还夹在我的书里。我开始穿绒衣了，认识了许多新朋友，开始过住宿的生活了。一切都是新鲜的，只是心底某一个地方依旧住着你，等你在新年满街张灯结彩的时候，穿着厚厚的棉袄回来找我。没错，有等待就不会觉得孤单，有期盼心里就不会难过。

我一直在这里，在你生活了十八年的城市里，等候你。

（文／孙悦）

留得残荷听雨声

独自伫立在北国的深秋，走在潇潇的暮雨中，那暮雨仿佛在洗涤清冷的秋日。渐渐地雨散云收，秋风一阵紧似一阵，夕阳的余晖映照着高楼大厦。到处是红花谢了、绿叶凋零，满目凄凉，那些美好的景物都随风而逝。

实在不喜欢登高远眺，因为向故乡一眼望去尽是云烟渺茫，归乡的思绪就难以排遣收束了。唉，思念故乡是一件令人伤心的事！这些年来四处飘零，到底是什么让人苦苦滞留异乡呢？

非常想念暮春雨夜的江南——"闲梦江南梅熟日，夜船吹笛雨潇潇，人语驿边桥"；非常想念故乡夏日的荷塘——"接天莲叶无穷碧，映日荷花别样红"。想来故乡曾经的"莲叶何田田"，到如今大概是一片衰败景象，唯有留得残荷听雨声了！

或许，"留得残荷听雨声"是一种追忆吧。当人们很亲切地追忆并再现从前的情景时，那一特殊的情景对不同经历的追忆者有着不同的意义。对于一般的追忆者而言，这种意象往往意味着旧的结束，重新面向未来的希望和规划；可残荷听雨却不一样，曾经是"接天莲叶无穷碧"，如今是在秋雨中摇曳的枯枝残叶，不再憧憬花红叶绿，似乎有着对生命终结的体悟。在这种自觉的终极体悟中，有着对生命枯萎过程最为深沉的绝望和抗议，有着"无可奈何花落去"的落寞和悲凉。这是一种真切的精神体验，是一种不同寻常的复杂韵味。

或许，现实总是残酷的，总会留给人深深的伤害和痛苦，留下许多忧伤的追忆。追忆是一种退缩，是一种绝望的追求，也是对心灵最后的守护。无奈的现实，让人只好把人生虚拟为一个情境——留得残荷听雨声，在这样的情境中为自己保留下最值得珍惜的东西。

"何当共剪西窗烛，却话巴山夜雨时"，是将当下演绎成温馨的生命体验；而"留得残荷听雨声"则是一种对过往的追忆，如同"此情可待成追忆，只是当时已惘然"。

或许，只有真切体悟生命的人，才会有"留得残荷听雨声"的追忆和禅意。或许，还是不要安静下来让自己成为一个悲观主义者，还是要顺其自然：要看得见要看的东西——光和影，要有勇气去寻求自己想要的东西，要尽自己所能地去做自己想做的事情 。

（文／徐南嘉）

沉思冬雪飘零时

就这样靠在被子上，呆呆地掰着指头细数着回家的日子。关不严实的窗户时不时透进些冷气，散乱躺在烟灰缸里的未燃尽的烟蒂飘起的烟雾就着悬浮在寒冷空气中的尘埃，在虚弱的光线流转。终于还是盼来了雪。然而，一切关于这匆匆过去的整个学期的回忆，却像被打碎的镜子一般，在脑海中散乱地浮现，最后与现实交织在一起，使人难以名状的伤感。只能独自守着一份空虚与寂寞，在稿纸上，演化成悲伤。

我曾聆听过时间的流逝，是那般无声无息。看不到也触不及，其实那是一种无息的伤。似乎一直想大声说些什么，可是话未出口就变得乏味不已；似乎一直想为自己做点什么，可是直到开始着手时却徘徊于回忆的渡口，默数着那份遗留在陈年里的伤痕。曾一次次让自己跌落谷底，直到最后忘却了挣扎。同这个季节一样，我的思维里满溢着忧郁，连文字都如同指尖触碰失水过多的树叶一样有些生疼。朋友们一次次对我说别再忧郁了，这样会让他们心疼。我明白自己拥有的并不多，不该再为过去悲伤什么，就如我说过的，终有一天我会明白的。

这冬天，应该会是很冷的吧。

窗外的雪如丢撒的纸屑般开始飞扬，雪天是让人沉思的天气。看这雪花大片大片地飞落，触摸着它的身体，聆听它的思绪，就仿佛一切都失去了气息。

或许就是这样的天气，这样的寒冷，才会让渴望温暖的心变得苦涩。一个人蜷缩在床上紧紧用被子将自己牢牢包裹，和着唏嘘积攒起的温暖，沉入梦境……一抬头，满眼是猩红色的天际，落在肩头的雪越积越厚，没有一点点要融化的迹象，可是自己已不会觉得有多么冷了，如果一个人的心冷了，那他还会因外界的寒冷而感到冷吗？天空里摇摇欲坠的雪花缔造出来的昏天暗地的凌乱，伴随着我在路灯旁被照射出的孤独身影，就这样一个人，静静走向这岁末的悲哀结局……猛然间从睡梦中惊醒，可周围一切还是那么昏暗。许多时候，悲伤总是被包裹得很严实，回忆就像潺潺的流水，在我心底荡起阵阵涟漪。而思绪也如烟缭绕，蔓散眉间。尽管回忆被封存了许久，可始终会有那么一丝缝隙，悄然的把过去泛滥成灾，把悲伤逆流成河。都说最轻而得到的不是其他，而是年龄。十九岁似乎成了时光隧道里永远抹不平的刮痕，深深画上了许多的圈点。在岁月一点点来填补空白部分的时候，一个日子画上了句号，一个冬季的雪覆灭了那流年。十九岁是个不安年。如何去解说？如何去刻录？

那年十九岁。

今年二十岁，这个冬天，谁和我一起看雪？

（文/波）

留恋柔媚夏日里

夜睡了，是风儿拍打着窗棂；星醒了，眨动着晶莹的眼睛，哼唱着动人的小夜曲。每一朵合欢树的花蕾上都结满了音符，每一片荷叶上都缀满了柔美的歌声。远处的城市上空腾起的淡淡雾气里，攒动着夜生活所独有的喧嚣。我独自一个人信步于郊外的河边，欣赏着这个如少女般温柔的季节所带来的妩媚。

我曾和夏日有个约会，但却几乎是两手空空等待着夏日的到来，等待她温柔的小手穿过时间的围栏，轻轻拨开我心中满积的情愫，绽放那朵静放许久的玫瑰。

　　一直记得，我是双手擎满着月光一样的诗篇，跌跌撞撞走进这洋溢着活力的季节。来时还在为越季留下的伤痕而抽搐不已时，是你跋山涉水而来，绕过风和雨做的云朵，用温柔的双手轻拭我额头渗出的细细汗珠，并且举着那盏小橘灯带我走出忧郁、阴暗的小胡同。而我的心不小心被你掠走了，让我离你即使很近的时候，思念也如同周围树木的叶子一样疯长。

　　我记得你曾说过季节转弯处就是陷阱，我是一不小心掉到河水里被冲到你的世界来的么？就像我数星星时星星不小心掉进我的眼中一样。我为自己这个不小心而深感庆贺。是这个没敲门的小错误，让我遇见了今生最有意义的情爱。我深信你是从轻歌曼舞中缓缓走来的少女，妙曼轻足踏响了浪莽林籁；靠近了西窗下垂钓的懵懂的我，发现一次不动声色的咬钩。夜晚因有你的居住，因有你在弹奏轻曲，显得如此迷人，如此温馨。而在更多时候，我看见的是你手持绿色丝绸的当空曼舞。你展袖顿足之际，神韵了整个大地。众人因你而妒忌，众星因你而私语。

　　远远地看见你摇着婀娜身姿姗姗而来，淅淅沥沥的雨便织开了硕大的珠帘装扮你身前满是诗意的小路，斑斓的油彩不再蚕卧于画框里的寂寞，忽如一夜便在窗外的虬枝上爆响成绚烂多彩的花。岸边的油纸伞旋转成一朵抒情的素花，亭亭玉立开在瑰丽的岸边。雨的节奏恰似你的心跳，重重敲击着我多情的皮肤。雨中你挽起我走在湖边，绿色的荷叶悄悄张开圆圆的耳朵，啼听着我们俩的脚步声；杏花纷纷扬起粉红的笑脸，张望我们俩的身影。而我相信这一刻便是我们俩的永恒，身边所有的彩笔都在描绘这一对身影缠恋的轮廓。

　　还是最喜欢与你一起散步于宁静的夜中。梦升起的地方便是我们俩相依的小竹楼，是月光把轻柔的衣纱披在我俩的身上，而流苏般的一角顺着你的手臂在缠绵轻舞。夜的静谧安宁合着虫鸣惬意地奏响，我依着你的肩膀沉入梦乡，梦境中看见你在草丛里与蝴蝶嬉戏的情影，聆听你在麦田里与虫鸣窸窸窣窣的伴奏。你像一只紫燕衔着黎明，带我飞向遥远的地方。

　　等待黎明，等待下一天绚烂缤纷的降临。

（文／莎）

好雨时节

　　伴着火车与铁轨碰撞出的专属节奏，天空中的墨色渐渐退却，取而代之的是那一抹纯粹的湛蓝。连绵的群山，从黑暗中走来，嫩绿的裙摆上点缀着烂漫淡然的粉。远方湛蓝与嫩绿相接的地方，一团醒目的火红一点点地渲染开来。经历了车厢里的一夜无眠，我们迎来了这次早春之旅。

　　在等待清晨到来的时光里，清脆的雨声在耳旁响起。抬头一看，一颗颗小雨点落在车窗的玻璃上，突然觉得，灰蒙蒙的世界，因为它们有了一点点热闹的气息。一颗颗雨点在车窗玻璃上点出一个个小小的涟漪，继而又汇成晶莹的水珠沿着玻璃滑落下来，形成一道道若隐若现的泪痕。

　　天亮了，小雨依旧沙沙地下着。走出汽车，一股泥腥味儿扑鼻而来，一扫我们整夜的疲惫，我们兴奋地开始了早春之旅。

　　站在这个古旧的小站站台上仰望，湿漉漉的屋檐上，雨滴形成不规则的线段掉落下来。积着雨水的石阶，光滑如镜，透过它们几乎能看到我们满含期待的面庞。站台夹缝中，有了一点点淡淡的绿芽，虽势单力薄，却仍倔强地坚持。透过站台的栅栏，一座满是灰砖青瓦的小镇，隔着朦朦胧胧的雨帘，出现在我们眼前，缥缈而幽怨。是怪我们来早了，看到了还没梳妆好的你吗？

　　深深呼一口空气，淡淡的青草芳香，夹杂在泥腥味儿中，沉闷中少不了一缕清幽，这才是春的味道呀。

　　"天街小雨润如酥"，一场悄然而至的细雨，让我们不禁联想，春的繁荣光景即将临近了吧。我们伴随着春雨的脚步而来，身披着五彩的春色而归，春的行踪尽收我们眼底，春的灿烂拨动着我们的心弦。这真是一次难得的寻春之旅啊！

（文／窦玥声）

碧荷一池绘素笺

炎暑的傍晚，风起云涌。帘外雨，声声落心田。

撩人的寂夜，轻抚着思念的琴弦，宛若行云流水，逐浪心海的轻舟。雨滴飞溅，似矫情的姿态拨响幽婉的心弦，那些个流连于彼岸的梵唱，歌尽了红尘的凄婉。醉红尘，莫如此情！

流云飘过，蒹葭苍苍，携半卷清词，用一方古砚，轻轻碾磨着尘世的烟云。墨花飞扬，紫陌生烟，在庄生的蝴蝶晓梦里款款起舞，将搁浅的往事在宣纸下缓缓铺陈。

掬一捧湖水，拈一缕秋香。婉约明媚的律动在旖旎中绾结成洁白无瑕的心莲，任一曲水调轻轻的流泻，静静的蔓延，在薄如蝉翼的素笺上浸透，再浸透。

弦坠满心思，弹落片片幻梦。

一帘幽梦，依稀恍惚间，似见你，若隐若现，宛若水中伊人，颦目淡淡，纵不施胭脂粉黛，却也倾国倾城。一袭白色衣袂飘飘，清颜淡淡，只唇齿间留一抹香，馨香动人，娉婷波动处，笑靥亦起尘。悄然静夜之中，放心于绿水之湄，听风颂月，自在江上泛舟轻摇，一壶残酒，一蓑烟雨，坦荡一生，我手写我心来记录历史的尘埃。淡白的湖光与青屏相拥，晕染出一幅美丽而清雅的水墨画卷。

你就是那身着魏晋风骨，杏踏唐风宋雨而来的女子，在潋滟轻波里低徊、漫溯，在蛩音梵唱花落幽径之时，向那清芳氤氲的方向凝望着。一抹酡红的笑靥犹似一弯婉约的惆怅，那是为谁洒落的点点忧伤？

落字搁笔，素心微澜，尘心如念，化一缕思绪在指尖慢慢滑落……怀一颗虔诚的心，捧一本诗集，在唐风宋雨的诗词古韵里，寻你。莲步轻移，向我靠近，紫色的裙袂在风中轻舞飞扬，熏染的幻梦，抖落了一地……

（文／素颜）

徜徉唯美古文雅韵

　　轻轻铺开中国历史那本厚厚的画卷，唯美的雅韵便在你的眼前展露无遗。自古以来每个朝代都会涌现很多文人骚客。他们不为世旅尘俗所累，放心于绿水之湄，听风吟月，自在江上泛舟轻摇，以其巧夺天工之笔，记录历史的尘埃，为华夏文明谱写出无数文学史诗，让这个历史悠久的国度散发着浓郁的书香气息。

　　听着婉转悠扬的音律，摩挲字里行间那份自然和纯真，好似游走在涓澈夜雨下的灵魂，最后又泛落在了青花蝶韵的细腻流年中。当铁甲金戈消融在了时间的漏沙里，流逝的岁月，却似乎总能记下那遗留的华丽辞章。

　　循着汨罗江畔，屈子一曲离骚，千古绝唱，孤独漫步于这沧桑正道之上，披头散发，慢慢地走入那滚滚浪花之中，有如凤凰浴火涅槃般从容不迫。那些忧国忧民的浩然正气，随着他，一同深埋在了冰冷的水域里，用黎明前那梦的残翼，给奸邪之人，扣上一副沉重的枷锁，为世人带来一丝破晓的曙光。

　　迎着和煦的风，陶潜双鬓斑白，握锄篱下，静赏月下花泉。终南山下，静看夕阳归鸿、风卷云舒、闲庭屋檐、花落成片。晨曦抹落菊，溪泉浣花流。舟摇摇以轻飏，风飘飘而吹衣，倚南窗以寄傲，感悟云无心于出岫的婉转清悦。

　　文唐盛世，笔墨生花，太白用他浪漫的情怀，抒写了盛唐半世风烟。摇兰舟于碧波上，酒入愁肠，指剑对月。逐白鹿青崖间，手握一剪寒梅，走访五岳名川，穿梭蜀道，在桃花潭水边，看朋友情深。

　　雕栏玉砌附和着那恰似一江春水的忧愁向东流去，重光本是烟花三月、莺飞草长里踏歌而行的风流才子，却奈何被命运短暂定格在烽火狼烟的江山社稷。兵临城下之时，半城烟沙满目狼藉，一支纤弱的画笔，再也描不出"想得玉楼瑶殿影，空照秦淮"的唯美意境。

　　望眼欲穿，执笔轻扬，东坡孑立赤壁，乱石穿空，惊涛拍岸，卷起千堆雪。"自古红颜多薄命，残花败影随流水"，是貂蝉让方天画戟失魂，公瑾羽扇纶巾，略施小计，火烧赤壁，樯橹灰飞烟灭。然则当月出东山之时，侣鱼虾而友麋鹿，早生华发，一樽还酹江月。

当空白的思绪，逐渐哀怨在西楼的侧畔里，纳兰手握残笔，和那些断落了的或不断的琴弦，一盏香檀，卷入滚滚红尘，静默一袭华丽青衿，握手雕花橱窗，终身与书为舞，与墨为痴，卧衣泪满襟。遥指流年何堪言，一晌贪欢朱颜改。胭脂红，点绛唇，泛落的青颜，揉碎在浮藻间，聆听雨落芭蕉的凄然，为伊歌浮华，唯离别而已。

剪下一段烛光，挽起锦绸罗缎，卷帘幽梦，抒纸相思，泼墨氤氲汉赋元曲，离别禀赋唐诗宋词。纵使秦砖汉瓦被尘风掩埋，江山依然如画。时光踏下轻盈的足迹，卷起昔日的美丽悠然长去。记忆的气息误入梦的缝隙，如手采莲子，放歌三月的秦淮女子。婀娜多姿的身影，在泛起层层涟漪里，迷糊了我的视线。雨巷的那把油纸伞，不知何时萦怀抱肩。终于，终于，我醉了……

（文 / 吴江）

兰之若文

天下之物，各有其特性。或繁华如牡丹，或淡雅如芙蓉，或热情如赤枫，抑或孤傲如青松。

天下之事，因物而成。繁华如牡丹，便雍容于华庭；淡雅如芙蓉，便出水于碧池；热烈如赤枫，燃烧在山间；孤傲如青松，独凌于岁寒。

世人似物，而别于物，事物无情，人独有情，而可将情赋予物。情不同，事物也就不同。

追寻富贵繁华也好，落魄附庸风雅也罢，燃烧激情也好，倾慕傲骨也罢，世人似独忘山间之幽兰。似寂寞，犹安静，兰之若文，虽与尘土相伴，却也坚存着悠然宁静的姿态。

追逐繁华，寻求热烈的人们，当你疲了脚步，乏了心灵的时候，你可会想起被你遗忘在山间的那朵幽兰。这幽兰，无论你在或不在，它都在那里，汲取清冽的山泉，吮吸着山间清新的养分，当你身心疲乏，你可以来到它的身旁，它悠然自得的宁静便会安抚你烦躁的心。

随波逐求繁华、寻求热烈的人们，当你盲目了梦想，迷失了自己的时候，你可曾想起被你抛置在角落那若兰一般的文字。这文字，无论你在或不在，它都在那里，凝神聚气，守住自己的幽兰般的芬芳。当你迷失自己时，你可以将它拾起，它悠然的芬芳，便会使你平复躁动的烦心，回归最真实的自己。

（文 / 窦玥声）

千年的诗梦

一声清唱，一阕清词，流转了千年，逸散了千年，也微醺了千年。

轻轻翻开沾满尘埃的那一帘黄卷，那些曾在青灯下被伏案挥毫的文书青笺，折煞了前世的纷繁，在落花成泥的余香中零落成诗。你寄存在悠悠千古中涤尽铅华的喁喁私语，欲在逸世的彻悟中传承吗？你怅惘在红尘中凝眸回盼，等到了携手此生的期限吗？那些在薄凉若水的岁月深处游弋的心事，是否能凭着一把散落凌乱的记忆，重新找到归往前尘的彼岸呢？

蒙蒙烟雨沿着青灰色的天空缥缈入画，那些画中褪色的场面，像你残存在心里无法弥补的伤痕。拂袖轻挥，起舞弄清影，长歌断肠处，一阕诗梦，多少红颜纵身翩跹的舞步写意着那千年之间哀叹的曲调。盛妆掩映下，一段柔情，一段相思，一段戏子的惊天告白，苍老了多少文人笔端的娓娓陈述。你眉宇间浸透着我望不穿的惆怅，仿佛一朵出世的青莲开不出沁人的芬芳。

水月镜花般变幻，这千古垒砌了几世，续写不完的诗行中，你手持一把残破的胡琴，弹起尘烟雾霭中的誓言与约定。油灯燃尽，透过依稀摇曳的光影，你嘴角抽动的弧度是藏匿在心里最哀伤的姿势吗？还是一种相思难却的温存凝霜后，投影在心湖散不开的凄怆呢？

你梳妆打扮后留下的红装，唇色嫣红朱樱一点；你素手翻阅的点点墨香在一次又一次的泪雨凝噎中掩卷。那些卷中不曾了却的相约，那些在相约中早已经实现但现在却迟暮了的岁月，在你琥珀色的清泪中溶解，幻灭成千年尘封的一段故事章节。

章节中所有的开端都沿着美好而启程，却不料在征途的乱世迷蒙中错落了此间最原本的航向。于是漫长的等待与空白，就悄然无息地衔接了一段凄清的旁白。旁白中有太多的谜底不曾揭开，而那些不曾揭开的谜底遗落下来，也便成了一种最凄美最伤悲的花开与花败。

一段风烟散开，却又有一段风烟萦绕，我掩卷写在千年中隔世的字句，一笔一笔勾勒成他们遗落在梦中的独白。笔下，墨、泪，慢慢晕开……

（文/Bobo）

且听秋吟

仿佛昨日还畅游在夏季炎热的阳光中，今早推开窗，深吸一口气，我嗅到了一丝与奔放的燥热完全不同的气息。张开双臂，任由清凉的秋风灌满我的胸膛。世界静悄悄的，我听到了秋天轻轻地吟唱。

她像一位优雅的女神，落叶是她的双脚，轻风是她的霓裳，果香是她的芬芳。她那乌黑秀美的长发浅浅地遮住了晶亮的双眸，只消一眼，你便永远沉醉在那片幽深的涟漪中。她不似冬天那般轰轰烈烈，冷得仿佛天地间只容下那一种力量。她也不像春天那样色彩斑斓，让人迷失在似锦的繁花中，几欲忘记前行的路。她更不是夏天热浪滚滚般的热情奔放，她只是悄悄地出现，向我们吟唱着，诉说着她一年的收获。

秋天，成熟而美丽，丰硕又富饶，这是一种无可比拟的美。只有经历了春夏两季生命的成长与绽放，才能懂得秋天金黄的硕果是多么的来之不易。她因岁月的沉淀而充满智慧，因时光的积累而朴实稳重。春天的明媚和夏日的豪放几乎让我们忘却了奋斗本是艰难而曲折的，于是她让略带寒意的秋风向我们讲述着拼搏的过程。秋又不声不响地将树叶染黄，让它们投入大地的怀抱，那一地的金黄在阳光的照耀下荡漾出生命的光彩。只等我们伴着夕阳在厚厚的落叶上散步，听到树叶嚓嚓作响，便懂得了她的良苦用心。秋天本是多情的，她让树叶用这样的方式结束自己的生命，是为下一年春天的生机盎然奉献出一份力量。

有人说，唯有用心之人方能明晓秋天。因为她是那样优雅轻盈，害怕惊扰了自然界中的万物生灵。阳光洒满大地，等你发觉时，秋天只留下了一袭清影。

嘘，不要说话，且听秋吟……

（文／董晓康）

月中国

"白月光，心里某个地方，那么凉，却那么明亮。每个人，都有一段悲伤。想隐藏，却欲盖弥彰……"

此刻，白月光，照亮的却是什么？在人潮涌动中看完降旗仪式后的我，还没看到月光，只有那缀在云层中的细碎的星光。

远望天安门城楼，只见霓虹灯将它的轮廓描于夜空下，毛主席的头像，也被灯光衬得光鲜亮丽。城楼前的武警官兵，踢起了正步换起了班，眼光沉着而坚定地平视前方，他们如铁柱般纹丝不动，淡定地面对无数闪光灯和相机快门声。

华灯初上，遥远的那轮月也成了其中一员，若非细辨，那月，大概被我当成了一盏不起眼的灯罢。这繁华都市，有时，真叫人没奈何，此时，我才深深体会到何为"月是故乡明"。

望着那轮不知何时已升到中天的月，我突然想，与月的种种情愫，当属中国人最多了。那般的"春风又绿江南岸，明月何时照我还"，已从一种背诵任务转为乡思所寄。时光荏苒，我早已发现不到，类似鸿雁的东西，唯有，凝望这明月，感受北方吹来的夜风。这风，会带着我的呼吸，到那个江南的小镇去吧？看到繁花似锦，临时决意，今夜不眠，在天安门广场上观看升旗仪式。凌晨一点多，广场上已经挤满人，也就在这时候，我才能深切体会到13亿的概念……冷风一阵接又一阵，六点时分，或许我们是等待已久了吧，突然感觉周围一秒之间一下亮了起来，虽人潮涌动，我却越发感觉它静谧地亮了，虽彻夜未眠，它却给人刚刚苏醒的感觉。

等待11分的到来，而此刻，从我的角度看过去，正西落的月，正悬在旗杆后面，好似串上的，正渐渐淡去。国歌奏响的那一刻，四下无言，短短的46秒里，人们的心灵稍稍归于宁静，又或许荡起了漪涟。又一个46秒里，我看见风中飘扬的旗角，却想起已有六年未碰过的红领巾和那六年没用的少先队礼，岁月啊，流年啊。

国旗安静地飘扬着，国旗班在庄严的音乐中离去，月，不知何时没了踪影。京城脚下，我的中国心快盖过我思乡之情了，它让我懂得了什么叫对这片土地深沉的爱。

突然很想大喊"中国万岁"，不带半点口号性质，而是发自内心的，希望它能千秋万代地延续下去。爱我的和我爱的人们，莫问归期，总会有期。

伤春悲秋不是古人的专利，秋季总能飘洒满地愁绪，伴着国歌，太阳露面，早晨的阳光，锋芒毕露，一不留神就会割破季节仅存的那点柔情蜜意。温凉的露气，在日灼下渐渐远去，如候鸟啼叫。

我知这个季节已远离，不言归期，不敢说大约在冬季，只因那个用婉约的文字倾诉心曲的"人生千里与万里，黯然魂销别而已"，也为那赋下了永久铭记的诗句：一年好景君须记，最是橙黄橘绿时。

一个神话，能变得出一座天安门城楼，能变得出一页页积淀千年的中国前进史吗？爱国不需要有神话的力量，只是需要我们真诚而勇敢的心，只是需要我们再多一份微小的力量，再多一份，再多一份。

不为明天，只为眼前，不诉离殇，只谈过往，细数着那些湖水般清澈而潮湿的日子，莹泪已落。月已西归，相思情却，但愿，祖国腾飞！

（文／柯莹莹）

秋日静好，怎敌冬雷阵阵

　　碧云天，黄叶地，秋风阵阵，坡上寒烟翠。冬月秋末，深幽静谧，散发着阅尽人间沧桑的厚重。

　　一叶落而知天下秋，而这里的秋，容不得一叶独舞，秋风一凝。那满树黄叶争先恐后地坠下，有点干脆地扎在草地上，似仙女般缓转飘落，挟着我那颗充斥着初闯京城时的兴奋的心，尽入凉地。

　　落英散尽，褪去青葱，一叶一树显现出生命苍劲的脉络，欲将它一生的故事全刻写出来——青史名留。那些竭尽最后一丝力气紧攥枝干的叶，层层叠叠，细密如织，似秋蝉用薄翼留下的悲怆曲谱，记录着萧萧落叶的故事。它们用那绝弦曲，告知我风中的成长，雨中的茁壮。

　　对于一个远离故乡、有些伤春悲秋的江南来客，这北京的秋如童话般浪漫，却又凄凉得真实。只想化为孤蝶般的枯叶，让季风拥我越过长江，去看那红袖添香，绿意拂染，雨打谢桥。一切缘由十分简单——我没见过银杏叶子，但又不仅是如此。

　　年年不忘，此刻应是农忙。那稻香，那雀噪，那虫鸣，那雁南飞，我一样都看不到了。故乡的秋日，是辛勤的汗水与丰收的喜悦交织的交响曲，而远方的亲人们，请你们放心，此时此刻，秋日静好。

　　长夜阑珊，细雨轻落，点滴冰唇，凉意瞬发。寂寞长廊外，光影依稀，静谧里，思绪蔓延，如层层涟漪，碎了一池宁静。

　　人生如秋，再美的绚丽与繁华，再痴的任性与张狂，都会随着那落叶湮没在流逝的年华里。静默笙箫，才回归生命之本真；洗尽浮生，才显露生命之脉络。

　　而这北京的秋，似婴儿啼哭时累了便安静些许，短促而让人难以反应。秋还未走，冬便开始了喧闹。

　　思乡不肯入眠的午夜，周末不肯早睡的午夜，一切显得那么猝不及防，忽闻一阵骚动，有人大喊："下雪了！"

下雪了？下雪了！

思绪忽地停滞了，对于一个从未见过雪的女孩，这个傻犯得值。站在被银絮划亮的夜空下，仿佛一切都凝固了，我只是呆呆地、如痴如醉地望着这些在风中飞舞的流萤，浸润眼角的泪，被凉风裹住，转眼红了鼻头，是酸是冷，一时难分。

次日晨起，睁开惺忪睡眼，只觉外面一塌糊涂的亮，忽想起刚下过雪！只似惊鸿一瞥，跑到窗前便一下惊呆了。

阳光倾洒了一地，而那雪却似照亮了整个世界。雪只是那薄薄的一层，还未覆满那花园里的弯曲小径，却轻轻铺在满地的小草上，绿草银芽。还有那个藏着猫儿的小亭子也白了头，让我浮想联翩。只因这场小雪，是飘落在我眼底心头的第一场雪，那样晶莹洁白的闪烁着反射的阳光。忽然，毫无预警地，远方传来一两声沉沉的闷雷，在脑顶上回旋，余音袅袅，振聋发聩。冬天真的到了，抑或就在冬季，能做到一直追求的"行到水穷处，坐看云起时"吧。

古诗云："山无棱，江水为竭；冬雷阵阵，夏雨雪。"而今，于我竟成了"初雪之静秋，难耐冬雷阵阵，不见山，难分天地，却已与乡隔。"

（文/柯莹莹）

雪夜·华尔兹

寂静的夜，迷糊的路灯微闭着双眼，周遭只留下点点昏黄。你的短信捎来南方春花烂漫的讯息。我望向窗外，期待眼中也能落入些许春色。

一片又一片柔软的白羽飘落下来，它们路过昏昏欲睡的路灯，在柔和而昏黄的光影间，不停地变幻着形态，如羽如花，又仿佛是散发着柔光的小精灵——它们逃课外出，四处欢快地游走。它们落到屋顶，房屋就披上了黑底蕾丝的礼服；跳上枝头，初吐新叶的树枝瞬间如花似锦；躺在地面，大地片刻间就铺上了柔软的白地毯。它们的意外来访，让我仿佛听到那一丝丝只属于这特别的华丽笙箫。

朦胧而显得优雅的灯光中，这夜却显得那般璀璨。

咚嗒嗒，咚嗒嗒……华尔兹的音律渐渐在空中扩散开来，精灵们成群结队地从空中旋转落地——精灵的舞会即将开场。

它们来到我的窗前，落在了我的鼻尖，冲我调皮地眨眼。它们落在我的发梢，赠我以冰雪之桂冠；它们落在了我的肩膀，我那素色睡衣变成了碎花的裙摆。我伸出双手，精灵便又落在了我的指尖，领着我走到了这落英的舞池中。

你微扬着嘴角，笔直地站立在舞池中央，伸出温暖的手指，轻握着我的手。

"还记得舞步么？"你温柔地笑着，"前后，左右，并脚……"

我低头看了看赤着的双足，冲你顽皮地眨了眨眼睛："就算不记得也没关系，一切都交给你了。"

我赤着的双脚踩在你柔软的鞋面，伴着音乐跟随着你稳健的脚步，在这柔光中，一圈又一圈地旋转，翩跹起舞，裙摆飘飞。

你说："好一个舞动的碎花裙摆的可爱女郎。你属于这大地，你要在这雪地中起舞，如这飘散的雪片，那般轻盈，那样逐风飘零；你是尘世间的唯一，只需要欣赏你眼中的景色。你得坚定自己的信念，你只能做你自己。"

我说："从今天起，我不随波逐流，我只珍惜我眼中的美丽，我只做我自己。"

花瓣在空中飘洒，羽毛落在我的头上，小精灵在你头顶的羽毛中扇动薄翼。

淡淡的薰衣草香，悠悠飘过我的鼻尖，昏黄灯光下的华丽舞会，涌现出一波如薰衣草的浪潮，由远而近，铺成了一片紫色的花海。小精灵也从天空喷涌而出，大片大片的雪白，与这大片大片的艳紫形成满眼的眩目。

薰衣草的芬芳，淡淡地在天地间弥漫着，交织着，让空气都变成了让人沉醉的紫色，我仿佛也融进了这化不开的紫色之中。抬头望去，却只见他眼眸中依然耀眼的纯黑——悠然辽远，内敛深邃。

那让人随时随地都顿感安心的笑容，依然温暖。

一个回旋，接着一个回旋，前后，左右……我闭上眼，忘记时光，忘记距离，忘记忧愁，只为这雪夜的华尔兹之舞，直至夜未央。

（文/卡南）

我和钢笔的故事

有人说，颜色和味道对人的心情影响很大。我在想，如果这个观点成立，那么是什么颜色可以让我安心舒服，又是什么味道让我轻松愉悦呢？我知道，这些感受都与它有关。

每个人的青春都不容易，都需要自己救自己。在成长的路上，我不断地与不同的自己相遇，时而明媚，时而忧伤，时而倔强，时而柔软……对我而言，这些都像是郁结在心底的诗，需要借助钢笔和纸张来表达。据说钢笔书写的速度刚好与人的思维同步，所以在我看来，这是与自己心灵对话的最好选择。喜欢写钢笔字时硬朗、流畅的质感，喜欢那份娓娓道来、不急不缓的从容，喜欢墨水与纸张融合的味道，喜欢它留在纸上的那些淡蓝色印迹……如同许多人会因为一段故事而爱上一座城市一样，我对钢笔的钟爱，也是因为故事。

谈起我与钢笔的缘分，大概始于一岁。听妈妈说，在我生日那天，爸爸兴高采烈地抱着一大堆东西回家为我准备"抓周儿"。他们把颜色鲜亮的水果、漂亮的衣服、口琴、算盘等摆了满满一桌子，而我却对那些"诱惑"不屑一顾，反而直直地盯着爸爸上衣口袋里的钢笔，还不断用小手去摸……爸爸见状哈哈大笑，马上摘下了钢笔放到我手里，说："真是我闺女！"

爸爸这么说是因为钢笔是他自己一直习惯使用的书写工具，是他时刻带在身边的难舍物件。当我刚会写字，爸爸就迫不及待地给我买了钢笔，开始指导我练字。那时年幼并不喜欢钢笔，觉得它很重，写起字来很辛苦，所以常常会偷懒，写几笔就想要放弃。每每这时，爸爸便会给我讲起他小时候练字的趣事。那时的他也特别贪玩，总是为了早点儿出去玩耍而草草把字写完。爷爷发现后便会用小棍子敲他的手心，郑重地告诉他做事应该举轻若重，写钢笔字要一笔一画，专注用心。爸爸说他以前不懂，只觉得爷爷过于严厉。可是随着成长，他越来越理解爷爷的良苦用心，也越来越明白认真对待每件小事的重要性。所以，他总会把钢笔带在身边，时时提醒自己。

坦白说，那时的我并不太理解爸爸讲故事的用意，却在心底感觉到写钢笔字的神圣。因此不再像过去一般轻率对待，反而慢慢喜欢上了用心写字的过程。不过由于自己的粗心，总会不小心把钢笔摔坏，而爸爸就会不厌其烦地买来新的给我。可是后来，我们都发现，买到一支心仪的钢笔变得越来越困难。因为随着更方便快捷的圆珠笔签字笔的出现，越来越多的人舍弃了易漏水易摔坏还要时常记得吸满墨水的钢笔，商家自然也减少了生产。仿佛只是一瞬间而已，钢笔就被这个快节奏的时代所抛弃，但我却对它情有独钟。

18岁生日那年，爸爸送了我一支已经停产的"永生"牌钢笔。它并不昂贵，却是爸爸的心意。记得那天阳光格外耀眼，我一进门就看到了书桌上爸爸留给我的这些淡蓝色印迹。他写道："林，从今天起你成年了。爸爸没为你准备什么，这是我当年练字时用的牌子的钢笔，曾经它是每一个热爱钢笔的人都渴望拥有的。现在它已经停产很久，但这些钢笔隔了久远的时光还如此耐用。今天爸爸把它送给你，想告诉你，不管外界怎样变换，你都要坚守本心，像你最初学习写钢笔字时那样，正直单纯、一笔一画地去书写自己的人生。"那一刻，我眼圈微热，钢笔在我心里的分量更重了，仿佛有些东西一直在以它为载体传承着，是源自父辈的爱与关怀，亦是他们予我的人生教诲。

这世界每天都在变幻着色彩，每一刻都有许多事物出现或消失。但总有一些东西能留在一些人的心中，历久弥新，成为信仰，成为方向，成为前行路上的支撑。对我而言，那些与钢笔有关的淡蓝色印迹正是如此。它们帮我定格了久远的时光，见证着我的成长。让我在迷茫时，始终看清人生的方向，更让我在黑暗中蛰伏时，依然可以感受到温暖，为我的生命带来难以名状的力量。

（文 / 崔偲林）

愁秋想

秋天来临，在这叶子枯黄掉落的时节，我体验到的不仅仅是秋天特有的萧条。来到这个校园一个月就逐渐感受到秋天的时快时慢，快时秋风萧瑟，中秋佳节也接踵而至；慢时万里晴空，风和日丽，丝毫没有秋天的凄凉之感。但我胸中思家的心情却无法阻挡。

秋天的清晨有些许凉意，看着树上仅存几片绿叶，无数黄叶在空中飞舞，我不禁心生感伤。走在校园里，看着扫地的叔叔阿姨们，耳边听到的除了竹扫帚与地面摩擦而响起的"哗哗"声，还有落叶特有的赞礼声，赞颂着新旧交替，世事轮回。虽然我在这里没有看到曹操眼里"秋风萧瑟，洪波涌起"的壮大景象，有的也只是远行孩子"常恐秋节至，焜黄华叶衰"的悲凉与惆怅，但这依然有着另一番魅力，这是属于大地的节日。

愁，心之秋也。人在这个季节总是能感受到满天弥漫的淡淡愁绪与忧伤，远行的孩子想着回家，无依无靠的孩子想要找到家。庆幸的是，人们不论如何艰难，总是能怀着"解落三秋叶，能开二月花"的期盼与乐观。是的，人生最精彩的或许就是我们所经历的，我们怀着乐观积极的心态面向着未来，并努力前行着，在旅途中有所收获，思考人生。由此想来，秋愁虽让我们悲伤，却让我们更加珍惜"春水满四泽"的来之不易，并且渐渐感受到秋天除了给了我们"万里霜天静寂寥"，更多的是"春种一粒粟，秋收万颗子"的喜悦，让我们收获顿悟，收获一种处事淡然、顺其自然的心境。

秋又常常让我产生一种归属感。或许是跟着父母漂泊了太久，我还弄不清楚到底要"根"归何处。家乡是我们第一个扎根的地方，我时刻都记着，但不代表我不能在其他地方汲取新的营养。在那里，同样有我的"根"。记得初来北京的时候，我也曾因为水土不服而生病过，但随着我渐渐康复并且熟悉这个地方，我也像大树一样开始向下寻找营养与水源。所以，思念着家乡的时候，我不会忘记正身处的地方也是自己停留的地方，我珍惜每一片曾扎根过的土地。

"山僧不解数甲子，一叶落知天下秋"，当秋天来临的时候，我们产生了与大自然的共鸣，产生了对于人生的思考。我们的现在或许就像秋天一样有些萧条，有些令人苦涩，但请怀抱着对未来的希望，珍惜大自然的周而复始，不卑不亢，不骄不躁。"珍"其自然，对每一个地方的秋天都能处之泰然。

愁秋之时，浮想联翩，心之所想，如镜中影。我感激着秋天带给我们的愁思，映射着我内心最真实的叹息。这是一个令人感慨颇多的季节，随之而来的凌乱思绪却也给了我们心灵成长的空间。秋天将逝，带不走的是愁思，收获的却是思想的丰腴与成熟。

（文／黄志杰）

浮生三记

想念的时候，只觉时光浅淡悠长，绕指有余，岁月吟唱，清风入耳，余晖夕阳。

一　那些

濮阳的古物大抵是一直寂寞着的。本就是小城，而居者既非闲又少闲情，便一直由着那园子空荡荡了。林木拱手，池阁长廊，轩辕高阳。濮水寂寂地流，阳光扑簌而下，偶有微风戏耍，斑驳了一池昔日钟鸣鼎食的碎玉浮影。总觉有过于绮丽的靡靡之音潜在水里悄然响着，然被间或的微风一拂，竟至消弭于无形，寂静如初。

沅有芷兮澧有兰，思公子兮未敢言。忽而想到两个曾经摩肩接踵的古都，当烟雨偕同一个又一个的王朝逝去，不朽的又岂止是碑名。我观瞻过宫灯的祥和典雅，拜会过石经的古朴凝重，亦去过天子驾六的故址，白骨的森森早已盖过天子狩猎的霸气。只是唯独对一个展台又悲又喜，难以忘怀。不曾想过，竟会在博物馆里，看到你留于岁月的斑斑旧影。瞻彼淇奥，绿竹猗猗，有匪君子，如切如磋，如琢如磨。当古物被岁月的风尘饰以暗黄的妆容，黛色的杯皿是否还曾记得留侯指尖的温度。

古物寂寂如旧，许是早已司空见惯了所有的爱别离、怨恨会的因缘际会，终可以淡然而观本就虚妄的历史尘埃。

二　静好时光里的远行

平原辽远，低山重重，有泛白色的雾霭从如黛的远山上飘升，不知所止。嫩黄浅粉的小花在溪流旁丛丛簇簇地开着，火车依旧在爬行，几天几夜的旅程。

小镇不大，入眼皆是围做篱笆的柴木，走一些步子，便可看见成片成片的白桦，瘦削且笔直，映在蔚蓝如海的辽阔天空里，和着些蓬松柔软且散漫的云翳的铺就，一起朦胧了青翠。

相同的风景是否你也曾看，东风不语，杨柳无端泫然。史载子房功成身退，从赤松子游，多游名山大川，或可曾到过这里？青莲长衫衣袂飘飘，无喜无悲，温和恬淡的双眸，总是让人想起唐人流传千年的歌谣，"君生我未生，我生君已老。恨不生同时，日日与君好"的浅淡调子，悠扬许是比不过《双红豆》，却已歌尽了悲欢。

内蒙古虽是仲夏，可一过日暮便也开始寒了。窗外仿佛被漆黑的幕布所包裹，我想明日，定要晴天。

三　馥郁韶华

山一程，水一程，身向榆关那畔行，夜深千帐灯。白马寺莲池里的芙蓉安静地开复谢，午门朱墙外只有干净的喧嚣，呼伦贝尔一望无际的草原，湖泽里浅淡的白桦侧影，从林木的空隙里偷偷钻过的小松鼠，索菲亚大教堂的庄严肃穆。泼墨丹青，江山为画，好一幅锦绣河山。

最喜乌尔旗汗小镇的晚霞，日渐式微，将浅灰色的云烟晕染，在尚且干净明朗的天空上点染着层层朱砂，究竟是云翳遮了残阳，还是绯色抹了云翳已难以看清，只是这色彩，不够悲凉，不能绕指，虽有温情，亦有凉薄，确实美丽的刚刚好。可是，纵使再美的夕阳，也抵不过你展颜一笑的风采。

而今，纵是阳光菲薄，亦是到了叶落而知秋的时节。时光浅淡，岁月悠长，追思难鸣。明灭孤光谁与倾，卷帘遗落英。

（文／张紫依）

月满之约

透过夜空淡淡的薄雾，我望向天边那一轮满月，心中渐渐生出"今夜鄜州月，闺中只独看"的悲戚之感。这是我在他乡求学度过的第二个中秋之夜，去年此时的好奇与兴奋，现已完全化作了满怀的思念。我掏出手机，拨下了联通远方的号码，听着他们熟悉的声音，我顿觉心已在远方与他们相聚。

月之圆缺，亦如人之聚散，中秋月满，只为团圆之约。此刻我虽不能与亲人相见，但虚空中传递的电波里，是我们彼此剪不断的羁绊与惦念，我已如约，心亦圆满。

由月的圆满想及人的圆满，圆满一词在我的心中渐渐有了不一样的理解。圆，以其形，意完美无缺，一如那天边的月，历经无数缺陷的轮回方得光华尽展。满，原意丰盈，而在我看来，它更在人心，应有满足之意。圆满不在圆，而在满，只有人心易满，才能少一份贪婪，多一份知足常乐。正如圆满一词的起源，佛教以佛事完毕为圆满，小小佛事我们或许不以为然，但人生不就是由一件件平凡小事组成吗？做好小事，就已是一种圆满。

记得曾看过一篇名为《日全食》的小说，文章的最后，男女主角相约一起去看百年一遇的日全食，然而不期而至的雨却让女主角的希望落空。正当她失落之时，男主角的一句话却似云层上的太阳，温暖了女主角，也温暖了我。他说："比起日全食，其实我更喜欢每一天的太阳。"我们总是孜孜不倦地追逐着那些特别的存在，常常忘了普通却恒久的幸福。圆满之于我们每一个人，或许并不是摘取璀璨奢华的宝石，而是耐心拾起生活中值得珍惜的点点滴滴。

月亮这个星球之于地球而言，就正如卡戎之于冥王星，它们相依相伴，在静默的宇宙间起舞。纵使两个星球间相隔万里，它们也日复一日地践行着不离不弃的约定。人非草木，我们的感情更应该是一种无法被距离打败的坚定，就像此刻的我，虽远在千里，却仍默默地努力让亲人感知我的存在、我的惦念，这何尝不是一种陪伴呢？我想，只要心是紧紧相依的，即使是再简单的一个电话，也会是一场圆满的团聚。

中秋之日，月满之时，相聚的人们共享团圆的温暖，分离的人们在思念中感受爱的牵绊，这是上天的礼物，让我们至少在这一刻感受到人生的圆满。然而，月相盈亏，其实只是宇宙的障眼法，月亮每天都是圆满的，所以每一天我们都应该是满足的，每一天都应该心怀想念，这是对满月的约定。

（文 / 李妙雅）

当指尖拂过书页

当夕阳的一抹抹光辉跳进冯骥才的书房时，我想，他一定爱极了那个场景。金色的光影从他的书桌移向木柜中沉淀着历史的书页，再洒到柜顶上那个昂首挺胸的泥公鸡上。翻开书，飞起的灰尘都有了金色的墨香。只是这种感觉还能享受多久？

数字阅读的时代让我们见证了实体书店消亡的过程。然而，对于一个爱书的人来说，这种消亡就如同丧失亲人一般，正留下刻骨铭心的痛。我向来是不爱任何电子阅读的，凡有益的故事文章都需印于纸上才肯阅读。一来是觉得荧光屏毕竟损伤视力，二来是认为若非印在纸上，那简直就是亵渎了一部书的灵魂。

阅读不是入，也不是出，而是一种双向的交流。这种交流倾注了自己的情感，又带有自己的疑惑，在阅读时提出，渴望作者和书中人物的回复，由此才有了"与古人对话""与作者交谈"的独特感受。常言道："一千个读者就有一千个哈姆雷特"，那么亦可以说："一千次阅读亦有一千个哈姆雷特"。同书的对话，时刻都未停止，那该是独处书房沉思，忽又产生疑惑，便可以拂开书页再寻找答案，抑或是在常去的书店，再拿回一本书，再坐在同一块瓷砖上，伴着悠悠书香，再次沉醉。

冷静下来一想，在伦敦、纽约和东京，实体书店存在得如此密集，而凭借着它们国家的技术，进入数字阅读时代更要早于我们。也许，纸与电子技术竞争的魅力，除了内容与形式，更在于独特的信仰与氛围。欧洲人在吃饭前会拿出《圣经》祈祷，在遭遇危机和挫折时更要拿出《圣经》平复心情。纸质之书不论厚重，在他们心中都有着不可替代的位置。他们相信上帝将一切知识与哲理、美德与责任都注入书里，这一切只有在手指拂过粗糙的书页时才可以悟取。读书不为读到什么，只求吸一份灵气，悟出些什么。

中国不也是个爱书的民族吗？古人说过："读书可以尽日，可以穷年，环诸之中而观览四海，千载之下而觌面古人。"我们亦有如此丰富的元典，可以照亮前行的道路，为什么不曾多次翻开它们呢？当指尖拂过它们的书页，可以感受到佛的善良，诸子的豁达。然而，若化为一个个小而微的文档，纵使内含古书千卷，也显得毫无重量，好似把历史化作鸿毛一般，只为浏览，不为景仰，这难道不失为一种亵渎吗？

我还是爱着同冯老感受到的那般境界，在夕阳暮色中坐于书房，被众书环绕，感受到唐的壮阔，宋的凄凉，近代的伤痛和未来的阳光。

所以，愿指尖拂过书页的美好，既在瞬间，又在永恒。墨香还在，感情依存。数字技术瞬息万变，而那一本本书却不可能暗淡，消弭，它们只会愈加光耀夺目，"青春不老，绿树长存"。

（文 / 张远溪）

游园随想

我从熟悉的站台下车，走向"大山深处"，那里隐藏着公园的大门。我信步而行，在一个小亭子前停下脚步，那是我第一次去这个公园时避雨的地方。

走到公园深处，在一个不起眼的标志前，我蹲了下来，静静地望着木牌上"妮子的新家"这几个字。这里葬着一个小生命，它是朋友家一只很乖很可爱的西施狗。去年十一假期前，朋友回家带着生病的妮子去医院，医生表示无能为力。直到朋友返回学校后，妮子才闭上眼睛，永远地睡着了。她后来才得知妮子已经走了。朋友哭着给我打电话说不能见到妮子最后一面，她感到很难过也很遗憾。而在我看来，妮子是那么的懂事，陪朋友度过了自己一生中最后一个十一假期，它才安详地离去。

　　游人不是很多，周围很安静。我在"妮子的新家"旁边席地而坐，抬头看着天空。我记得朋友哭着求我去她家看妮子最后一眼时，还格外镇定地嘱咐我，看见妮子就赶快走，不要等阿姨哭了。她一向都是如此细心周全，想想也的确该这样。当年，我们同样都是十八岁刚刚成年，也都是刚刚被大学录取，我选择留在北京可以每周回家休整，她却独自一个人南下求学。人生地不熟，不能依旧带着在皇城根脚下长大的骄傲脾气，一切生活、学习、甚至生存都要靠自己，所以她必须学会独立与理智。只有这样，她才能在一个将要居住四年的陌生城市里立足。而我觉得自己没有跟她相比的资本，没有独自一个人生活的勇气，甚至不具备照顾好自己的能力。

　　时间让妮子的离开变得平淡，不再刺痛人心，然而它曾精彩地存在，这是谁都不能轻易抹去的事。时间是治愈的良药，我对此深信不疑。回过头看一直以来走过的路，好像已经过了很多年一般，心中不禁生出沧桑之感。我们在不同的时间遇到了形形色色的人，和他们相伴而行，可最后都不免散落各处。我不喜欢"天南海北"和"各奔东西"这样的词语，华丽但不温暖。我喜欢忠实的陪伴，和并肩而行的前进。王菲唱过"有生之年，狭路相逢，终不能幸免"，全世界那么多人，我们只和这些人相遇，是命运的安排，让我们和青春、和那么多人狭路相逢，共同经历了名为"成长"的故事。是时间告诉我，谁都不能幸免于此，要记住美丽的故事。时间治愈了记忆，也沉淀了智慧。但是像超人一样强大的我们，始终不能改变的，是内心的纯净，不能沉沦在黑暗之中，不能放弃自己。

　　我不是一个会伤春悲秋的人，也不是文艺青年，只是随时针转动行走时，看着自己脚下的路，想念着以前的经历。我和朋友们，都在各自的路上前行、进步，在时间的印证下，我们终将成为最初梦想中的自己。

（文／杨琳）

时光里的记忆列车

提及列车，第一感觉便是离别的苍凉萧瑟。列车轰轰地开了过去，留下了在站台上遥望暗自抹泪的人们，风吹过，他们面上一片冰凉。而后再提及列车，想起的就是那辆回忆的列车了。

尚记得《红玫瑰与白玫瑰》中振保在列车上与娇蕊久别重逢，时光静静地走着，一切事物似乎都成了摆设，车中只剩下他们俩。振保想起了往日里与娇蕊之间的甜蜜与哀愁，感到记忆像是被风吹散的花瓣，美丽却哀伤。他沉默良久，才开口问道："怎么样，你好吗？"爱情兜兜转转，到头来还是那几个字。振保看着镜子里自己流泪的脸，他不明白哭的为什么是自己，或许在这场感情里，他从一开始便是失败者。振保在这趟记忆列车里终于认识到自己生活的本质——虚无、笼统的白，像是一阵挣扎不脱的绝望。

三毛的记忆列车开得迟缓哀伤，她总是痴痴地一直坐到黄昏，坐到幽暗的夜慢慢地给四周带来死亡的阴影。在荷西死前，她曾梦见自己乘车远去，永远与荷西分离了。她认定是自己要离开这个世界了，岂知是荷西离开了。这梦里的列车啊，主题竟是生离死别！"刻意去找的东西往往是找不到的。天下万物的来和去，都有它的时间"她这样写道，尽管悲伤，仍带着参透世事的睿智与超然。坐上那记忆列车，看看沿途的风景，也许三毛能告诉我们真正的爱情是什么——"爱情的滋味复杂，绝对值得一试二尝三醉"。

记忆的列车轰轰地向前驶去，时光的痕迹蔓延过沿途的风景，或萧瑟凄凉，或芳草萋萋，或云淡风轻……但人们却是装作遗忘了自己的记忆列车，任着记忆在遥远的时空里慢慢溃散……陈丹青曾说过："我们这代人承认欲望，而不承认理想。"在这个快节奏的社会，人们想要的越来越多，步伐越来越快，越来越快，快到都没有时间停下来看看被自己落在身后的灵魂。为什么不停下来坐上自己的记忆列车，为什么不肯去面对以前的自己？停下来，回头看看。回头看看过去的青葱岁月，想想那时的花开花落；回头看看自己以前写的日记，想想当时的快乐或哀愁；回头看看自己曾收到的礼物，想想自己久未联系的他们……跳上那辆列车吧，让时光的过往洗涤你的心灵；让平静而清浅的回忆抹平你心上的皱痕；让记忆的碎片流泻出往日的云烟……"一年好景君须记，最是黄橙橘绿时"，我想说，记忆列车里的好风景，莫失莫忘。

记忆列车的美好也许并不在于重温以往岁月的悲欢离合，而在于走着走着，在某个际遇下，你重新认识了自己，对过往岁月不再感到惶然或怅然，那当真是应了丰子恺先生的那句话："不乱于心，不困于情，不畏将来，不念过往"。当生命走向另一个高度，也许记忆的列车对于你而言，便既是云淡风轻，又是刻骨铭心的吧！

（文／朱晓燕）

素时锦年

当珠霰飘扬开来，遮掩了树桩上阴暗潮湿的年轮；当日渐式微，天际间泛起胭脂色的涟漪；当图书馆门口的那抹青翠渐变为海棠似的泣血残红，道是又勾出谁的南国相思情结？当昔日的光痕在记忆的天空中以难以挽回的败势黯淡下来，我又该如何去镌刻，那些微小而冗长、繁盛如斯锦如雪的记忆末节？

时针走走停停，光阴早已被偷走了大半，依稀还可以听到来自稀薄的空气中命运的嘲讽。

有些时光，闲置了，荒芜了，像是放入了底层橱子里很少用到的物品，似弃非弃的模样。可或许只消等到来年，便早已悔了，翻箱倒橱地去找那些光亮的薄片，却是再也找不到了。

另有一些时光，初尝时只觉微苦，也无什么特殊的味道，或许中间还融有些平淡的丝甜，可一旦下咽，即刻便是觉得美好无比，能够让味蕾得到那种难以言说的满足。可是呵，那便亦是再也回不去了。

不愿，不甘，又如何呢？时光是从不理会这些的，它自会将你拖入另一片凉薄的光阴中，纵是有再多的不舍也挽不回彼时的夕阳了。

当终于有空可以转些地方时，却愈发的念起旧来。当昔时的嬉笑怒骂早已不在，想念的，又岂止是旧友？

曾因参加《秦时明月》的扮演游戏而结识了一些可爱的人物，突然有一天，那群人深夜叫我去看流星。可是那天，牙克石正是风雨交加，我便玩笑地说，谁帮我许愿，我唯愿光阴的彼端，子房无羔莫失莫忘，莫死莫伤，没想到饰庄庄的人还真帮我许了愿，对仅有一面之缘的陌生人的真诚，端的让初入大学校门、满目萧索的人感动。

大学很忙，忙到夏末听不到鸣蝉的聒噪；大学又很闲，闲到可以安静地想念，在斑斓的阳光里细数年华的静好。是谁说过，时光就像一群匆忙回归的燕尾蝶，带走了我对你们的所有思念。

初来时只觉新鲜，在未消的燥热里张望，与那些细碎的美好希冀一起朦胧了青翠。却终于觉得有些倦了，有些空荡荡的，即便是所有时间都被占的满满的，依旧会莫名所以的寂寞。闲看日渐式微时，脑海在不经意间又会闪出谁寂寂凭栏的安静侧影，空隔了如画江山。

如今，12月的空气寒冷而干燥，有寒彻骨的冷风刮过脸颊，忽的忆起那些在星子疏朗的冬夜里明灭闪烁的玩笑，仿佛从那宁息了很久的故地里吹散，一层一层的推将开来，而后，渺无踪迹。

（文／张紫依）

睁闭之间，两个世界

闭着眼，感受着富有节奏的呼吸，酣畅淋漓的生理极限，颇有"猛虎嗅花香"之感。

跑在大学的操场上，睁开眼看这个跑道前方无限延伸的赤红与白色分界线；抬起头，从赤红到五彩缤纷再到淡蓝；转过头，从绿到跳动的多彩再到赤红。我感受着操场上运动的人身上时时浮动的精彩。在这个环境里，我熟悉着现在脚下踩踏的操场，陌生着操场上来来去去的人。

　　不知怎的，这个场景开始"倒带"，时光轮回，当我想眨眼看清怎么回事时，我看到了另一个世界。同样的，我抬起了头，这个世界有跑道、晚霞，还有湛蓝的天空；一转头，我看到了足球场、运动的人们、直直向前的跑道。运动的人群中，有我敬爱的老师与同学，有与我一起挥洒汗水的朋友们。这里同样让我感觉既陌生又熟悉，陌生着这个好久没有踩过的跑道，熟悉着这里依旧有敬爱的老师同学和一个个嬉戏的孩子。那些我脑海中抹不去的思念在这里又重现了，我的母校，我真的回来了吗？"人面不知何处去，桃花依旧笑春风"并不能完全体现我的心情，因为"人面"依旧在，只是"桃花"等不到我的归来。心中烙印着的回忆与此时的情景重叠，细细品味空气中的清新自然，我已然闻不到我淡淡的汗水味，或许被雨水冲刷干净了，就像我回不去昨天一样，我也难再经历过去的点滴。但是，我闻到了另外的一丝希望与向往，这是学弟学妹将要展翅高飞的号角。是的，我都已经飞到了远方，又何苦找寻一些不切实际的回忆，就将他留在心中最重要的位置吧。

　　毫无留恋地闭上眼，我感受到时间又开始向前飞跃，再睁开眼时，又是这个淡蓝天空下的操场。我仍旧跑着步，体验这种挥洒的快感，心中有些释怀，心境也变得淡然许多。

　　能有回忆真的很好，但没有必要时时拿出来怀念，我要藏着等某天回到原来的场景时再拿出来与现实比较，看是否依旧那么美好，"没带走一片云彩"的我是否可以"挥一挥衣袖"轻轻地来去。

　　初入大学的我们有着青涩、懵懂与迷茫，前两者是对大学，后者则是对未来。但不管如何，我都感激这里带来了与我一起运动的舍友，一帮等我吃饭的同学……他们能出现在这里也是我拥有更多美好回忆的原因。

　　在这里，有一堆人陪我寻找着未来；在过去，有朋友与我一起挥洒汗水。这两个世界，我都倍感珍惜。

（文／黄志杰）

致敬 2013

　　临近圣诞，听闻家乡已降下初雪，小伙伴们也开始张罗一起回母校的相关事宜。对于刚刚步入大学的我们来说，估计没有什么比2013年来得更加铭心刻骨。我们曾为高考忙碌，却更加珍惜和朋友在一起的时光；我们曾为未来担忧，却更信赖同伴之间的相互扶持。现在已处于一年之末，大家应该都有同样的感触，明明就是发生在今年的事情，却感觉像是过了几个世纪，但又像发生在昨天，历历在目。

　　一树梨白，我总期待能在这样的景致前醒来。记得高中第一次留校，就碰上了难得一遇的大雪。空气中依旧含着褪不去的雾气，学校的楼群也显得有些灰暗，尤其是在路尽头处的那一座高三楼也显得格外孤独。这一座楼，盛满了我们埋头在页页试卷间的叹息，也搭建起了我们每个人之间深厚的战友情谊。在它冷峻的面庞下，饱胀着每一个少年对未来的憧憬与迷惑。当时正在经历苦涩高三的我们，不知回想高一高二的心情，是当初没有尽情享受悠闲生活的遗憾，还是没有趁早苦读的懊悔。越是临近毕业，我们从面临高考的紧迫感中，越会察觉出一些不一样的情愫。

　　想起对高中生活的百般抱怨，就会感到无地自容。毕竟当我们有一天也身在饭局中与人谈及金钱与名利时，就会想起在高中食堂里，我们一起就着最简单的饭菜，碎语吞吐谈天说地；当我们有一天也睡在寂寞冷清的房间，就会想起宿舍里，我们对彼此敞开心扉的细细夜语；当我们有一天也经历了人生的大起大落，就会无比怀念那无忧无虑的学生时代，老师给的鼓励，同学给的祝福，那些最单纯真挚的心愿，最令人感动的陪伴，以及曾经那安定世界给的安全感。

　　然而接下来的我们走出校园，开始营造属于自己的人生。我们进入大学成为新一代的竞争者，满怀雄心壮志打算将绘制的蓝图变为现实，而此时却再没有什么可以来庇护我们。我们甚至连迷茫停歇的时间都没有，就早已被潮水推向了自己本无意去到的地方。

大家不知不觉都已成年，看似没有变化的人生实则增添了许多的责任。人总不能流血就喊痛，怕黑就开灯，想念就联系，疲惫就放空，被孤立就讨好，脆弱就想家。我们不得已地在新环境中飞速成长，最漆黑的那段路终要自己走完。我们不怕会颠覆原来的世界，只要每一天会比以前有所成长，就已经是最大的满足。

怀念或担忧都不能成为止步不前的理由。美好的东西因难以拥有而令人心驰神往，美丽的回忆因难以重来才更显珍贵。唯有将过去的一切转化为前行的动力或基奠，才是不虚度时光的最好证明。

2013，是奋斗的一年，是成长的一年，是充满感动的一年，却也是最难忘的一年。

（文 / 商小舟）

雁之北归

想起一段"大雁往南飞""蚂蚁在落叶上奔跑"的文字，因为喜欢秋天，所以一直记得很清楚。

那时候确实能看到南飞的雁，确是"有时候排成'一'字，有时候排成'人'字"。回家的路两旁是白杨树林带，每到秋天就会给路上铺一层金黄色地毯。忽而有遥远的鸣叫声传来，我们抬头看，便可以看到一行大雁排着队形，在湛蓝的天空下缓缓飞过头顶。那叫声，仿佛从清澈的天空传来之际过滤了一番，悠悠远远的。

后来我发现，秋天有雁，春天也有雁。

狂风呼啸的沙尘天气占去了北方一半的春天。春天的雁飞得很急促，而且一个春天只能看见一次，有时候一次都看不见。或许是很多时间都被我们用来躲屋里避沙尘，或许是漫天的沙尘掩住了我们的视线，或许是忙种的人们无暇抬头，总之春天的雁给我的感觉如浅浅颜色的迎春花，印象不深。

对于雁，有人说南飞叫作归，有人说北飞叫作归。我更偏向于后者。

南飞的雁，三步一鸣，五步一唱，恰似频频回头，不忍离开陪伴一夏的湖泊。北飞的雁，身影匆匆，和着惊蛰的响亮，驭着刀剑般的狂风，飞沙走石而过，苏醒了对那片湖泊沉睡一冬的热烈。对于雁来说，北方的湖泊，更有一种家的概念。从环境科学来说，北方很多地方现代化气息未渗透，上村环境和生态平衡的模样，更适合野生动物的生存。

自古雁就被当作寄托和思念，"雁声远过潇湘去，十二楼中月自明。"人们希望北归的鸿雁可以把自己的思念带给前线打仗的爱人，征战沙场的战士也在圆月之夜用鸿雁带去自己的回信。

同时，鸿鹄之志，也是人们永恒的话题。庄子用"鲲鹏"和"蜩与学鸠"相比较，说明了大作为必是准备充分、目标坚定、内心强大、气质不凡的结果。好比鸿雁和燕雀，南方的温柔富贵乡是燕雀们的寄居地，却只是鸿雁的冬季过渡区，北方的广阔的蓝天和湖水才能承受得了雁的无所拘束的飞起和降落。

雁之北归，也是中国人的一种生活习惯，漂泊经年的人，总要回家探一探乡情，放松一下紧张的神经，以便更好地奋斗。不管走多远，自己长大的地方才是自己最熟悉最习惯的地方。

童年的记忆是一生中最多的，尽管童年只有短短几年时间。把最多的欢声笑语留在了那个地方，你没有理由不想念到它。叶落归根。

十多年没看到过雁了。北归的雁，你们还好吗？

（文 / 独吟黑白）

寻找那株美丽的忘忧草

每天上下班，总会路过一个补鞋摊。这是一个街角的小拐角，几平米的简陋小屋，一个六十多的老人，腿脚不是那么灵便，走路一瘸一拐的。可这又是一个干净的所在，也是一个快乐的所在。伴着那小钉锤的叮叮响声，他一边工作着，一边常常温习着旁边收音机里的戏词，有时还陶醉其中地哼上几句。他爱好他的工作，他的工作和戏词是他的爱好，尽管他收入微薄。

　　我赞美那个每天到附近小店送货的小伙计，蓝色的工作服上有几道皱褶和好多灰尘，他一家家地忙过来，下货，搬货。他一边从半新的电动车上卸下那些杂七杂八的百货，一边唱着他的乡土小调，忘情似的，没有去管别人诧异惊奇的目光。他从他单调的工作上找到了自己的趣味。

　　楼下的一位白发老人也让我称颂。每天不管刮风下雨，不管严寒酷暑，退休的他，总会一如既往地推着他的小车儿，送他邻家的三个小孩到幼儿园去。他爱孩子，一路小心走着，陪着孩子说些趣事、乐事，逗孩子开心，不时有一阵阵银铃般的欢快的笑声，引得人们认为那是好亲近的爷孙。一路走来，他用他的车轮，碾出了一道爱的路途。

　　我常常从他们身上，感知我所谓的生活苦闷、烦恼是多么的无中生有。是的，人生原不可避免寂寞，也无法避免忧闷。消解寂寞、忧闷的方法，不需外求，因为外面的任何事物都无法使你忘却人生的寂寞忧苦。为什么不沉静下来，在你的心灵深处，去寻求一株美丽的忘忧草呢？

　　爱好一种东西，或喜爱一种工作，可以使你的生活中充满了情趣。这爱好就是我们心中的那株美丽的忘忧草啊！

　　执着于自己的爱好，他就有着无限的美和趣味。如小孩陶醉于自己的游戏，忘记了疲累；如一个白发的老学者，每天在他心爱的古籍中找寻乐趣；如一个画家，每天在涂抹挥洒中，发现了生命的意蕴；如一位根雕大师跋山涉水于崇山峻岭而不知艰辛，寻到心仪的树桩时的如获至宝，完成作品时的雀跃；如一位爱好写作的文友，废寝忘食地敲出一篇稿子，不久就获知它成了铅字，那种不亚于孩子初生的暗自窃喜——他们因为自己的爱好，让心灵有所寄托，明白了自己生命的定义，心中就感到无限的快乐。

　　一个人生活着，有所爱，有所好，就能使生活趣味化、生动化、优美化。

　　打开乐曲，跳一支优美的舞蹈。

　　拿出口琴，吹一支欢快的曲子。

　　拿起笔，写一首小诗，或随意一段文字，记下心中的所思所想。

　　打开颜色盒，把你眼前的一枝新绿描下，或把眼前的感动留下。

　　望着远处的天空，唱一首自己喜爱的歌谣。

　　在屋后的空地上，撒上几粒植物的种子，等待着丰收的花开和果熟。

　　陪孩子读读书、玩玩游戏，把孩子的爱好注入生命的每一天，快乐着他们的快乐。

找三五好友，喝喝茶，聊聊天，或对着阳光、花草，默默静坐，相顾无言。

……在人生有限的时光里，我们应该好好去利用，更要用心去培植，久而久之，我们的生命树上，就可以开出最可爱的花，结出最甜美的果子。如果快乐地迎接每个日子，生活就会挥发出香味，像那株美丽的忘忧草一样——这便是你的成功。

找到你的爱好，这株美丽的忘忧草——你也就是世界上的一个最快乐幸福的人了。

（文／任天军）

绿色的家园

每日上班下班都要经过一片小树林，不大的树林中住着为数不多的小鸟。不高的树枝上，筑着星星点点的小鸟巢。清晨上班时常有早起的鸟儿在枝头叽叽喳喳，傍晚下班时，也有扑棱扑棱的鸟儿前前后后地归巢，带动着风中的树梢轻轻摇晃。每次听到鸟儿的叫声，傍着夕阳的余晖或是徐徐的晚风，想着倦鸟归飞急的句子，踏着回家的节奏，我觉得非常应景，心情也随之而愉悦。

不知什么时候，这片小树林被围墙围了起来，想来是这片土地被列入了城市建设的规划。每日经过时，看到渐渐多起来的广告画，我也没太在意。

直到有一天，我比平时上班上得早，路上显得格外安静。经过小树林时，忽然听见"啾啾啾"的几声清脆的鸟鸣，蓦然回首，才惊觉树林已显得稀疏萧瑟。往日不多的小小鸟巢有的已荒废，有的已破败，那只孤独地站在枝头的鸟儿翘首目视远方，仿佛不甘心即将失去栖身之所。它零星的叫声在初冬清晨的寒风中，伴着不堪冷风吹拂而抖动的枯枝，颇有几分凄凉之意。

我轻轻叹了口气，感觉它就像农村中的留守老人。别的同类，大多已迁出，而它或许由于年老和病痛仍坚守在最后的家园。随着社会的发展，城市的扩张，许多农民失去了土地，中国的社会结构正在悄然发生着变化，而自然、环境、生态又成为摆在我们面前的主要课题。

看着那只孑然茕立的鸟儿，我忽然有点讨厌横亘在我们之间的那堵围墙及上面的广告牌。我更喜欢之前苍翠而有生机的小树林，怀念我们之前自然相伴、声心相映的那段时光。

接下来的时光，我有意换了一条步行上班的路线，因为我有些不忍去见证那片树林彻底消失的过程。

半年之后的一天，为了赶时间，我选择了经过那条路。围墙已拆除，取而代之的是一片整齐洁净的现代化居民小区，在小区周边，开发商种植了一小片树林，使新楼盘看起来并不单调，显得有些清新可人。忽然，一棵树下的一对父女吸引了我的注意。只听小女孩问："爸爸，我们把这些食物放在'爱心鸟巢'里，就会有小鸟来吃吗？""有的。""这些鸟巢是谁做的呀？""这些是建造这片房子的人，听取了大家的意见做的。有了这些'爱心鸟巢'，小鸟就会有房子住了，鸟儿一来我们这里就会更美了。"父亲温和耐心地看着女儿笑着说。"太好了，小鸟都会有家了。"小姑娘拍拍手，高兴得蹦蹦跳跳地牵着爸爸的手走了。

我放眼一瞧，原来这片小小树林中，几乎每棵树上都挂了一个人工鸟巢，鸟巢在绿树的掩映下显得那么和谐、美满。

对啊，建设文明城市就是要像这样彰显和谐与自然。我不禁想起半年多前那些搬了家的"原住民"们，你们会回来吗？会知道这里有很多喜欢你们、欢迎你们的人吗？

（文 / 韵洲）

走进文化的天地

将躯体从世俗的期许中抽离，只身踏入文化的版图。

迎面袭来的是源自荒原的猎猎长风，裹挟的黄沙，是揉碎在历史中的一个个文化结晶。只因千年的风势过于浩大，这里，全无闲庭信步，走马观花。我们只得踉跄而行——甚至匍匐，以膜拜的姿态仰视这永恒的不朽。

本希冀做一个悠逸的游者，却无法抗拒的成了虔诚的信徒。此刻，眼中总会不觉间噙满泪水，不知是粗犷的风沙将双眸迷蒙，抑或是千年的积淀将心灵牵扯。

散落遍地的卷帙，堆砌成一座文化的阆苑。

太多风尘仆仆的皈依者，将灵感流往于此，将心灵托付其中。纵使斯人已逝，点尘不惊，那风干的墨迹，亦成了墨祭。怀想汉字，从殷墟甲骨演化至篆隶楷行；怀想诗文，亦由仅可滥觞的一泓清浅汇至力能浮舟的融融流川。共工怒撞不周，庄生晓梦迷蝶，诗仙酩酊高歌，陶潜躬耕南野。马作的卢，那炫美的梦境映射出如何的凄凉现实；独钓寒江，那寒彻的江雪又封存着怎样的暖意温存。他们一个个从记忆中涌来，喧嚣中兀自呢喃着一段闾巷百态。当人群渐远，四下恢复阒然，心中却难以敛息那暂刻的波澜。

当诗歌文化成了心律的起伏，那些远离城市喧嚣的一角文化亦成了心灵的净土。

拂过那镂刻着岁月的转经筒，筒身的轮转，正如生命的轮回。悠远的鸣声，好似呢喃着降世与涅槃的周而复始，讲述着千年的异域神秘。照亮那勾勒着虔诚的莫高窟，流逸的线条，正如生命的律动。动态的色彩，好似淡化着标本与生命的对立悖反，闪烁着佛教的美学辉光。踏丝路，耳畔回响着浩浩商旅的驼铃；抚宫墙，脑海再现出千秋帝业的盛衰。凭栏远眺那曾发生过曲水流觞的来今雨轩，激扬的文字，再现了那段自由而又本真的难忘时光。不管是春柳含烟、蝶舞莺唱，还是冬雪堆玉、老梅燃情，也不管是秋菊噙香、黄叶流金，还是夏荷出水、翠竹临风，那朵朵偶然脱俗之花在字里行间竞相绽放。

这些文化的寓所之所以长存，或许并不只是一纸规章的保护，而更在于世代炎黄后裔对文化的坚守——如庄子守望着他的月亮。或许，我们本无须所谓踏入文化，只因我们始终身处其中，只因万事万物已打下太深的文化烙印。那团圆的月，是李白的饮客，张继的旅伴。

依旧是未息止的风沙。此刻，我竟无法从这天地中脱离，不知是掠过的风沙将归途阻断，抑或是千年的积淀让心灵滞留。

（文/张远溪）

春天，画一只风筝

小时候，我和爸爸逛街时在马路旁发现了一只风筝，断了线的风筝，孤单地坐在栅栏顶的一片爬山虎的藤蔓之上。爸爸踮脚把它取下来。

是一只企鹅！我们惊喜地发现，黑色的绅士的衣服，白色的肚皮，傻傻的，呆呆地出现在我的面前。我无法想象作为一只风筝，它飞上天空是什么样子，我只知道，看见它的第一眼，我便爱上了它。

春天，爷爷带着我，骑着他的叮当乱响的"宝马"，穿过树林和湖畔，来到了一大片空地。我们下车，在风中带着风筝奔跑，看着它，笨拙的身体慢慢升入天空，升入云际，随风飘扬。

小时候，我见证了它的飞翔，它见证了我在风中的奔跑。

它是我的伙伴。

快乐的时光总是飞逝的，让你抓不住静止的瞬间，你只能把它记下来，藏在心底，偶然回忆一些快乐的经历。

我上小学了，我上初中了……我长大了，我忘记了。风筝被堆在角落，一天又一天，我渐渐将它忘记，它也不知到了哪里。

有时候，我会想起它。

春天，就是个天使，带来了希望，带来了风中的美好。在春天，偶尔会想起它，伴着花草的清香，在空旷的地上，看着它，飞向天空，变得越来越小。记忆中，它陪我度过了一段童年的时光，单纯美好的时光。我总是在阳光灿烂的午后，怀念它。

春天又到了。要不要画一只风筝，室友问我。她说在举办手绘风筝的活动，我说好，我得到了一个空白的风筝和一堆颜料。

我先画了一个很漂亮的尾巴，在宿舍。我问她们，漂亮吗？嗯。我继续画，我想尽快画完，然后带它去兜风。

我要它有小鸟一样明亮的眼睛，我要它有燕子一样美丽的翅膀。

可惜，画功不好。

我画了一双三角形的大眼睛（不太好看），一个像小鸟一样的翠绿色的脑门，还有黑色的下巴。

好丑，看到大作后，我就失望了。我把丑孩子给室友看。好难看。我知道，她们说的是实话。

我带着我的丑孩子在楼道里奔跑，它就贴着楼道的天花板飞翔。每一只风筝都渴望飞翔，我深知。

它是我的伙伴，每到阳光灿烂的午后，我便拉着它，出去逛，享受阳光的风暖。它总是欢快的飞上天空，我看着它，直到阳光刺痛我的眼。它是个调皮的孩子，每飞一会儿，就掉下来，直到我说回家，它便快活飞翔，似乎不满绳子的束缚。

"妈妈，看，风筝"小孩子惊喜地说。它便快乐的在风中摇摆。咧着嘴，开心地笑。

春天，画一只风筝。画的时候，想起了它的前辈，儿时的伙伴。画完了，觉得它好丑好丑，但竟然会那么喜欢它……我就这样看着它，任凭它在风中摇荡。我的心陪着它一起在风中飞扬。仿若回到了小时候……"乖孙女，去放风筝吧。"

"好呀！骑着我们的宝马良驹。"

一辆叮当响的破车，一个老人，一个孩子，在风中飞扬。

一阵奔跑，风筝挣脱了大地。

风筝飞入天空，晃着，仿若要挣脱那根细细的线。孩子望着它，眼神清澈，仿若它飞入云际就是这世界上最开心的事。

（文／高新秀）

欠一个春天

2016年第一场雨的时候，我和室友在赶赴兼职的路上，出租车一路疾驰，又频繁的刹车。让已经很久没有晕车的我胃里翻江倒海。只好把车窗摇开一道小小的缝隙。瞬间，湿冷的空气侵入车内，与闷热纠缠在一起。丝丝春雨打在脸庞有一种沁人心脾的惬意。

出租车的雨刷像时针一样摇摆不停，提醒着我们时间紧迫，面试要开始了。说起来，这已是我来到这个陌生城市的第二年，我见识了她穿洁白婚纱时的冷艳静美，现在，她又向我展示穿着流苏长裙时的绰约多姿。

耳边突然响起 Eason 的歌：

我来到，你的城市，走过你来时的路，想象着，没你的日子，我会怎样的孤独……高三那年，我和一个女孩约定，大学一起去同一个学校，然后一起逃课，一起看雪，一起赏花，一起度过我们最最美好的年华，但是后来我爽约了。我耳机的另一根线也因此而失去归属。年少的自己总以为自己是对的，毫不顾及他人的感受，直到失去才后悔莫及。而时间永远不会倒流，瓶子里的时光，更是回不去的过往。

雨还在下，淅淅沥沥的。出租车停了，我们冒雨走进公司，年轻的姐姐询问一些问题并讲解工作流程，一直到我们没有任何问题才结束。听到面试结果那一刻，我意识到我已经长大了，当年的小幼苗如今自己也能遮一方细雨，根系羸弱但结实的扎进泥土里。

2016年的春天是一个有独特象征意义的春天，是我20岁的春天，是我在"北国春城"度过的第一个春天，也是象征着我顽强生命力的春天。尽管，这个春天注定会使我孤独……雨停了，我们原路返回学校，回程路上出租车音响放的是岳云鹏的相声，同行室友不时发出笑声并偶尔与司机闲聊，我的脑海则反复掠过那几句歌词：

我来到你的城市，走过你来时的路，想象着，没你的日子，我会怎样的孤独……不知道从什么时候起校园附近的花竞相开放了，一直都没怎么注意，上车下车间竟领略到忽如一夜春风来，千树万树"桃"花开的美景。

我又想起了那个姑娘，她陪我走过我生命中最美好的春天，又默默消失在下一个春天。我想我是爱你的，可是怎么说，总觉得我们之间留了太多空白……对不起，欠下这个春天。

雨后潮湿的空气自泥土中升起，涩涩的，像是眼泪的味道，我们在校园里漫无目的的游荡，我突然想给女孩写一封信，告诉她：这里的小树发芽了，小草变绿了，气温回升了，桃花开满了整个校园，同学们开始穿单衣了，今天下雨了，我能挣到钱了……你，还好么？

想到这里，我抛下室友一路飞奔回宿舍，扶着门框大口喘气，猛地听到宿舍里唱着信乐团的歌：

我站在冷风中的路口 / 忍不住回头 要你放手 / 放开手就不要再想我 / 别让我看见 你的不舍 / 有个声音不断的牵扯 / 我知道那是你的温柔 / 请你不要再挽留 / 留下来却无路可走 / 我们的爱情回不去了 / 回不去了为何你还不放手

是的，也许真的回不去了。

对不起，欠你一个春天。

（文 / 无良）

愿每个美好的春天都与你有关

如果可以，愿随记忆入梦，轻易躲过尘世纷繁，行遍塞北江南，划一叶小舟，和一个旧物，一帘风景相依。予万物之情深，胜过了所有空盟虚誓，纵算风云换主，它亦不会离弃，共你白头。

——题记

　　小窗西落，疏柳夕阳，一汪湖水平静地望着这世界。"肃肃花絮晚，菲菲红素轻。日长雄鸟雀，春远独柴荆"，不知不觉已近五月，仿佛在寒冬的萧瑟中尚未走出，对于这突如其来的温暖竟有些受宠若惊。复杂的心情，匆匆打理上一季的过往，森森岁月，微笑、惆怅、泪水、忧愁、痛苦，一切都值得回忆，我们终是可喜可贺，与万物结缘，生出万般感情。北京春季的天气总是万里无云，晴空万里，闲时去紫禁城脚下的胡同儿走走，寻一寸可以安放心情的空间，访几位故人的宅邸，做一天无牵无挂的闲散之人。虽说现在的北京城已经面目全非，不似往日那般深沉高贵，沾了些许浮夸的气息，但是如若仔细寻找，终是能找到回去的路。

　　窗外的铃兰在风中摇曳，来回穿梭的燕子栖身在一片树荫中，晴空如洗的蓝天，青瓦黛墙的紫禁城，寂寥悠长的巷子，一切刚刚好。如果说钢筋混凝土是坚硬无情的，那这里就是柔软多情，容纳着一切熟悉或陌生的气息。雕梁画柱，考究有致，技巧精湛，风格淳朴，清雅带香，暖暖的人情味包围在身边，可远观而不可亵玩的真挚，置身于繁华和沧桑之间复杂又安心的感觉冲击着身体，化作两滴泪水淡淡落下。这里曾经发生过多少人和事的变迁，想要触摸，却遥不可及。回首夕阳下的长桥，两端，谁还在原地痴情守候，谁决绝的离去不留一丝情谊，天各一方，或许是最好的结局，有一天时间会让一切逝去找到答案。

　　旧时王谢堂前燕，飞入寻常百姓家。闲逸的时光，恬淡的故事，令人甜蜜的遐想勾勒出比极乐世界更为幸福的古代生活。只是凭借一些旧物，就企图寻找通往昨天的大门，靠近被封存的一段段佳话。其实，年年各有所愁，各有所忧，人们只是习惯看不见眼前的好罢了。现在就是最好的时代，温柔抑或静谧都是内心和成长给予自己的馈赠，而每一份礼物都需要支付酬金，即为因果。静享此刻，有何不好？

　　夕阳西下，往事如风，胡同儿的寂静被打破，烟囱冒出袅袅青烟，孩子们下学叽叽喳喳，自行车丁零零的声响，老人蹒跚的提着马扎往家里走去，喧嚣过后留我一人，和一株石楠花。一天的行走获得太多感悟，竟觉得一时无法接受自己这瞬间的成长。无意聚散，不避红尘，解脱世俗，无心无累，为自己，也是为了所爱，更是为了直面未来避无可避的挑战。宠辱不惊，看庭前花开花落，去留无意，望天上云卷云舒。大隐隐于朝，中隐隐于市，小隐隐于野。心事散于空中，生命是否应该继续向着阳光，枝繁叶茂？

（文／孙大荃）

岁华千春只等闲

天之行游，不假于物。其成变化而行鬼神，往来乎寰区，周流乎钧陶，深深吐纳如橐龠之动虚。屈伸俯仰，移驾参商，暂于瞬息，微于动静，似远达于六合，实乃负阴抱阳，变幻无极，亦只须需近处发袂于一体。

一体变异，神魂在物，待勃发而不待灌注，故风间浮绿，草末露晞，无非春唤性灵，更始之初也。形受生之蔼和，神发智之悠游，故乾坤开张，天地人皇，人久卧天卵地黄之间，诸事未央，参预之任启，情伪出焉，万绪动焉，不能不观象触类，整饬条缕，以求旁通穷变，垂纶造化之震泽，大运代序之巽机。

春官宗伯，掌邦礼以为民极。肆师祭祀，俎豆毕陈；上下中旅，诸务层分；府管仓而史掌文，胥领班而徒躬亲。鬯人呈黍禾之酒，鸡人奉神享之禽。琥珀光、郁金盏，司尊彝悉数清点；龙涎香、七宝器，掌天府尽数藏典。他如典瑞至于家宗人，养生送死，顺法三辰，各安天神人鬼、凶荒物魅。盖补天功高未若化成春心，教化和煦以怀柔四野之烝民，礼仪雅正以缓释他日之戎兵。

然兵革歘起，规避无计，男则羁旅行役，有雨雪霏霏之叹；女则孤栖离居，有忧伤终老之心。春花秋月，相去万里，当窗牖而观蝴蝶叛草，出素手而黏园柳飘尘。盛年空室，思君令人衰飒；岁华轮转，碾压直似迫欺。若虚独立春江，春潮明月，滟滟随波；江月之照，人生代代，然相思盘桓玉户帘中、捣衣砧底，洒扫不去，懒理还来，亦只在风情月露，鬓角眉梢之间。销魂此际，闲潭落花，江水流春之失，良人不归之怨，遇春而萌动，经春而清

75

发，惜春而两心依依，咨嗟咿讶。太白澹荡，犹有东风行云之张望，落花委苔之孤寂；子美沉郁，遂有林花着雨之悲感，草木深沉之扼腕。千载无异，百代同矣。

白太傅言："大都好物不坚牢，彩云易散琉璃脆。"春愁、春怨之所然起，一言蔽之：其乐无穷，其美无匹。其来也缓步持矜，如游女入林，悄无声息；其去也风行雷厉，似雨落前川，愁红如海，能不令人庆幸欢会，哀感离散？

世遂有探春之人，观褪粉梅梢，卧试花桃树，羡鸳鸯翡翠，依偎珍偶。世遂有遇春之人，在绿杨烟外，红杏枝边，揽辔稍息处，恨浮生欢娱少少，得千金持酒觞歌，盈盈浅笑，便有花间晚照之乐。世遂有寻春之人，画轮朱桥，春水浸云，醉客当路之处静观琉璃滑净，清享心无埃尘。世遂有醉春之人，溪桥嶂抱，涧水揉蓝，茅屋数间闲居，时有春风洒扫亭台，然午梦莺回，忽忆故人不在，江山尽老，直是好梦贪茫茫，忘尽邯郸道……春之妙美凄迷，抛人易去，端的如此！今人坐井楼宇之底，跬步方阁之间，春去春来，亦只似寻常帘卷，惊鸿离宴。忙里驻足，撩拨一枝残红，忽觉春信未拆，消息已然寂灭，满树碧绿招展，是夏官车骑轮转。岁华千春，予我则刹那垂怜，得逍遥处自当解鞍欹枕，与春俯仰，一世翩翩。

（文／张佩）

品味人生

感悟痛苦

叔本华曾说："人生的本质就是痛苦，痛苦连接着生活和生命，它是一个看不见底的深渊。痛苦是一本书，研究它，体味它，咀嚼它，就会有诸多特别的感觉；痛苦是深沉的土地，它孕育生命，感染灵魂，在痛苦里，我们认识了这纷繁世界。"

人是在母亲的痛苦中孕育和诞生的，人必须在痛苦中生存、成长和逝去。能受得住痛苦的人，才有可能成就大业；在逝去之时仍能感受到痛苦，说明他一生都是清醒的。

辛弃疾词中有言："少年不识愁滋味，爱上层楼。爱上层楼，为赋新词强说愁。而今识尽愁滋味，欲说还休。欲说还休，却道天凉好个秋。"少年不解愁，却故作愁眉不展，只因为要作诗赋词；如今人过中年，经历了无数的苦痛磨难，以前的痛苦就犹如儿戏一般，识遍人间愁绪满怀，却也只能道出"秋之悲凉"的感慨。

喧闹的大街上，每天都会出现这样的场景：一位老大爷推着轮椅上中风瘫痪的老伴，从街的这一头，走向那一头，日复一日，年复一年，从不间断。看那老妇人迷茫的目光，使我重新理解了"幸福"的定义。

生命如潮涨潮落，带来些什么，又带走些什么，都是我们所无法决定的，只有在生和痛之时才能寻求解脱，带着生命中的痛苦和不满面对大海道一声：再见。在此之后，痛苦也随之融化，坦然地去接受经历痛苦后的那份释怀。

古希腊悲剧之所以能够震撼人的灵魂，就是因为它表现了人类的诸多痛苦，所以才能如此博大而深刻。一个不能十分投入地去欣赏悲剧的人，是幼稚而软弱的，因为它可能会被自身的痛苦所惊惧，所击垮。真正的英雄是从痛苦中升起的一颗伤痕累累的星。

"乐极生悲"不是真理，而它之所以流行，正在于它提醒人们自觉地善待享乐;"大难不死,必有后福"也并非至理,但它之所以深入人心,正在于它能鼓舞人们去迎接痛苦!

(文／汤婕)

难得糊涂

目睹身旁的乱事起伏,瞧遍当今网络的荒诞不经,偶尔糊涂一把,也不失为明智之举。其实,面对种种荒诞之事,人们大可不必惊呼而起,甚至愤而言出。有时候,"糊涂"一把,未必就是消极的表现,反而更能显示出一种智慧。

事物之所以能够引人注目,往往在于其最具冲击力的表象,然而越是这种表面富有张力的现象,其背后的实质就越值得人们深入探讨。想想人们下意识的反应,就不难发现这一问题。当人们突临危险时,大部分没有经过训练的人,总是会蹲下抱住头保卫住自身最重要的部位,将其联系到人们对事物的看法,也是相同的。直观的感受是充满感性、下意识的表露。但未经思维理性的梳理,其行为的结果自然值得人们深思。眼不容沙,本无错,但沙的目的或许正是希望你将之清除而后快,而这一行为带来的后果我们却全然不知,一不小心就会陷入圈套。

"炒作"一词由来已久。你一言我一语,随着热度的升温,那陷入中心的事物,就会越来越热愈来愈引人注目。然而终究有一天那焦点周围的迷雾散去时,当初热衷争论的人们才会发现,事物的根源是那么不足一论。炒作是一种刻意的宣传手段,但假象的本质从最开始便已定性。始作俑者高喊几声,一些人便随声附和,或者高声对立。然而最终受蒙蔽的却还是这些人,他们不知不觉中已然沦为别人手中宣传的一种工具。真正能反映出一个人的素质修养的不是反应的快慢,而是反映出的质量与价值。但这个是需要时间的,是需要一番思考的。

民间俗语曰"贵人语话迟",一个真正有修养有内涵的人,不会因为直观、表面的现象而有所行为。"人间四月芳菲尽,山寺桃花始盛开",白居易的一番风景游味,沈括的一番"从讽到知"、"从羞带悔",不也正是一个话语不可不迟的鲜明比喻吗？

由此，不难做出进一步的思考，"三思后行"这种处事方式，在当今这物欲横流的时代里更要秉持。种种圈套与陷阱，哪一个不是利用人们最直观的思维和人们对于自身利益的最大追求的特性而设下的。透过现象追寻本质，就一定需要精力与时间。冲冠一怒也好、另辟蹊径也罢，谋快、谋易、谋急，其行为的结果断不可能是尽善尽美的。

从"迟语"到"后行"，都是一个人对于处事之道的学习过程，有的人清醒间直率了一生，一生却受尽磨难，有的人糊涂中优柔了一世，一世竟悠然自得。正是糊涂地"期期艾艾"，正是糊涂地"无所适从"，他才真正地悟透了事物的本身。

"糊涂"，或许只是一时的说辞，但"难得"，却是一种为人处世的升华。

（文／仲诚）

冬去春来的感觉

冬去春来是怎样的一种感觉呢？它是一种温暖幸福的感觉。温暖是每个人内心深处最渴望的感觉，温暖是舒适、亲近，它在每个人的心里都存在着，它是每个人在生活中都希望得到的，所谓"暖暖如春风"大概就是指这种感觉吧。

温暖是人创造出来的，无论是自己还是他人的。如果仅仅依赖自己所创造的温暖，当你在遭受打击时，可能会失去信心，从此无法在困难中走出来；只是依赖别人所创造的温暖，就会像在保温箱里活着，大多的时候感受到的是温暖，然而在严寒面前却无所适从，害怕未来、恐惧人生，却又期待美好的未来。

每一个人都需要别人给予的温暖，同时也需要把温暖送给别人。被缚的普罗米修斯盗出火种给人类以温暖却无怨无悔；女娲补天，后羿射日，大禹治水，人类纯真的天性在神话里俯拾即是，这些神话难道不是古代人类给人以温暖的例证？战争、疾病、灾害鲸吞着人类的生命，给世界浓黑的阴云，然而人类未灭，只因人性常在，人性的光芒驱散了现实的黑暗。只要有心，我们时刻都可以制造温暖，让世界充满着温暖的气息。

温暖，一种冬去春来的感觉，一种甜蜜的感觉，一种轻柔的感觉……它是我们内心深处最渴望的。为他人制造温暖的同时自己也会收获温暖，让温暖的感觉在每个人的心里存在。

（文／张静凤）

偶然如梦

偶然间，我发现柳树长出了新芽，春天又在不知不觉中到来了。春天的到来，伴随着诗的气息，不由得让人倍感清新。

"世间多少偶然事，要知偶然不偶然。"若不是偶然间，也不会有如此感觉，正因为偶然才会觉得春天的美好。一些事情不是皆按计划的，顺其自然或许会有收获。春的到来似乎让人忘记了冬天，这两天的寒冷，或许是冬天的眷恋。"人生到处何所似？应似飞鸿踏雪泥。"是啊，多么潇洒！但当春天到来时，是否应顺应天时，放松下来，去欣赏一下久违的自然呢？毕竟"泥上偶然留指爪，鸿飞那复计东西。"既然冬已尽，就欣赏春吧。

说到春天，不由得让人想到绵忆。但春天不也是奋斗的吗？对，人生需要改变与进步。生活就是要有意志，任何困难都难不倒意志坚强之人。

"少年不知愁滋味，爱上层楼。爱上层楼，为赋新词强说愁。"何苦啊！书法大师范曾曾告诫人们：书法是常年练出来的，不是随便模仿别人的字体就能成体的。或许我没有"写尽八缸水，砚染涝池黑"的气魄，但我有顺其自然的态度。只要心情放松就好，何苦愁何时成体呢？不管窗外怎样，心情也很安逸，这样就不会有"听雨，愁困难眠"了。一切顺其自然。

"举世竟趋人事老，忙中平得日高眠。从容一觉华胥梦，瞬息翱翔数百年。"人生如梦，何不快乐的生活！"来时寂寂去无踪，来去还同一梦中。赖有一株庭际柏，寥寥千古笑春风。"人生短暂，为了理想，还是应该去奋斗。偶然间，成功便出现了。

（文／李竹）

幸福一直很安静

　　春风正得意的时节让每一个生活在当下的生命有着激情的萌动，这种盎然的春意与几个月前的冬季是如此的不同，以至于来自冬季的印象还在跟这个春天做着格格不入的斗争。

　　上一个冬季已经给我留下了太多不可磨灭的印象，从外地归来的我的身份依然是学子，然而同龄的儿时伙伴早已是举手投足间透露成熟、世俗的小伙儿了。我在求学之时，他们已在谈婚论嫁；等我毕了业，他们可能都在家逗小孩了。生活进程之快是我所不及的，可细细一想，每个人都有自己的生活方式和理念，又何必用自己的想法去审视和评价别人的生活呢。但是问题又在：他们，现在，幸福吗？

　　幸福是什么，是心里对于当前生活的满足还是单纯的物质条件的优越和丰富？史铁生的去世是去年结束之前的一个遗憾，也是当代世人精神力量来源的一个缺失。这个职业是生病，将写作作为自己业余爱好的北京人用自己残缺的躯体向世人展示了一个完整的人生，疾病以一种强迫的方式让他有足够的时间去思考自己的人生，而地坛给了他思考的源泉。他在面对死亡时应该是幸福的，因为死亡或许也是一种对生命中所有苦难的解脱。这种幸福是一个文人对其的理解。大多数的平常人又是怎样呢？我同学的父亲，他的妻子在几年前离家出走了，可是在他的脸上看不到任何痛苦，只是依然种植自己的果树，然后在结果时让家人和邻居一起分享，这种面对生活的不完整却依然笑着看过的满足同样是一种幸福。

　　所以说，幸福是对自己生活的一种满足感。不可否认，在这个物欲急剧膨胀的社会，来自社会的巨大压力使得太多的人与幸福之间隔了一层透明玻璃，尽管幸福离你很近，但却触碰不到。面对前方的幸福，人们疑惑该怎样抽去那道屏障，于是，奋发向上成为有些人的生活主题，自甘堕落成了另一些人的生活主题。后者是先甜后苦，前者是先苦后甜，后者是小甜大苦，前者是大苦小甜。一个是在创造幸福，另一个却是在毁灭仅有的幸福，创造和毁灭仅仅是在思考的两个边缘。所以生活需要智慧，需要不断的认清诱惑，摆脱诱惑。愚笨，只能成为你走向那个边缘的因，使你尝到自己创造的苦果。

（文／赵瑞）

一个人的生活

每个人身边都有很多人来来往往，可很多人依然选择一个人的生活，因为他们喜欢孤独。

享受孤独是人生一种的境界。萨特说："他人即地狱。"没人真正了解他人的内心，孤独由此而生，只是有的人逃避，错过了这样的美，有的人沉沦，去追求一种病态的美，这些皆属被动。只有主动的才有道德的尊严，所以我选择享受孤独。"申申如也，夭夭如也"，自由也是如此。巴尔蒙特为看阳光而来到世界上，多么单纯的人，却蕴藏了巨大的力量，上帝也难让他屈服；还有更迷人的，"我若祈祷，那唯一启动我双唇的祷文只有：请别扰乱我的心，给我自由。"你听过比这更美的诗么？只有艾米丽·勃朗特这刚强又单纯的谜一样的女人才能写出。自由让一个人的生活更加快乐。

一个人的时候，我强烈的渴望远方，凡是遥远的地方，对于我都有一种诱惑。熟悉的地方没有理想的风景，我要去远方，去寻求更广阔、更有挑战性的生活。走在远方的路上，体验不同的人生经历，醒在喧嚣里，醒在幽静中，醒在一片山歌里，醒在青山绿水间。

一个人的时候，我爱读诗。那"疏影横斜水清浅，暗香浮动月黄昏"的雅致；"采菊东篱下，悠然见南山"的隐居情怀；"至今思项羽，不肯过江东"的悲壮气节；"医得眼前疮，剜却心头肉"的百姓疾苦，每每令我感动莫名，且越发清醒。

"上善若水"，我对水更是钟情不已。我喜欢一个人骑车到水塘边，挽起裤脚，浸在水中看云卷云舒，体会风的来去无踪、动息有情，感知水的温柔沁心，这样呆上半天，幸福也就溢出来了。

好歌也必不可少，一个人时听听陕北民歌。那沧桑辽阔的声音，穿过黄土高原，挟着北风裹着黄沙漫过来，似乎怕太猛烈了，而一道一折的弯进人的耳朵里，钻进人的心底。那隔山对歌的浪漫，那走西口的无奈，那留恋，那眼泪，那人生的无常，直揪得人心疼，那久封干涸的心，就那样被感动得温暖柔软起来。

爱是会让人震撼的，但我只愿欣赏。有人说，爱一个人，不是为了让对方同样爱自己，只要付出就是幸福，这能说是爱么？叫执着的单相思更为准确些吧！为难了自己，也为难了别人，何苦。一生伊人，生死相随，天上人间。若有这样的爱情，我必如飞蛾扑火般的坚决，若没有，我宁愿守着自己近乎禅性的静，一个人简单自由的生活。

（文 / 李雪梅）

生命总在延续

印象中的清明似乎总是在那个很熟悉的清晨，一股沁人的清凉让人顿时安静下来。阴霾的云散布在空中久久不散，或许，那是太多人无法抹去的悲伤记忆。这种对于清明的刻板印象让我百思不得其解。用弗洛伊德的观点来解释，可能是因为童年的经历。

如果说是童年使然，这使我想起小时候，外婆的离世。那时刚刚记事，听到外婆去世的消息，我跟妈妈回到外婆家，小小的院子里挤满了乡亲，舅舅在墙角里蹲着，默默地抽着烟，从堂屋里传来亲戚们的痛哭声，令人悲伤欲绝……之后的记忆就没了，于是，每当想起那时候，脑海里只是忙乱的人们和悲戚的哭声。

清明正是草木返青的时节，这种生命逝去又重生的轮回从未停止。对故人的思念，使清明节祭祖扫墓成为一个习俗。簇拥的桃花装点着远山，微凉的风夹杂着新生草木的清香。沾着水珠的花瓣禁不住那份沉重，被阵阵凉风吹落一地。在这万物复苏的日子里，温馨的美景依旧，却唯独少了一起赏景吟诗的同伴，这一冷一暖的境遇使人们独自踏上寻找杏花深处的那个酒家的路途。

　　生命的轮回是亘古不变的自然之法，对于此，有些人选择悲伤下去，有些人却乐观地笑对生活。的确，生命真正的意义在于"不以物喜，不以己悲"的乐观态度。若生命只存在于下一代对上一代逝去的悲伤中，那么生命只在悲伤中延续，这无疑违背了生命存在的初衷和意义。所以，荒凉的草场在春天变成新绿，给人带来一种来自生命的新鲜感，这种新鲜感年复一年地重复着，也年复一年地感动着人们。快乐地活着，尽管前方是未知的尽头，乐观的精神仍会在一个生命终止的地方由新生命延续下去，成为每个人最宝贵的财富。

　　清明时节，草长莺飞，暖风煦日。人们着装肃穆，带上鲜花献给已故的亲人，寄托思念。清明节的第二天，阴云尽散，温暖的风里藏着阵阵花香，顺着花香，人们一步步地走向有花有草的新世界。生命，就这样生生不息。

（文／赵瑞）

雨情·山魂·墓志

　　一种情愫，在清明的眸角漫漶成一种伤痛。

　　视线触及的雨的氛围里，远处一片撑开的伞，近处烛光在低泣。

　　而为着心灵中的清澈，我们置伞于一旁，任凭雨水洗涤。

　　在隐隐作痛的静凝里，无法释怀的身体蜷缩在雨伞的阴影里。

　　雨是清明节最忧伤的语言。"清明时节雨纷纷，路上行人欲断魂。"杜牧一句诗道出一路烟雨，一路朦胧，一路忧郁，一幅千古画卷。

　　清明的雨，一触摸就从心中漾起涟涟孤寂，那一丝寒意，只有亲情可以对偶，只有思念可以涵养。无尽的思念，浸淫全身，蔓延至生命的尽头……清明的雨，是节日里最动人的风景。青山和绿水的背景，杨柳与鲜花的映衬，那只是昙花一现的想象。真正对故去的怀念，是当任性的悲伤自顾自地笼上心头、手中的雨伞缓缓离开头顶之后，那雨滴带给肩头的重量。伴随着第一声"啪"的轻响，轻易地，我们被涩涩的痛覆盖，而剩下的一丝缝隙，却满是那凄婉的柳态。

清明的雨，她的感人，在于那情、那景。国破的残落，孤雄的悲寂，后人的缅怀，心灵的叹息，只消那霏雨霏霏，便是天地间最淋漓的表达。读清明的雨，走断魂的路，靠近的是永恒的思念情怀。

一种精神，在于伟岸的背影相接处形成了浩然正气。

翻山越岭，跨越荆棘，没有什么能阻挡我们信仰的拜祭。

静默的山峦守望着新故与旧伤，随如烟的往事长成一片哲学的森林。

那样的清明山，叫绵山。相传春秋战国时代，晋国突发骊姬之乱，公子重耳逃亡国外，饥劳而厥，随行介子推毅然割股啖君。十九年后，重耳归国复位，成就春秋五霸之一。晋文公封赏旧臣独忘介子，而介子淡泊名利，背负老母隐居绵山，已是无处可寻。晋文公无奈放火烧山，欲逼介子逃出，不想介子竟抱柳而焚。酿此惨剧的晋文公痛心疾首，安葬其于焚柳之下。而后在树洞中偶得介子血书："割肉奉君尽丹心，但愿主公常清明。"此后晋文公改绵山为介山，并修建祠堂。翌年，晋文公携群臣登山祭奠，见那棵烧焦的柳树已复活，生机盎然。晋文公见此柳如见介子推，赐那柳树名为"清明柳"，定这天为清明节。

绵山，因为介子，有了山的气节。清明山，是一种人格的巍峨。

一种存在，于诀别中将人生阐释得通俗易通。

生命中，每个纵横交错的道路都散落着离别的无奈，重聚的欢愉。

莽莽的柳绿中存在着真情，你躺在这里，而我站在你的对面。

那样的清明墓，岁月豁然分割阴阳，天地顿然错开前世今生。墓默默无言。望着已故人的栖息地，记忆凝固。

清明节扫墓是一种风俗。点一炷香的过程，是崇敬；摆一篮祭品的细致，是孝道；焚几沓纸钱的心境，是思念；再三叩首的礼仪，是虔诚。

清明的墓，承载了太多思念，太多生离死别。苍苍者天，茫茫者地。清明的墓，是时光的断点，生命的终结。

（文／常宗杰）

立秋有感

日子过得越发糊涂，不知不觉间秋天已翩然而至，我们也即将迎来初入大学的新生。

立秋，意味着一个开始由暑转凉，由生长转向丰收的节气。在一年四季中，我对秋是情有独钟的，春的满目芳菲、姹紫嫣红固然美不胜收，但那一份刺透肌肤的倒春寒意却是让人不胜烦恼；夏虽说荷香氤氲、绿树婆娑，但炙热的夏火足以让人无意流连美景；冬就更不必说了，颓败萧条、冰冷刺骨，仿佛没有半点生机的迹象。而秋就不同了，尽管秋风萧瑟、落叶飘零，但遍地的金黄，目之所及，与蔚蓝的天空相映成一幅曼妙的画卷；再有南飞的群雁，引吭高歌，与秋蝉之鸣及秋水潺湲流动的声音，足可共谱一曲意蕴悠长的交响乐；即使是落叶，于空中随风蹁跹而划出的优美弧线，伴着叶脉散发出阵阵的清香，足可以成为文人墨客的素材，据此挥毫成诗；而夜里轻舞的流萤，闪烁的繁星，皎洁的朗月，更是一个个不老的童话故事。"落霞与孤鹜齐飞，秋水共长天一色""一年好景君须记，最是橙黄橘绿时"，秋之美，纵是千古佳句堆叠，亦是说不完，道不尽。

人在短暂的生命里头，历经艰难险阻，无非是为了体现人生的意义所在。在这里我只是真心地希望新生同学们在大学中能够活得精彩，活出自己，一定要有独立的人格、独立的思想。一个经过独立思考而坚持错误观点的人比一个不假思索而接受正确观点的人更值得肯定。再者，经过一番奋斗之后，昨日是成功也好，是失败也罢，都不必因成功而沾沾自喜，也不必因暂时的失败而丧失斗志，否则，定会因满足于现状而故步自封甚至贪图享乐，或因消沉蹉跎而一蹶不振。因此，将每日当作生命里的立秋也是一种不以物喜、不以己悲的处世艺术。

有一种叫秃鹰的动物，它有锐利的嘴喙与锋利的爪子。可是随着年岁的增长，它的尖嘴喙会越来越长，长得让自己无法去叮啄猎物；它的爪子之间会长出厚厚的肉蹼，把爪子都连在一起，让它无法去抓捕猎物。没有食物就要死亡，这是物竞天择。对它而言，死好像是唯一的出路。但是，它却做出了让人类震惊的选择：它把自己的嘴喙在坚硬的岩石上反复地叮啄，直到恢复以前的锐利；用嘴喙把爪子之间的肉蹼啄烂。这个过程足足需要持续一个多月，然后它们如同往昔一样在天空里骄傲地飞翔。这是一个痛苦、坚强、新生的过程。人生，难道不也是一样吗？

于丹说："一个人的视力本有两种功能：一个是向外去，无限宽广地拓展世界；另一个是向内来，无限深刻地去发现内心。"且将每日当立秋，便可以有更敏锐的视角，更深邃的目光，时刻正视过去、审视未来。

在英文中，大学新生一词叫"Freshman"，这个词蕴含着新鲜的意思，代表了步入大学后，将会出现许多新的体验、新的希望、新的追求。希望你们能尽快适应新环境，活得精彩，活出自己！

（文／汤婕）

鱼罐头

狭隘透明的瓶子里，我局促地躺着。我的灵魂在瓶子外静静地看着自己的身体，在罐头瓶里痛苦地挣扎，满是哀伤，直至冰凉。

我只是一条小鱼，这个世界似乎并不应该有我的存在。他们说我的臆想像是海洋中飘荡的水母，这颗脑袋思考的不是学问，而是一些虚无缥缈的幻境。在我被装进鱼罐子里时，我想诉说我的故事，但有谁会听？一条挣扎的小鱼，掌握不了自己的命运。

鱼失去海洋、失去氧气，并不是最悲哀的，最悲哀的是，鱼失去自己想要的自由，被迫待在一个自己不愿意待的地方。星空空转，我想起了曾经的日子，只有和妈妈待在一起的时候才会自由。我经常和妈妈说起我的那些奇怪的念头，那时的妈妈总是微笑着，夸我是个有着独特思维的孩子。我笑着，快乐地摆动着粉红透明的小尾巴，绕着妈妈游几个圈。妈妈说我的想法很惹人喜欢，可是，我的那些想法却把鱼群搅乱了。

在某一天，我奇怪的想法又跳了出来，而这时妈妈早已离开了我。于是我游向水母，跟它们分享我怪诞的念头。我说：在鱼王的深宫里，有一只魔力邮箱，可以把鱼儿像信一样邮寄到任何地方；在皇宫明亮的镜子中，可以看到人们前世的模样……我说着这些的时候，刚好酋长游过我的身边，他是一个传统思想的捍卫者。在听完我的想法后，他浑身发抖，面色惨白，命令小兵把我从水母的怀抱里拎到他面前……他说我荒诞的想法会让鱼族一团糟。他践踏我奇妙的想象，就像踩躏一个囚徒。我无法忍受，我选择了去荒凉的流浪岛，尽管那里离危险的人类是那么的近。

我继续坚守着我的想象。我有那么多的念头啊，可是再也不能说给妈妈听，也再也不会有人听懂。我不抱怨，在我被渔网捞起的那一刻，我相信，鱼罐头里，我的想象还是不会消失：吃这个罐头的人，会是一个顽皮的孩子，她边吃着鱼罐头边给我讲她无数可爱的念头，无数可爱的想象。

（文／陈掀）

天堂应该是图书馆的模样

阿根廷作家博尔赫斯说："天堂应该是图书馆的模样。"

高吊的屋顶，数不清的书架，放在书架上由白纸、针线、糨糊以及油墨融合而成的产物散发出来的墨香充盈着整个空间。顺手从书架上拿下一本书翻开，其上的文字跃动于纸面，似美妙的画卷铺展开来。坐在借阅室的椅子上，便可如同上帝一般洞察世间之事。这里，就是天堂。

北京作为中国的文化中心，大大小小的图书馆是其文化的标志。藏书最多的国家图书馆、古典韵味最浓的北海国图分馆、全国高校藏书之首的北大图书馆，以及更为专业的北大医学图书馆、北航图书馆等，构成北京文化城堡的穹顶，使北京的人们被文化的灵韵富养，为这个快速发展的城市留下一方精神净土。

我对图书馆有着不可磨灭的感情。三年高中与题海作战，唯独每个周五放学后才能和朋友在校门口熙熙攘攘的小书店买篮球报纸和漫画杂志，没有过在图书馆静静看书任由时光流走的惬意。到了大学，我时常在学校图书馆借书或者捧书立于层层书架之间，看夕阳把我和书的影子拉长。

书是上帝送给人们的礼物。

那些简单的文字组成句子，便有了更多的意义。书如同一位白发智者，将这世间之事娓娓道来。他陶冶你的情操、美化你的心灵、温暖你的灵魂。在排排书架之间，哪怕只是手指拂过，再抬起手闻一闻书墨香气，就已经获益匪浅。

如今，我已不再满足于学校的图书馆，而是放眼北京的各大图书馆。惊异于国家图书馆新馆的回字形阅览厅的豪迈壮阔，感受首都图书馆二层自习室的现代摩登。找一个阳光明媚的下午，坐在图书馆的靠窗位置，捧一本书静静地品味出于浮世的悠闲。

每当我走进图书馆，都等待着思想的洗礼、灵魂的升华。流连于藏书之间，我想，那里就是天堂吧。

（文／考拉）

坚守心中的一份真实

有这样一群人，能陪着你坚守一份真实，这也许就是平凡的世界里，温暖人心的那份情怀。

机缘巧合，通过校报指导老师认识了香港的宗老先生。宗老很小的时候就去了香港，十二岁父亲就过世了，对于父亲的印象，他只依稀记得十岁左右在一份报纸上见过父亲的照片。宗老从香港赶回来，就是为了寻找父亲的这张照片。几日在国家图书馆的查阅之后，宗老虽然没找到那张照片，却找到了很多与他父亲有关的信息，老人看完这些信息，甚是高兴。

但是老人依旧想找到那张照片，这也是他委托我们编辑部的工作。我们一群人，每天穿越大半个北京城，就是为了寻找一张依稀印象中的照片，在旁人看来有些愚蠢，但是只有真正参与其中，你才能明白这件工作背后的分量。

我们编辑部的成员每天下了课，乘坐地铁来到国家图书馆，在微缩馆里翻看着一张张泛黄的缩影胶片，寻找蛛丝马迹。我们就是被这样一个平凡的故事感动了，所以才扑在了这样一件和我们记者团日常工作没有丝毫关联的事情上。

那天一起在食堂吃饭，老先生看见邻桌的一个女孩衣着朴素，只吃了一份素菜，主食也只有一个红薯，说了一句："这个女孩子真节俭。"这时，女孩对桌又坐下了一个女孩，吃得也很简单。先前那个女孩拿起红薯分了一半给对方。这时老人说了一句："真好，这样还能懂得分享，懂得什么是爱。"

是的，真好。我想我能明白，为什么老人在六十年之后还会回来，找那样一张"可能存在"的照片，也许就是因为他心中存着一份美好，一份本真。

这是生活中最真实的感动，感动于最平实的一份爱。因为被这样一种情愫感染，我们编辑部的人像中了魔怔一样，深陷在这样一种平凡的温暖中，一日日为了帮助老人而努力着。感动于这样的一个集体，大家都珍视这样的一种真实，敬佩这样纯粹的爱，所以我们才能走到了一起，搜寻着各自心中的那一张老照片。

虽然我们没有找到这张照片，老人也回到了香港，可这又怎样呢？生活依旧，编辑部的日子继续，我们依然心存这份美好，感动于那些流淌在我们周围的点滴温存，用心的生活，是美的，是美的。

编辑部的每一位，无论将来我们会在哪里，无论我们将来会从事什么，希望我们能永保一颗单纯的心，一颗充满爱和美的心灵；希望我们获得一颗富有生命力、独立而自由的灵魂。

（文／王上嘉）

岁月不宽容

岁月长，衣裳薄，须臾一过亦蹉跎。往事随风，旧事沉落。曾经梦念何处，如今又何盼顾。

时光碎片被我偏执地拼拼补补，想要拼出一幅熟悉的风景，一张熟悉的面孔。然而，事与愿违。熟悉的风景被新的霓虹代替了，熟悉的面庞也只是个模糊的轮廓，仿佛一场秋雨而过，它就可以像宣纸上的水墨画，混沌了一片丹青墨。

只有自己知道，岁月并不宽容。前几日，收到好友的短信，一句话，简洁明了："从别后，忆相逢，几回魂梦与君同。"是啊，离开熟悉的地方已经近半年的时间，而她，因为一次意外败北，选择在那里再度过一年的光景。

昨天，终是敌不过心底的深深思念，穿上厚厚的大衣，走了一趟熟悉的地方。意料之外的，那里因为城市道路改造，光秃秃的柏油路旁什么也没有。道路的尽头是我曾经上学的地方，此时正值晚上放学，迎面走来许许多多穿着黄蓝校服的学生们。熟悉的校服，陌生的面孔，欢笑声充斥在深秋的学院路上。我睁大眼睛努力寻找，还是没有看到我的朋友，也许，她还在做堆成一摞的练习册，做成套的试卷。毕竟，这一年又是她忙碌的一年。

一切都在变换中。他们不会事事都告诉你，更不会征求你的意见。一转眼，熟悉中就有了陌生，破旧的就换成了崭新的。只有自己知道，岁月不宽容。

拿起手机，给朋友发一条消息："欲买桂花同载酒，终不似，少年游。"

（文／孙悦）

蜕变

习惯了群居生活的人儿啊，可曾想过会有那么一天需要独自面对前方的惊涛骇浪，没有别人，只有自己。——题记可否记得小时候五花八门的梦想，小李想当科学家，小王想当数学家，小张想当考古学家。如果我说，我依然怀揣着这些看似荒谬的梦想，你信吗？唯有相信才有成真的可能，唯有坚持才有继续下去的勇气，唯有信念才让梦想绽放光芒。

从小众心捧月着长大的"矫情娃"，父母宠着，朋友惯着，无忧无虑。遇到不顺心可以任性地撒娇，遇到困难也总有人在身前挡着。从来没有想过会有一天要靠自己的双手闯出一片天。

直到有一天离开父母，离开闺蜜，离开充满欢笑的故乡，独自背上行囊踏入陌生的城市，开始了儿时怎么也不相信会过的生活。不知道从什么时候开始打电话回家不再去抱怨生活的烦琐，开始学会报喜不报忧；不知道从什么时候开始，拿起电话不知道该向谁吐露一肚的苦水和委屈；不知道从什么时候开始，习惯了不开心就戴上耳机，把音乐调到最大，让自己固执地认为这样就能与世界隔绝；不知道从什么时候开始"矫情娃"不再撒娇不再无理取闹。

成长总是痛苦的，我们不得不爬出温暖的象牙塔，拍打着稚嫩的翅膀学着独自飞翔，即使摔倒也要勇敢地爬起来继续向前，直到俯视广袤无垠的金色麦田。在这条路上也许没有人会时时嘘寒问暖，也许会偶尔不坚定，遇到困难会想要放弃，但如果一个人连孤独都不能忍受，又何谈撑起自己的小天地。于是匆匆之间，我们学会了谨言慎行，脚步不再散漫，目光不再迷离，唯有经过岁月洗礼之后的安之若素。

人总要学会长大学会独立。前方的路虽然艰辛，但只能靠自己一步步走完，而这个过程就是人生中的一次蜕变。

（文 / 张雯）

旅行是一块安静的栖息地

突然发现这个世界太过于喧闹了。

每天望着灰沉沉的天，有一种真切的生活在"尘世"中的感觉。

每天大多数时间被烦琐的事情所包围。世界转动太快，一直觉得自己被压抑着。想起昨日时光已如晨起的雾霭，过去了，甚至还要在心底淡化，无可逆转。

为此我想方设法使自己平静下来，比如骑车去夕阳温婉的小路上散心，去图书馆读读诗词并思索很长时间，电脑桌面也设置成空旷的田野。如此，不是对生活的胆怯，只是想躲开那些空虚和浮躁，希望自己永远是真实的自己。

在学校里，有人忙得整天焦头烂额，穷于应付各种的活动，有人闲得会去追求很多寻欢作乐的手段。而更多的人则是因为权势和名利而忘记了生活快乐的源泉——自由轻松时心灵安静的旅行。

我们丢失了真实的过去，双眼沾满了忙于追名逐利的人们扬起的尘器。我们强迫自己本不堪重负的心去应付不属于自己的事情，把人生当成一出戏，饰演着别人眼里的豪情与热烈。

曾经，我们奔跑在清新的风吹起的小路上，某一刻觉得自己是一片落叶，最终毫无顾忌地扑向最亲切的大地。那些离我们很近的时光就真的那么遥远吗？

如果每天起得早，你会发现，东升的太阳还是红彤彤惹人喜爱。找个没人经过的地方读读搁置已久的英语书，迎着清晨的风，你会听见，一趟旅行的列车驶过清新的空气，在路上留下两行水潞潞的印迹。清新的一天由此开始。

午后，坐在窗前，任阳光懒散地洒在身上，晾衣绳上晃悠着 T 恤。窗台上菊花茶优雅的腾起一丝水汽，抚开了头脑郁结的思潮，甚至化解了思考已久的高数题。放松的心灵沉入了自己的世界，在想象中的蓝天白云下独自行走。这样的时光会不会随心并让人心静如镜呢。

每个月照例有五天要去办公室做报纸。大家在一起讨论版式，修改稿件，犹如一个安静而温馨的小家庭。选择在安静的氛围中做自己喜欢的事，是一种幸福，是心灵旅行中可以清晰地预见将要到达风景的小站。

美好的生活真的不难得到。你可曾在豪情万丈时哼唱一首寄予明天的歌，希望明天风景更美？纵然一场悄悄的雨下在心间，终点，也会是无法预知的灿烂。高歌低吟，谢谢风儿一路的聆听。

有人说，人生最好的境界是丰富的安静。"安静，是因为摆脱了外界虚名浮利的诱惑。丰富，是因为拥有了内在精神世界的宝藏。"心灵的旅程莫不如此。

"旅行虽别路，日暮各思归。"走得再远也要回来。当你走累了，回来了，这片空灵的天，是你的归宿。那一路的心灵的旅行，便是一块安静的栖息地。

（文／小破）

生命，在路上

曾经，以为离开就是旅行的定义。然而，旅行的意义却只有在心中明了，就像是每个人心中的哈姆雷特，不同人的心中对其有着不同的解释。旅行于我而言是恣意地享受，既是结束也是开始。生活并未给我们放纵和沉溺的机会，那些生命原始的躁动会时刻召唤着我们，继续远行。

旅行的意义，到底是自我救赎，还是自我放逐；是去陌生的远方寻找世界上的另一个自己，还是逃离现实的尘嚣让一切归零；是一种对未来的期许与躁动，还是在现实压力下的爆发与抗争……我们不得而知，然而我们仅知的是旅行中点滴的欢乐与辛酸，旅行是收集的过程，就像《阿甘正传》中所说"生活像一盒巧克力，你永远不知道下一颗的味道。"

有人说旅行是无目的的。有人把没有目的的漫游者称作懦夫，但不是所有的漫游都是有目的的，特别是那些超越传统，追求真理的人，他们无法界定，难以描述……来到一个陌生的城市，了解它的方式无非是搭乘一班公交车，然后开始漫无目的的旅行，阳光是旅行者的伴侣，就像是咖啡和牛奶的搭配。阳光也好风雨也罢，一路的风景总是给你一种安心的舒适。

随着车的移动，城市像极了流动的水彩，又像极了宁静无声的黑白底片。春日下的京城像是一间虚掩的书房，氤氲的书卷气息伴着春日独有的泥土香味，典雅而熟悉……青春的旅行，迈开脚步，搭上一班用春日的阳光载满的时光电车。旅行是开始。生命，在路上。

（文／小瑾）

我想有一次远行

我想有一次远行，去体会对我而言遥不可及的生存方式。

北，是个念起来平实厚重的字。我希望去北方。因为高考，这个以前被看作是遥不可及的梦终于得以实现，我便满心欢喜地来到了梦中的地方——北京。

在这里经常是独自一个人，虽然不能经常回家，但可以一个人生活，这恰恰是我所期待的。一个人的时候可以思考很多事情，也可以突发奇想到一些事并能马上去做。比如，思考将来的自己是否还是年轻的模样；毫无顾忌地睡觉到中午，像一只慵懒的猫；想吃什么，就自己提着购物袋去挑选，不用担心有人在等我；想大声唱歌，不用在乎别人的眼光；学习可以随心，学习自己喜欢的东西。有朋友说这叫孤独，认为我或许与这个世界有些格格不入。但人生本来就是孤独的，旅行也是充满孤独的。但我是自由的，能够自由地抛下身上的包袱。所以我要大声告诉他们这样很好！我喜欢属于我自己的那一片小天地。

在十一长假的日子里，我开始了人生中第一次单人旅行。朝阳公园里午后的惬意，蓝色港湾那小资情调的高品质，国家图书馆让我想到的是大学生活的无比绚烂以及人生的充实感。有时候碰到笑靥明媚的男孩会很热情地和他聊天，心情愉快地在某个路口说再见。在这里，天空的颜色用照相机捕捉下来是很纯净的，像制作后的图片。扑在栏杆上听着汽车呜呜的川流声，往远处看，不是站在峰顶的一览众山小，而是寂寞与幻化流动的苍凉。我不知道为什么这两者会有联系，只是感觉生命已经被它带动。

在这七天，去了很多地方，每一处动心的风景我都努力记在心里。我像一个有恋物癖的人，一遍一遍地思忖着如何将它们放进某部电影里让它们成为我的意念。当生活开始变得苦涩，它们便能在心底升起一丝暖暖的触感，苦涩被稀释，一点点散去。

北京，这座城市，我的第二故乡。我现在愈发想要了解这座大城市能给我的生活带来什么改变，我也会渐渐明白北漂的原因：我们永远不变的是对未来的追求。

（文／胡雪琪）

清明随想

烟雨蒙蒙，萧风瑟瑟，近树青青，远山悠悠。山路行人蹒跚，林间墓地烟燎。又到一年清明扫墓时。一抔黄土，两个世界，所有的心绪，都在这纷纷细雨中定格成永恒，这注定是一个让人心生怀念的日子。

走过一座座坟茔，碧草如丝，本是春意盎然的季节，却在怀念的思绪中染上了伤悲。

外婆在母亲五岁的时候离开人世。每年清明母亲都要执意回到百公里以外的老家。其实，那里早已连坟冢都看不见了。只是匆匆在地上画一个圈，隔着一层黄土，祭酒和果蔬是那样的寒酸，哀悯显得有些苍白。妈妈说，姥姥的音容笑貌她早已记不清，但就是有这样一种念想，就是放不下。

早些时候，读了吴念真的散文集，光阴的过滤网把他牵挂的家人、魂牵梦绕的故乡淘选出来，在回忆的放映室留下难以磨灭的刻痕。《遗书》中满载着他对骤然离世的胞弟的真情告白，娓娓道来。两人在人生的岔路上渐行渐远，以致往后的际遇悬殊。他怀念与弟弟扶持成长的那些岁月，感叹"然而当你一旦懂了，一切却都已经远了。"当弟弟断然选择以绝情的方式告别至亲，吴念真悲痛万分，唯有透过书写，为自己复杂纠结的情绪寻找抚慰的一个出口，稍解超载的感情负荷。

读毕，细想，其实对每个人来说，生命中都有过渐行渐远直到消失不见的人，亲人、朋友，大多数人都注定只能陪伴我们一段路程，唯有虔诚的思念将短暂化为永恒。命运的轮回，只能记起这一世的记忆，清明，本是两个世界的一次约会。逝者已矣，可以安息。生者，仍将负重前行，为自己，也为别人。

掸落红尘，拨开浮华的虚幻，看清这个复杂而多彩的世界，静守岁月的美好，且行且惜。

（文／醒醒）

撑起一片希望的天空

"大哥哥，你还会来看我们吗？"听着这群小朋友的疑问，我呆住了，竟不知用什么来回答他。

他们和别的孩子一样有爸爸妈妈，老师朋友，但就因为他们身上被打下了一个标记：农民工子女，所以便是这般境遇。从家乡来到这个陌生的大城市，仿佛如此繁华的都市竟没有他们的容身之地。他们眼中溢满的渴望，是渴望他人的尊重、是渴望抬眸的微笑，是渴望未知的将来，还是…而我，由于义务支教的缘故，才真实地见到了他们。

上课时，我问他们喜欢什么？他们说："荷花。"或许那是他们家乡的颜色吧！于是我教他们画荷花，一瓣一瓣，勾勒出的是荷花，还是对未来的渴求，他们不知，我也不知。在教他们画的过程中，总有孩子跑过来问我："我画得怎么样？"我回答道："好！好！好！大哥哥以前可没你们画得好！"他们就会很开心地跑回去。从他们的图画中，我仿佛可以看到一个个绽放的梦想。

小小的他们，还什么都不懂，社会的舆论和压力却仿佛被黑云笼罩的大地，压得他们喘不过气。而我们能做的只是去爱他们，让他们在异乡也能感受到关怀，感受到心灵上的慰藉。祖国的未来需要他们，社会更应该关注他们，当今的教育更应该给他们更多更好的条件，为他们撑起一片天空。

去那之前，或许大多数同学和我一样，只是觉得好玩，做一下以前我们从来都没有做过的事情。可是又有多少人是心存着真正的爱心来关爱他们的。对我们而言，他们或许只是个过客。但当我真正和他们接触时，我知道一切都错了：低矮的学堂、残破的课桌、简陋的教学工具……那一刻，我觉得我应该能做点什么。

下课后，很多小朋友向我索要签名留念，我笑着为他们签下了我微不足道的名字。有时候我问自己，人活着是为了什么？每个人都有自己的一个答案。但对于他们而言，获得一种认可或许比什么都重要。

离开时，他们问我：“大哥哥，你还会来看我们吗？”我想我已经有答案了，你们呢？

（文／张顺）

如果有一天

一个大三的学长来录入调课资料，那张手写的表格字迹甚是潦草，不过我还是认得出是盖某某，他怕我认不出，在我刚用拼音敲出“ge”的时候，多嘴提醒了一句“gài某某”，我有些疑惑。后来他告诉我，由于有太多同学叫错他的姓氏，便索性也跟着大家一起这样叫了。

资料已然跃于屏上，我对着电脑发起呆来。

眼前的表格尽是那些挂了科而重修的名单，看着那一排排陌生的名字和课程，心里惧怕起来。突然觉得，那些人都是在某个阶段上被别人否定过的人，就像那位姓盖的学长，没有人愿意因为他而改变自己错误的读音，到最后，连他自己也放弃了最初的坚持。

舆论的力量，或者是大众的力量，强大而且可怕。它们的可怕之处，是改变了自己对自己的坚持，如果自己都输给了自己，还有什么能战胜的呢？

但是，在你历经无数否定以至于麻木了之后，如果有一天，有那么一天，有个人站出来，证明了最初的你才是正确的。那时候，你对不起的是当初的决定，还是现在的自己？

或许，人生有三境界：首为看山是山，看水是水，次为看山不是山，看水不是水，终为看山还是山，看水还是水。

最初，对什么的认知都是只凭自己的硬性知识，发表的观点都是自己心中最真实的想法。

后来，太多的别人，把那个最初单纯的自己封杀了，渐渐地，你发现你最初看到的都蒙着一层纱，你的一言一行，多半是来自别人的压力，或是随波逐流。你心中的东西，连同那个自己，被一层一层地包裹起来。

不知是你抛弃了它们，还是它们抛弃了你。此时你唯一用来申辩的言辞也大概只有"人在江湖，身不由己"。

然后有一天，一把用真理铸成的，不怕任何世俗眼光，言论压力的利刃，一下斩开了那层层叠叠的束缚。你与自己相见，你发现你快不认得他了。

但是无论你如何狡辩，事实只有一个，就是你变了。只是你接触了太多来自外界的东西，是你被那些东西改变了，还是你让那些东西改变了你。

如果有一天再遇到自己，请务必善待它，让它带你去寻那真山真水，觅那原来的你。

如果有一天，你找到了你，请勿伤怀。记住纳兰一句："人生若只如初见，何事秋风悲画扇。"

（文／柯莹莹）

醒

一

没有不可治愈的伤痛，没有不能结束的沉沦，所有失去的，都会以另一种方式归来。

马尔克斯的《百年孤独》有句每每在我消沉的时候令我黯然惊醒的话："无论走在哪里，都该记住，回忆是一条没有尽头的路。一切以往的春天都不复存在。就连那最坚韧而又狂乱的爱情，归根结底也不过是转瞬即逝的现实。"

刚才坐公交车回来时，听到孙燕姿的《开始懂了》，就禁不住忆起过往的种种美好，停不下来，苦不堪言。世间万物，周而复始。可我们总会留恋于已失去的。最难的告别不是来自距离，而是来自人心。有时候，人需要被自己说服，甘心去做的，才是唯一有机会发生的事情。光明与黑暗，旦夕之隔，很快就会转换，绝望与希望也仅一步之遥。而一切，终都会好起来。

二　愿生如夏花般绚烂

这几年，我越来越深信，付出和收获永远是成正比的，只要不放弃，我就是最好的我。只要争取了，就有希望，这句话在我身上一次次应验。我不喜欢"我不能掌握自己人生"的说法，有些东西实现的过程或许并无期限，只要你想，就有可能。说给我，也说给在迷茫期的朋友。去追求你想要的吧，别放弃。

三　只有品味了痛苦，才能珍视曾经忽略的快乐

有天晚上心情异常难过，同学的电话碰巧打过来。一听到她的声音眼泪就开始决堤。这些年，自认为是交了些朋友的。可我总习惯用别人的主动关心去验证自己的重要性，终会冷不丁地被温暖袭击。就像是刚才还在喝着同学带回来的豆浆，温热在心里。这样的瞬间太多，人也很多，我甚至无法一一记录，可都记在脑海里。其实我不知道该感谢谁，我只觉得时光流逝，角色也不完全与过去的相同。可我的想念，与你们相比，是多，还是少？四那时头发还算长，心还算宽。后来一难过便会剪短，就像原谅一个人会上瘾。

杜拉斯说过一句话，爱之于我，不是肌肤之亲，不是一蔬一饭，它是一种不死的欲望，是疲惫生活后的英雄梦想。每次遇到爱，感觉自己冲上去的样子像极了不要命的英雄。中枪了，继续冲，直至倒下。倾慕不得的人与事，是一种天性。忠贞似加于对方的一种奴役，就这样爱上了危险。看到过这样一段话，自认为分析的够理性："所有冒险的本质，都是企图脱离生活，脱离肉身，用破坏和探索的方式，感知到自身明确的存在感。"

就这样每进一步，深陷一截，大可不自觉，继续勇敢冲。最后，已不知落下的是血，还是泪。但，泪比血疼。

（文／王玲玲）

抉择

在我们身边，每天都会有很多的人因为各种原因而死去。或死于疾病，或死于事故……面对各种各样的死亡，他们或许平静安详，或许痛苦不堪，或许毫无征兆。死神是冷酷无情的，打一个响指，不幸的灵魂便归于沉寂，消失于现实世界。生与死，我们都无权选择。

死亡，是禁忌的，是不愿被提及的。死亡，意味着永久地告别生的世界，意味着肉体的消亡和灵魂的飞散。一个人死去了，他的面容和故事都成为活着的人的回忆，他只能凭借一张照片继续弥留在世界上。在他的生活圈中，他仿佛是整幅拼图上被抠掉的一块，成为一处永远无法填补的空白。有些人选择不在意这空白，因为这于他们的人生拼图毫无影响；有些人选择沉湎于悲痛，失掉的这一块成为心上深深的伤痕，整个世界因此而苍白。

人都是贪恋着生的，即使被心爱的恋人无情抛弃，即使事业不顺负债累累，即使身患绝症苟延残喘。活着，就意味着希望，意味着在今天的黑夜里哭泣但明天依旧能看见太阳。失恋了，可以等来更好的人重新相爱；失败了，可以抓住新的机会从头再来。生，是鲜活的，是瞬息万变的，是山重水复柳暗花明的。如果三毛没有了断自己的生命，或许她会遇见另一个荷西，与之共度余生；如果海子没有卧轨自杀，或许他就会等来"春暖花开"，就会看到自己的诗篇明星一般绽放光彩。可他们都绝望地选择与生命告别，他们抛弃了生。

每个人都无法预知死亡的日期，在任何年纪、任何地方都有死亡的可能。生死由上天掌控，但是生活却可以握在自己的手中。每个人的内心都怀有一种死而无憾的祈盼，可是只有做好生命中的每个选择，人生才不会留下太多的遗憾。罗曼·罗兰曾说过："人生不售来回票，一旦动身，绝不能复返。"人生是一张单程车票，到站了就该下车，不能回头。如果你一味贪恋前方神秘未知的旅途，却不曾留意当下的风景，那么你一定会带着遗憾下车。

人类看似是这个世界的主宰者，但在死亡面前，却是如此渺小。不知是否有轮回，所以最好的选择便是珍惜当下所拥有的一切。活着，就可以亲手种下一棵理想的种子，可以用心去爱每一个值得爱的人，可以在现在给未来写一封长长的信。

贪生，怕死，是人对生命敬畏的一种体现，对死亡以及对死去的人在心中怀念并且释然，对生命以及对已拥有的一切怀有感恩并真诚相待，这才是珍爱生命、敬畏生命的人。生与死之间，只有做好抉择，并为之付出，这样生命才显得更有意义。

（文／张安然）

给朋友

兜兜转转已是三年。三年前那个由于在冰场上滑倒摔到头而在课堂上睡了三天的你，我仍然记得。大家要你去医院检查一下，你却笑着说："应该不会这么倒霉弄成脑震荡吧，不过要是真的倒霉的话，我也只好认了。"说完，大家都笑了。

大概这是对你的最初印象。

三年前那个看见我被欺负就挺身而出的你，我仍然记得。现在想想，如果不是你当初为我出头，依她的性子应该会欺负我一个学期吧。你这人真好，我当时这样想。

三年前那个在 A4 纸上写下漂亮诗句的你，我仍然记得。其实很羡慕会填词的你，可是心里还是不服气。你填给我的第一首词，在拿到它的第一天里，我就用透明胶带小心地粘了起来，后来家里发生火灾，好多书都被烟熏黑了，但它还是好好的。现在它在我桌上的文件夹里，和阿羊我们写的诗放在一起，随时可以看见，就像是觉得今天的晚自习能够再次见到你们一样。第一页，我们三个一起写的，是你重新誊到纸上的。嗯，你的字比原来更加好看了。

那个在寝室里帮我和小雪打飞蛾的你，我仍然记得。不知为什么，学校的飞蛾出奇的大。我和小雪觉得特别吓人，但是当时没有来由地觉得你应该不会怕虫子这种东西的。现在想想，你是不是也会感到害怕？

那个把一米的宣纸铺在宿舍地面上写毛笔字的你，我仍然记得。"为伊消得人憔悴"被你写成了"为依消得人憔悴"。写完后发觉不对，说道：没有错的，这是送给名字里带"依"字的人的。可是那时我们班并没有名字里带"依"的人呢。对床从床上下来的时候不小心踢翻了你的墨汁瓶，黑色的墨全都洒到了地面上。不知道为什么，那时我的第一反应是先要把你的字从地上拿起来。对了，那天走廊里都是墨汁，原因是我拿拖把的时候一直没有抬起来，墨汁就在走廊里画出了长长的一道。结果是，我和小雪一直擦到十二点多才把它们弄干净。这样的事，我真想再遇到一次。

那个为我们在孔明灯上写下祝愿的你，我仍然记得。那年的元夕，烟花特别漂亮。你是在孔明灯上升时题的字，明明是黑色的记号笔，写出来却像是毛笔字一样。对我们的美好祝愿都写在了上面，唯独没有你的。你说：幸福是要靠自己去追求的，不是祝愿就可以得到的。当时感觉你的想法好特别，还暗自有些佩服。其实现在想想是因为灯面上已经没有空余的地方了，因而，你唯独没有写下自己的愿望。不知道，那盏孔明灯在天空飞了多久才落下，你说，会有人看到我们的美好愿望么？

在一起的时光像烟火，很漂亮，布满岁月的天空却转瞬就消失。但却足够我回忆一辈子。

欣喜的是，在一段不长不短的时光里，遇到了那么多温暖有趣的事情；感激的是，能遇到温暖有趣的人。

最后的最后，愿你实现自己的理想，到达曾和我说起的远方。

（文 / 若遥离离）

参见可畏的信仰

梁正钧先生说:"以铜为镜,可以正衣冠;以史为镜,可以知兴替;以人为镜,可以明得失。让这些书画作品留存下去,告诉人们战争的可怕,借鉴历史,不再重复战争,让世界永远和平。"或许这些话是老者的信仰。

梁先生是个抗战时期的画家。梁先生在创作过程中,始终以写实为最高目标。每当空袭警报传来,他便不顾安危带着速写本爬上高处,在战火硝烟中画下所见,再用雕刻的飞机模型模拟当时的战斗场景,并绘制草图,拜访当时参加战斗的将士,对出战机型、攻击队形、天气状况、飞行高度等一一求证后,才着手绘制作品。即便是在那么艰苦的环境下,先生依旧作画,他对于艺术的执着与追求,对于真相的探寻与表达值得所有人敬仰与学习。

一个人附属于一个时代,一个人可以表达展现一个时代的特征。有人说抗战那个年代很遥远,有人说痛苦的记忆不要去回忆,并不是所有的人都可以感受到那个特定年代的那件特定事件所传递出的情感,表达出的精神。我们与那个时代相隔太远,我们不曾经历那样刻骨铭心的痛苦。时隔许久,那段战争被我们遗忘的太多太多。战争就意味着家破人亡,战争就意味着流离失所国破家亡,多少人抛头颅洒热血,多少英勇之士在战场拼杀命丧黄泉,这是我们无法抹去的不争事实。

是谁曾说,忘记历史等于背叛,在如今这样一个物欲横流纸醉金迷的时代,这样一个画展,这样一个人物,这样一种方式,似乎有着特殊的含义,让我们追寻曾经逝去的真实,追求,信仰,和不灭的赤诚之心。国家需要有信仰的人,国家需要有志之士。

如果把一个人送回到他的生活位置和精神本质的起点,他才能够了解和理解那个时代赋予他的一切,只有时代不把这个人孤立和排除出去,才能看清这个时代生活的意义。梁先生去世了,一位又一位的革命忠贞者去世了,但是如果只是死,结束了就过去了,但是我们无法装作看不见曾经的一切,以史为鉴,这是古训。他们所传递出的忠诚,执着,努力,奋进,信仰,是无法被我们所忽视的。

每个人如果用毕生去实现价值,实现自身的信仰,那么这个民族将是立于不败之地,长久不衰,这是一个有气节有信仰有灵魂的民族;那么这个时代将是一个无法复制无法超越的时代。

我们带着那段岁月留下的痕迹,带着忠贞之士传递的情感和信仰,路再难,也要前行。

(文 / 王玲玲)

诗三百之故人谣

当夕阳收住余晖任由天色黯淡,绯红绛紫的晚霞依旧在试图挽留住最后一抹的典雅风致。《欸乃》浅淡却极其舒缓的调子低低的诉着,那些纵瀚海桑田也不曾改变的风物以及从几千年前吹来的沧桑故事。

一　子晢子兮

大抵也是这样一个黄昏,天色渐晚,微微有些起风,吹得河畔的芦苇有些支不住的随风摇曳,荻管也受不住的发出"呜呜呀"的轻微却低沉的声响。

锦衣华服的公子招来了棹家游河,乌色的木舟很是宽敞的模样,窗棂也雕有精细的鸾凤衔珠纹饰,黛绿滚边的玄色云纹衣袖勾起帘子,便是一阵清脆的玉玦回响。

夕阳在水面上洒下粼粼的波光,公子仍觉不够,唤了钟磬一齐奏着,繁盛的乐音虽与辽阔浅淡的落日图景不大相和,却多半是愉悦了公子。镶了祖母绿的雕有简单凤纹蛇腾的黛玉斜斜的簪着,依旧有松软的青丝覆下,微微被额发挡住的双眸温和轻浅,泛着栗色的柔光。日渐式微,拉长他的了身影,绯红色的影像长的仿佛能度过河似的。

渐渐入夜,江水如练,皓月千里,纵是舟上的万盏灯火也抵不住夜风冰冷凉薄里的寒意,公子起身披了白裘,鸣乐也刚好奏完《周颂》而得以暂歇。

却见棹舟的越女倚着浆，水袖翩翩。她的目光掠过华服公子，有些停留，旋即又低了低眉，一曲清歌，颇有些像"式微，式微，胡不归？"那般满怀幽怨凝重的调子，却更清朗意重。

彼时，我与你的缘分，不过一棹舟而已。可是当你锦衣翩翩的落座，沾染了的又岂止是烟水与尘土。有些时光，有些年岁，便注定于吁嗟中漫漫而过。

笙箫落，朝歌错，流光过。

二　愿言思子

卫国虽为宗室之后，礼仪阜都，却多凭宗亲之故，记淫靡之音，已至多次于征伐中丧礼器于诸侯。

静夜如水，公子寿与伋泛舟于沘水之上。寂寂的江风吹过，伋没有更多的言语，自己终究是王臣，而那个人，到底是自己的父王。子之事亲也，三谏不从则号泣而随之。更遑论，这是根本就不必上谏的也无法上谏的君命。月光斑驳在流淌的河水之上，宛如流光浮动，汩汩而流，不知所止。寿也是不言语，半晌悠悠浅叹了句，劝伋饮下了终有一别的美酒。

知其不可劝，也依旧是不忍，灌醉了伋后，寿浅叹着离开了，终已不顾。

历史照常的演绎，没有丝毫的不舍与伤悲。只是或许那夜，当伋发现寿的离开而赶去时，连星星都开始黯淡了，如同孤竹君之二子，互让位而逃，宁死不食周粟的气节。

有些气节，余韵依旧流芳百世而不绝。

有些仁义，华光仍会泽被千年而不衰。

愿言思子，不瑕有害。

《国风》好色而不淫，《小雅》怨诽而不乱。当清扬婉兮的眉目在繁盛桃枝间隐约可见，当绿竹猗猗的林间，留下"沅有芷兮澧有兰，思公子兮未敢言"的慨叹，那些千年前的悠悠古意，又岂是一支古琴曲寄寓的了的？

愿言思子，中心养养！

（文 / 张紫依）

端午带来的思考

轻汗微微透碧纨

明朝端午浴芳兰

流香涨腻满晴川

彩线轻缠红玉臂

小符斜挂绿云鬟

佳人相见一千年

我与端午节相识是通过粽子介绍的。每年都有一天要吃那包着粽叶的糯米团，有的地方还会有人划大龙船。这就是端午节给我的最初印象。

长大后，发现很多节日都在人们生活中扮演着有如下功能的角色，给人们一个假期，来一场可以计划的短途旅行；让人们吃点平常不会费力做的东西。难道作为每年的法定假日，端午节只能发挥这么一点作用吗？现在我们国家强调要丰富人们的精神生活，很多时候人们都说不知从何做起。其实，看一本书；欣赏一部话剧；聆听一场音乐会；这些都会丰富我们的精神世界，而端午节也应如他们一样，甚至它承载的文化精神更丰满，需要我们将它挖掘出来并学会推广。

国家已经提出了文化强国的口号，接下来的工作不能全部都依靠政府，依靠社会来完成，毕竟从细节来看，真正需要改变的是我们每一个人的生活和思想。小时候每到端午节家里都会来很多亲戚。二年级那年的端午节，家人提出了一个好点子，让小朋友们在提前的一周时间内了解有关端午节的常识，到了端午那天会有10个小问题，谁回答的好谁就能得到一个小礼品。那一次，我细心的做了准备，那是我第一次知道端午不止有粽子，还有雄黄酒、菖蒲、艾草、游百病。有一个叫屈原的爱国诗人在这一天愤懑投河，跳的是汨罗江。有的百姓爱戴他就往河里扔粽子来保全他的身体。这一次我深刻体会到人与人之间情的可贵，做一个爱国爱民的人，就不会被国家和人民忘怀。

简单的一个家庭活动，让端午节给我留下了深深的印象和宝贵的精神财富。也许，真正的文化强国就是这样吧。在了解文化的过程当中感悟一些人生道理，再运用于生活当中。国家所谓的文化强国为的就是每个国民都能丰富自己的精神世界，人人都做正能量的源泉，这样我们的国家才会越来越强大，越来越健康。我们作为华夏的新代接班人，应该提早领会文化兴国的重要性，早日参与其中，为文化强国尽一份力量。

（文 / 齐腾）

问君此去几时还　毕业季里端午的味道

又到了一年毕业季，"毕业"无论对于即将离校的学长学姐们，还是对于我们来说，都是个略带忧伤的话题。昨晚，看着操场上大四的学长们唱起欢乐的歌，今天，"高原蓝"的苍穹下，校园里满是穿着学士服的毕业生在校园的各个角落里留念合影……是的，有些人即将告别学生时代，踏入社会征程；有些人脚步匆匆，继续叩响学业的大门；有些人神情笃定，迈向艰辛的创业之路。青春就像是切洋葱，我们都泪流满面，却还是乐此不疲，回味其中。时间留下的，不是美丽，不是财富，而是真诚。

四年前的今天，我们也许还从未感受过这样的离别，时光像白驹过隙般从指缝中溜走，留下的是美好回忆，惜别的是青葱年华。高考的结束，让我们产生了难以忘怀的割舍，而今天我们只能从相册和同学录中找寻过去零碎的记忆片段。就像如今的端午，我们只能心随龙舟把诗魂追赶，借粽子遥寄思念。那么，端午节真的是为了纪念屈原吗？

五月五日屈原投汨罗江而死，后人为纪念他，将此日设为端午节。其实，从文献记载来看，最早将屈原和端午节联系起来的著作是南北朝时南梁吴均的《续齐谐记》，此时屈原已去世750年以上；从唐人欧阳询转抄《风俗通》的佚文可见，也许东汉灵帝时端午民俗中已有屈原的影子，但这也是他身后400多年的事了。而端午祭屈原，则始于五代十国时期……其实，在民间传说中，除了端午源于屈原说外，尚有纪念伍子胥、孝女曹娥、介子推、廉吏陈临、越王勾践等等说法，而伍子胥比屈原要早上200多年，且端午习俗多属吴俗而非楚俗。

据考，许多流传至今的端午习俗也与屈原毫无关系，比如粽子，最早文字记载出自许慎的《说文解字》，距屈原去世已400多年，西晋周处在《风土记》中称"于五月五日及夏至啖之"，可见古人夏至也吃粽子，非端午专利。

再比如赛龙舟，唐代刘禹锡曾引古书说："因勾践以成风，拯屈原而为俗。"认为它源于勾践操练水军，因来路不正，宋代和清代曾下令禁止赛龙舟，称其"废业耗民，莫甚于此"。

事实上，为方便记忆和推广，传统节日常采取月日相同的方案，如元日（一月一日）、青龙节（二月二）、上巳节（三月三）、寒食节（四月四）、端午节（五月五）、晒霉节（六月六）、七夕（七月七）、重阳节（九月九），下半年节日相对少，一是因收获期太繁忙，二是因冬季农闲期长，不再需要通过节日来调整。

可见，端午节原本只是诸多节日链条中的一环。五月正值春夏之交，瘟疫多发，故民俗多与防病、健身、吃药相关。汉朝时，皇帝此日要向大臣赐"枭羹"，即用猫头鹰做成的肉羹，传说猫头鹰食母，造成阴气损耗，所以要"是日杀之"，不仅要杀，还要撕碎，即所谓"磔"，而民间吃不起"枭羹"，常以蛤蟆羹替代，因蛤蟆喜夜间鸣叫，属于"阴物"无疑，人们坚信食之可以滋阴。

显然，绝大多数民俗节日来自日常生活的需要，与英雄人物发生关系往往是人为建构的结果。以吴均为例，他所处的南梁与屈原时的楚国颇似，内部纷争不已，社稷摇摇欲坠。因私撰《齐春秋》，吴均被梁武帝所恶，丢了官，稿亦遭焚，故不敢言楚亡事，怕被误会为影射，只能用荒诞小说来寄托忧思，抒发自己难以言说的思绪。

唐天宝年间，为加强社会控制，唐玄宗下令将诸祠庙增入祀典，屈原被封为昭灵侯，正式享受官家烟火，每年春秋各一次。五代十国时，官祭屈原的时间始设在端午，宋代封屈原为忠洁侯，到明太祖朱元璋时，圣谕"岁以五月五日"致祭屈原。

在皇权不断的鼓励下，屈原影响力渐渐压倒伍子胥、曹娥等人，成为端午节的代表，而此前种种民俗，自然也就都与屈原有了关联。但是，作为我们的传统节日，我们更加应该珍惜和传承。以一个正确的态度来看待端午节，借吃粽子、划龙舟等活动来纪念一个历史的伟人。

（文／张远溪）

九九话重阳

玉案书卷灯犹在，煮茶待君几时逢。春去秋来忆往事，与君长诀烟雨中。

——题记

九月九日，佩茱萸，食蓬饵，饮菊花酒，云令人长寿。

每个人心中都藏着一段忧伤刻骨的往事，系着一段不可遗忘的缘分。摇啊摇，摇到外婆桥，我仍记得儿时，九九重阳，一家人在月下登上泗河的堤坝祭孔、插茱萸。这一刻，菊花酒上桌，诗情画意，思绪澄澈，咏菊诗回响在耳畔，对诗饮酒。空气中弥漫着"但将酩酊酬佳节，重阳独酌杯中酒"的哀伤；"待到重阳日，还来就菊花"的期待；"抱病起登江上台"的忧思……那些温暖的、多情的，气荡山河的诗句尽在耳边，将一颗颗柔软的心濡染得温婉晶莹。共举延年益寿的菊花酒，将人们灿烂的脸庞映照得如花般动人，祝福老人长命百岁。还记得，您给我们讲过去的传说，因为亲人之间的缘分深刻，爱恨太多，纠缠不清，所以也只有一世的缘分，此生别后便再不可相见。当时只是觉得您封建迷信，可现在，您走了，我却开始对您说的话深信不疑。

也许世界上没有所谓的传说和神话，但是这所有的，祭奠与怀念，亦或相聚与分离，不正是对美好生活的另一种期待和憧憬吗？清明念古人，珍惜眼前人；中秋夜赏月，团聚话桑麻；新年除旧岁，新桃换旧符。其实，节日就是文化的反映，中国人重情义，从两千年前儒家文化的开始，就有见利思义，久约不忘平生之言，亦可以为成人矣。老吾老以及人之老，幼吾幼以及人之幼，用爱传递爱，也许正是这种情义重于泰山的特殊情愫让中华文明传承千年甚至更久，在其他文明消失的时候我们还可以相互照耀相互温暖。

莫听穿林打叶声，何妨吟啸且徐行，竹杖芒鞋轻胜马，谁怕？一蓑烟雨任平生。心之所向，境由心生。回首生命长河，痛苦与无奈，不舍与感激，但是在尘世走这一遭，看开了，人生于天地之间，不过是白驹过隙，忽然而已。倘若一日，有风从虚掩的窗户掠过，那娇弱的苦心便瓣瓣凋零了，落了一地的遗憾与伤心。到头来，发现原来所追求，所痛苦，所焦虑的就像一场梦。他人只为红妆，而我唯有热血。珍惜眼前人，听取内心的声音，让自己变强，经营好自己的一亩三分田，其他的多想又有何益处呢？

曾经期待着梦回古代，清雅成诗、爱淡成词，怀着激滟坦白的心思去生活，也许才能衬得起心中隐藏的诗情画意，不负此生的期许深情。但是时间所有安排都有因果，尊重与接受是我们最好的选择，现在起码可以怀着真挚的思绪赏这一轮圆月。

菊花残，满地伤，花落人断肠，心事静静淌，北风乱，夜未央？在湖面，成花已向晚，飘落了灿烂。九九话重阳，重阳花已残。愿历经过寒冬的沉寂之后，来年还会相约绽放得更精彩！人生，其实原本就是一段段曲曲折折的路，大凡遇到这样或那样的坎坷，都必须面对，无从躲避。"宝剑锋从磨砺出，梅花香自苦寒来"一个人的生命有了追求和归属、信念与目标，就不会被生活中的琐事所累，不会被痛苦所欺。在艰难困苦中成熟起来，坚强起来，去往愈走愈宽广的人生。

饮完杯中菊花酒，一轮圆月挂空中，夜色已深了。思绪慢慢从遥远的地方翻山越岭、漂洋过海回来，无限感慨。外婆的叮嘱依然在耳边回响，亲人相聚的场景仿佛还是昨天的事。从前一起度过，现在逝去的那些日子，可能会随着时间慢慢消磨了它最初的模样，掺杂太多复杂的人缘际会，但是人与人之间的爱，却会在岁月的长河中历久弥香。九九话重阳，莫失莫忘，一次内心对情感的祭奠与怀念。

（文／孙大荃）

吾有花香可赠卿

翻微博看到朋友前些日子点赞的一篇博文《成都94岁婆婆卖花10年》，突然想起我曾经买过这位阿婆的花。

那是几年前去成都的一次旅行，还记得是在青羊宫门口，一位老婆婆拿着一根木棍，上面挂着一排用红线串好的白白嫩嫩的小花，每串两朵，扑鼻的香气四溢。其实我不喜欢香气很重的花，但不知出于什么原因，或许是因为旅行的欢脱心情，又或许是觉得卖花的阿婆很浪漫，一定也是个有故事的人，于是走上前买了一串。那一路，我走在青羊宫安静的石板道上，听着耳边时不时传来的道院钟响，摩挲着柔软的花瓣，嗅着那一串小小的花散发的醉人芬芳，心里无比满足，脑海中臆想着阿婆的浪漫故事，顺便幻想一些无厘头的事情，就那样开心地度过了整个下午。

多年过去，这件旅行中的小事不知为什么让我记忆犹新。从博文中知道这位卖花的婆婆已经94岁了，曾经卖花的时候收到假钱直接烧掉说不能害人，真的很敬佩和感动。翻开微博下面的评论满满的都是对阿婆的祝福与关心，虽然跟阿婆只有一面之缘，但看到大家的评论，我的心里像灌了蜜一样甜，为大家的评论而感到开心。仔细想想，对于阿婆，相比感动与敬佩，我内心更多的是感激之情，并不是对她自力更生，对她烧掉假钱的敬佩这么简单，真的很感激几年前的那一次相遇，让我买走那串花，留下我永生难忘的一段记忆，多谢你，卖花的阿婆你真棒！

想起之前看过的一句话："吾有清酒共欢饮"现在我想给它加半句："吾有花香可赠卿"。

（文／丰廷玉）

摆渡

我坐在小船上，静静地……注视着手中的双桨，慢慢地划着。我不知道前方的水流是湍急还是平缓，也不知道山间有几道急弯，甚至不知道我为何在这里摆渡，好像这就是我的任务，必须完成的事情。

在我的对面，坐着一个孩子，大概七八岁的样子。她一头漂亮的金发披肩，眉清目秀，皮肤如凝脂一般晶莹剔透，船桨划动泛起的波光映在她的脸上，显得楚楚动人。

我不知道她是什么时候上的船，也从未见过她，但看着这清纯而可爱的小姑娘，心中却荡起一阵怀念。我张了张口，想要问她的来历，但终究没有说话。因为我看见她正望着两旁的风景，甜甜地笑着。树木被水光冲得深沉，成群的枝叶撑起一片片树荫，微风掠过，树叶摇起一阵沙沙的声音，如风铃般动人心弦，它们仿佛在叙述着一段段童话，让人向往……我注意到了小女孩的眼睛，一双如湖水般澄澈而明亮的双眼。它们仿佛两颗宝石，倒映着岸边一望无际的森林。长长的睫毛不时地眨动，为这两颗纯净的宝石刷上了一层水雾，显得纯洁而朦胧。

我深深地被吸引了，她的纯洁让人想要去守护、想要去呵护、想要去爱护……不知何时，我已经闭上了双眼，心中那小女孩看着风景的样子在不断地放映，她那清澈的双眸在不断的闪光。此时，只有手中的桨还在慢慢地划，也许在这里摆渡，就是为了体会这样一份清纯吧。我渐渐明白了什么。

再次睁开眼时，小女孩的身影已经不见了，取而代之的是一位少年。他托着脸，一头利落的短发，炯炯有神的双眼呈现出天空的淡蓝，他歪着头望着岸旁的风景。

我顺着他的视线也望了过去。岸边已经不再是森林，而是一片无垠的草原。碧草青翠欲滴，看上去好像柔软的地毯，让我有一种想要离船而去，好好放松一番的冲动。稍远的地方，几匹马儿自由地奔跑，不时发出几声长嘶。牛羊成群，慵懒地吃着草，仿佛时间对它们来说毫无意义，在这里怡然自得、悠闲快活才是它们追求的生活。

少年双眼放光，好像十分向往那边的生活一样，几次三番想要起身而去。我微微一笑，向他摇了摇头。我指了指碧蓝的天空，随即从身边拿起一本书，递给了他。他暗自叹了口气，却是接过了书，默默地看了起来。

看着他，我似乎明白了什么，便不再言语，继续静静地摆渡……他看着书，我划着船，宁静的时光让我放松，便又闭上了双眼。当再次睁开的时候，青年的身影也消失不见了，这次坐船的是一位老者，一位须发皆白的老人。他脸上的褶皱和铺满的胡须让我难以认清他的样貌，但却有一种熟悉感。他那如大海般深邃的双眼让我印象深刻，古井无波就是用来形容这样的眼神的吧……一滴水珠从天而落，突兀地造访了我的小船，紧接着，像它一样的不速之客多了起来，逐渐变得数不胜数。乌云压境，遮天蔽日，原本蓝色的天空被染成了墨一般的黑色，水面上也蒸腾起大片的雾气，使我看不清前方。

这突如其来的变天让我担心，让我害怕，但我仍然没有停下手中的船桨，只是小心了很多，谨慎地划着……我的视觉被蒙蔽，耳畔雷声滚滚，衣襟被雨水浸透，心情糟糕至极。我渐渐变得伤心，变得不堪，忧愁与迷茫充斥着内心。我不知道前方有什么，不知道会不会身处险境……就在这时，我的眼前一亮，仿佛有一团光在照耀着自己，使我感到了温暖，也稍微能看清前方的路了，雨水仿佛也停止了，让我不再被它们侵袭。我抬头看去，那位老人左手撑起一把伞，为我挡着风雨，右手提着一盏油灯，灯光虽小，但却散发着一股力量，支撑着我，让我又有了动力继续前行。

感受到这些，我想要表示感谢，但却没有开口，咬了咬牙，再次用力划动双桨，想要冲出这片雨云覆盖的地区再来道谢……不知划了多久，当阳光重新照耀在我的脸上的时候，我终于没了力气，任由小船向前漂行，精疲力竭的我闭上了双眼……当我再次醒来，老人也消失不见了，感谢的话还在嘴边，却是找不到那个老人了，这不由得让我内心留下了些许遗憾……享受着爽朗的清风，从远处吹来的水汽，如同母亲的双手般抚摸着我的脸、抚慰着我的心灵。虽略有疲惫，但我仍然没有停下，继续静静地摆渡。

我现在才明白了摆渡的意义，人的一生中，无时无刻不在摆渡，船头坐着的，也许是儿时的纯真，也许是少年时对自由的向往。但那毕竟是过去，毕竟是心头的一个想法，真正要做的事情还没有做完，还不能休息。前方等待着自己的也许是风景秀丽，也许是艰辛坎坷。但在人的一生中，总会有一个地方或几个地方，总会有一个人或几个人，可以帮你遮风避雨，如果想要感谢他们，就趁现在吧。如果等到他们从你的身边消失的时候，就真的为时已晚了。

（文／橙子不冰）

故土亲情

忆外婆

一孤坟，一豆灯。

葱色环绕，独驻坟头，清明雨沥沥。

犹记得，小时候。慈祥的外婆，充满疼爱地拍打着我小小的背脊，让那么小那么爱哭的我安然进入甜蜜的梦乡。

犹记得，小时候。多少次半夜被梦魇惊醒，是外婆急忙放下手中的针线活，坐到床边安抚我。她银色的发，在白炽灯下闪烁着奇妙的光芒，一直闪烁着。

犹记得，小时候。您总是把亲戚送来的好吃的放在只有我知道的小橱柜里，等着我下午放学的时候来吃。记得吗？那次妈妈买了大大的粉红的桃子，我馋得直流口水。可是等妈妈送给您之后，您就把桃全洗了摆在我的小桌上，让我把小肚子胀得滚圆。

犹记得，小时候。您总是把废弃的纸盒拎到废品站，把它们换成零碎的小票，再用零碎的小票换成可口的糖果，最后用糖果来换我淘气的鬼脸……犹记得，小时候。您答应我说要陪伴我，直到我长大。陪我吃好多好吃的糖果，陪我写完所有的作业，陪我睡觉替我赶走可恶的蚊子。您说您虽然老了，也会撑着等我长大，盼我衣锦还乡……犹记得，小时候。邻居伯伯在我放学的时候拉着我，说您快不行了。我哭着跟他吵得好凶，然后一口气跑到您那里，可是您不在。舅妈告诉我，舅舅送您去了医院。我靠着墙角，哭到只剩喘息。

犹记得，舅舅打来电话，说您病倒了。我去看您，您瘦削的不成人样，勉强地端着一杯水，坐在您常坐的摇椅上。我心都碎了还勉强笑着，去拉您的手，可是她们也都那么瘦削，我再也不敢用力握了。您真的要离开我了吗？我害怕，我不愿意相信。您笑着，说不会，您会一直陪着我，陪着您最爱的外孙女。可不曾想，这是我对您生命最后一刻的定格。

　　再次去看您时，您安详地躺在床榻上。您早早地穿上了舅妈给您做的新衣服，离春节还有三个月呢，您说等到春节的时候才穿的新衣服怎么这么早就穿上了呢？您赖皮，您还说等我上大学了才能不给我压岁钱，可是现在您就这么匆忙地离开了。9岁的我哭得好凶，可是您依然躺着。您跟他们说别告诉我，怕我拉着您撒娇，您就舍不得离开了……您离开了，离开了您心爱的小外孙女。没有您陪伴的十二年过去了，现在的我已经在大学度过两年了。我知道这些您都知道，因为您一直都待在我的身边，从未离去。偶尔，我会仰望天空，就仿佛看到外婆您慈祥的脸，在对着我微笑。

　　外婆，对您的记忆有好多，多到一辈子都不会忘掉。我知道您会一直在天堂看着我，看着我从小孩长成大人的模样，所以我要一直努力着，成为您的骄傲。

　　清明时节，忆外婆。

（文／陈掀）

阅读深情的大地

　　我去798的时候，被"汶川的土是否埋葬了龙的眼泪？"这个展出震撼住了，艺术家将汶川灾区八个不同震点采集到的"母体"土样摆放在展厅里，给参观者最真实，最原始的艺术冲击。艺术家以汶川的土为"母体"，用他独有的创作思维和视角带给我们深层次的思考。看着这深情的土壤，想法颇多。

　　同样的以土作为表现元素，阮丽萨2004年夏天从越南带回来名为《来自越南的纪念品》的作品，表达她对越战的记忆和理解。"表面"系列是阮丽萨从越南的北方到南方不同的十九个地方各带回一捧泥土，放置在影室中拍摄而成。

　　罗兰·巴特认为历史叙述有时就是想象力的产物。如果说饱受战争创伤的越南只是美国越战记忆或者越战想象的背景。那么被血洗山河的中国就是日本关于战争想象的试验场和牺牲品。记忆总意味着选择性遗忘，当美国人瞻仰越战牺牲士兵纪念碑时，鲜有人想到满目疮痍的越南百姓。当日本人参拜靖国神社时，也罔顾了中国大地上呜咽的灵魂。

为了记住那段历史，中国人用影像、纪念碑、遗址、教科书等各种方式试图建立社会关于战争和历史的集体回忆。但阮丽萨选择了泥土作为她记忆和理解的载体。我觉得，泥土是关于战争记忆最富有哲理的存在，它见证了一切，承载了一切，更包容了一切。这就是我被深深震撼的原因。

在这些曾经爆发过惨烈战争，曾被投放过成吨的炸弹，曾经被撒过落叶剂，曾经尸横遍野的地方，而今一捧泥土被撕裂下来，没有尸骨，没有血痕，没有弹片。一切都来自泥土，又归于泥土。如同我们的记忆，来源于虚空，又归于虚空。历史好像在这些影像中缺席了，但这看似冷漠的泥土，却成了盛放记忆的开放的容器。

抛开关于战争的想象，从蛮荒时代以来，这捧泥土经历过自然的滋润，从农耕时代的春耕秋收，人、畜的踩踏，不定期光顾的战火的洗礼，工业文明的造访和机器的倾轧，或许现在它只是一片荒郊野岭。无论如何，从这泥土中我抓到了多少代人的喜怒哀乐的影子，也许这也是我们关于历史的想象。但正因为有历史，所以才厚重，如同一个深沉的老者，给我们诉说着遥远的故事和传说。我想此时，它已经不再是一捧某个地方具象的泥土，而是那片整个养育我们的土地的象征，正如柏拉图所说的，寄托我们灵魂的理想国，是我们每个人魂牵梦萦的故土。

正是这种母亲般深刻的包容，泥土才能宽恕战争，消弭战争，净化战争。当喧嚣褪尽，一切回归尘土的时候，重新孕育新的生活和世界。用时间将一切罪恶和丑陋消散于无形，让踩在厚实的土地上的人们得到心灵的安定与和平。我想，人类应该永远学习，如何像土地一样用宽广的心去面对曾经的施害者和受害者，饶恕自己和他人的罪孽。

大地负载的精神流向比它负载的其他一切都更难判断和预见，那么，还是让我们虔诚地阅读大地，感受大地赋予的一切，让我们静静地守候。

（文／王上嘉）

父爱如诗

我不会写父亲／更不会写诗／但我觉得／父亲就像一首诗

他在看似高昂处婉转／他在看似平静处波澜／或许／他是早春的细雨／是书店前那条浅浅的轮印？／是盛夏的午后／龙潭湖的波光粼粼？／抑或是／秋风里／那一首轻快的歌？／暖冬里／散落的夕阳缕缕／不，不是的／他是春的沙尘滚滚／是夏的惊雷震震／是秋的寒风凛凛／是冬的暴雪纷纷！

他到底像什么／我想我不会明白／我只知道／他是我的父亲／他像一首诗

在我的眼中，父亲像一首诗。他的起承转合，你永远捉摸不透，小时候感觉他有些喜怒无常，他有时爱跟我开玩笑逗我高兴，有时却对我厉声呵斥让我伤心，就像诗一样，我对他捉摸不透。

随着我的长大，我对他的捉摸不透似乎有了更多的认识，也正是这些捉摸不透，才让我对父爱有了更深的理解。

小的时候，爸爸带我去书店，我挑了一本《七龙珠》，以前从没看过漫画书的我，一回家就迫不及待地看起来，不知不觉就看到了傍晚。天上下起了蒙蒙细雨，随着雨势转大，我看漫画的兴致也逐渐大了起来，我竟然要求爸爸再给我去买两本。奶奶说下着雨呢，改天再买吧，我还是固执地要求着，爸爸穿上雨衣，临走前还问我，"你要哪两本？"此刻我的心情渐渐晴朗，可外面的天气却更加阴郁。爸爸回来时雨衣上都是泥点，裤脚也湿了。看到那两本书干干净净，一点儿也没有湿，瞬间好像有什么东西刺痛了我。

对于许多人来说，这只是一个父亲娇惯孩子的故事，可对我的意义却不同，这件事标志着我做娇惯孩子时代的结束。现在回想起来，父亲每次在我看来会和蔼时的严厉，都是为了教会我点什么。

真正的父爱如诗一般，可能读着欢乐，可能读着动情，也可能读着伤感，但它会牢牢地抓住你的每一根神经，让你对他难分难舍。

（文／王晓冬）

那份深沉的父爱

您，是土生土长的农民，不懂得用语言表达对儿女的殷切期望，更不懂得表达您那深深的爱。或许唯有我，您的女儿，才能懂您——虽是平凡的米粒，但在我成长岁月的积淀中，早已酿成美酒，醉人而暖心。父亲，轻轻地叫着您，眼眶中的汩汩泪花道不尽我对您的感恩之情。

那年，我九岁。为了我和哥哥能够念高中，您和母亲带着仅剩的十几块钱去镇上白手起家，开始了起早贪黑的卖小菜生活。冬天里将手伸进冰水里洗蔬菜，和买菜的人讨价还价，乞求般地争下人家不愿给的零头……只为每天能够为我们攒下微薄的十几元钱。为了给我们交学费，您是一次又一次低声下气地向卖肥料的伯伯求情："缓缓吧，等到小孩交了学费，我把猪卖钱了马上还您。"其中的辛酸几人能知，可您始终在坚持着。

您朴素的坚持里，承载的永远是对我最深最深的爱，教会我面对生活。您四处求情，终于将我转到镇上上学。然而我却总是在抗拒着，抗拒融入这个繁华而面似冷漠的新环境。我总是哭，而您，没有过多的责备，只是望着我无言。那种眼神，我永远忘不了。开始读懂您的眼神，您一个大男人忍受那么多的屈辱，为的只是让女儿接受更好的教育，而我又有什么理由畏缩。我开始认真学习，成绩突飞猛进，不仅免试进入初中，更考上了县里最好的高中，一路上有很多的艰辛，每每受挫，想想比起您所受的，那又算得了什么，于是重拾行装继续上路！

那年，我十九岁，上晚自习回来给您买了一个蛋糕，为您庆祝父亲节，而您只是低低地说"不吃，你学习累，你吃"，我是硬喂您一口你才吃下。我知道，您心里是那样幸福，仅仅是一个小小的蛋糕就能很甜蜜。我知道，其实您从来都不知道还有一个献给您的节日——父亲节。我知道，有您，我就是最幸福的。

在别人的眼里，您或许是那样的卑微，而在我的世界里，您站起身，是世上最雄伟的高山；弯下腰，就是世上最坚实的桥；遥望远方，就是无言含蓄而深沉的厚爱，让我找到依靠，找到前进的动力和方向！我将用一生来证明您的伟大，践行对您的感恩。

（文／陈梓云）

中秋月圆

每年十二次月圆，而唯独中秋月圆牵动着古往今来一代又一代中华儿女的心。中秋月，它背负着中华民族悠远的历史和厚重的文化，浸润着几多离愁，几多相思，年年如是，岁岁依旧。

千里清光依旧，万目心思同源。中秋月是一个绝妙的载体，给了人们无限的寄托。不必说寂寞素娥，清冷玉蟾的往事，也不提"绝景良时难再并，他年此日应惆怅"的心情，在"暮云收尽溢清寒，银汉无声转玉盘"的光景下，单是一声"今夜明月人尽望，不知秋思落谁家"的哀叹，就道尽了千百年来人们"每逢佳节倍思亲"的所有内涵。

故乡是一曲悠扬的牧歌，总在中秋月圆的晚上响起。故乡情浓于水，总是深埋在游子的心灵深处。这份割舍不断的情感，似根风筝的线，无论风筝飞到何方，只要牵引风筝的线，游子的心，便会回归。

故乡的中秋月，那么清俊，那么洗练，影自娟娟，魂自清寒。漫步在悠长而寂寥的小巷，风悄语，树悄语，才明白，我们希望的不过是，让故乡如水的月光抚慰漂泊的灵魂。我们早已寻不见童年种下的无花果，只听到江堤上的渔夫传唱着古老的情歌：谁家今夜扁舟子，何处相思明月楼。

故乡小镇的中秋夜，透着丝丝清凉，如玉盘般的圆月高悬，洒了一地的银光，掬一束银月的璃光入梦，祈盼，能镶嵌遥付千里的祝愿；捻一缕梅花的清香为线，祈求，能织成不断的相思绵绵。月色婆娑，摇曳着一缕缠绵无边，如水；漾一朵如莲花的微笑，在温柔的风中把思念寄满，旋绕；呓语轻唤，期许回眸的瞬间,有桂花飘落片片,如雪。

沐着中秋月华,让我们想起来了——那个关于吴刚、嫦娥、桂花树和玉兔的千年不老的故事。圆月呵,你可知我们曾经的心事么? 其实,你的那棵桂花树早已根植在许多人的心中了。时至中秋,人间桂花落。在满空的皎洁里,飘落的何止是桂花,而是那不事张扬的静美和缠绵不绝的馨香啊。

沐着中秋月华,让我们想起来了——古人那些动人的中秋咏月诗联。"天上月一轮,水中月一双","共说三潭同一月,谁知一月映三潭",这是古人描景绘色、极富神韵的景物联;"海上生明月,天涯共此时"是张九龄的中秋月;"露从今夜白,月是故乡明"是杜甫的中秋月;"西北望乡何处是,东南见月几回圆"是白居易的中秋月;"明月几时有? 把酒问青天"是苏轼的中秋月。古代诗人的中秋,因为别离,因为思乡,因为怀亲,所以忧愁,所以诗意,所以美丽。

抬头仰望中天,月光朗朗无边,天空高邈深远。但愿,皎皎的中秋月色,能将我们迢迢的思念,凝一曲绵绵的心音,与远方的亲人,千里共婵娟!

（文 / 南有嘉）

母亲去世十年祭

十年前回家奔丧那天北京的天气,我依然清晰地记得:狂风肆掠,黄沙蔽日,仿佛老天爷也在为我失去母亲而怒号。那天,我乘坐的班机从上午9点一直等到傍晚6点才起飞,在此期间,我滴水未进、肝肠寸断,还不时潸然泪下。

母亲弥留之际,我不在她身边,没有见到她最后一面,是我心中永远的痛;母亲临终前8年,由于身患多种疾病,生活基本不能自理,我由于工作方面的原因,很少尽孝道,也是我心中永远的痛;母亲生前一直希望看到我成家立业,可由于种种原因,我没有满足母亲这一简单的愿望,更是我心中永远的痛。

由于心中的弦丝绷得太紧以至于轻轻一碰就可能轰然断裂,这篇怀念母亲的文章虽早已萦绕于心而我却一直不敢动笔。十年过去了,母亲的音容笑貌时刻在我脑海里浮现。如今,慈颜已不再见,抚养之恩难以为报,谆谆教诲仍记心头，是时候写这篇怀念母亲的文章了。

母亲1934年出生在一贫寒的农民家庭，自幼体弱，20岁那年嫁给父亲，生有三子一女。由于父亲常年在外工作，照顾家庭和抚养子女的责任主要落在母亲的身上。母亲一边要劳动挣工分，一边要拉扯着我们兄妹四个，辛苦可想而知。母亲是文盲，但她深知读书对农村孩子的重要性，因此她非常重视和支持我们兄妹四个读书。在母亲的呵护下，我们兄妹四个都通过读书"跳出了农门"，这在我们的村子里是绝无仅有的。我们家从此养成读书上学的好传统：我的侄儿和外甥先后考上国内知名大学。

母亲是一个非常刚强的人，她对待自己的儿女要求很严。记得小时候，只要我和邻居家的小孩发生争吵，母亲通常会先责备我，要求我给人家赔礼道歉，如果情节严重，母亲会毫不客气地让我罚跪或用柳条打我屁股。正是由于母亲的严格要求，从懂事起，我就养成与人为善、不和人争吵的好习惯。

母亲待人真诚热情，对自己喜欢的人，她通常会掏心窝子地对待人家。母亲是个性情中人，心直口快，有时喜欢说些家长里短的事，但她小气皆泯，大气不忍，其实是"刀子嘴，豆腐心"。母亲一向清贫，我们做儿女的有时买点东西给她，她总嫌我们浪费。她对邻里很大方，有好的东西亦会拿出来与大家分享。

母亲的全部世界都是我们这个家，一切都是丈夫第一，孩子第二，她最后。在物质匮乏的时期，为了生计，母亲养鸡、养猪，没有猪粮，母亲便发动我们一起采猪菜。正因为母亲的操劳，我们一家才没有挨饿地度过那些艰难岁月。母亲极其爱自己的儿女，比我小三岁的弟弟，自小体弱多病，母亲虽然自己疾病缠身，但对老幺一直关爱有加。母亲包的粽子特别好吃，端午节能吃上母亲包的粽子是我们兄妹最幸福的时光之一。

母亲是一位平凡的人。有母亲在的日子，我们兄妹四个永远都是孩子，心里总是会有一片依托。不论我们做错了什么，都会有母亲为我们纠正；不论我们跑得多远，母亲手里的线总牵着我们；在我们人生最艰难的日子里，母亲都能理解我们。

母亲也是一位不平凡的人。我们的血液里流淌着母亲的血液，我们的生命是母亲赐予我们的。我们兄妹四人之所以能长大成人，是母亲的血汗抚养的；我们虽然平凡而卑微，但我们兄妹都是不坏的人，是母亲教育的；我们的性格、习惯，也是母亲传给的。

母亲的言行影响了我的一生，相对于书本知识对我的影响，我感觉母亲亲身的教育更实在、更真切、更深刻。母亲也让我懂得了一个人最重要的是靠自己，什么都不如自己可靠；一个人要无私无畏，要敢于抗争，要勤劳乐观，要积极想办法摆脱生活困境。

十年，沉淀叠着沉淀，眼前跳跃的全是母亲的音容笑貌和谆谆海的画面；十年，一切一切都在改变，但母亲始终就在眼前，时刻都在关注我的言行举止。

耳畔响起了陶渊明的《挽歌》："亲戚或余悲，他人亦已歌。死去何所道，托体同山阿。"

愿母亲九泉之下安息！

（文／任平生）

祖父的梦

一提起爷爷，总能勾起很多人遥远的回忆。可是这个称呼对我来说，却不是"亲昵"就能够描述完全的。

小时候读了鲁迅的《三味书屋》，我便一直在幻想着一种情形：在一个古朴的私塾大堂里，坐着一群咿咿呀呀读书的孩子。有一个胡须花白的老先生，一身长衫，手拿戒尺，神情严肃，看着下面的孩子们摇头晃脑地念着"之乎者也"。恍惚间，我坐在了大堂中间，所有的孩子都不见了，只剩那位老先生抑扬顿挫地讲着书，"君子莫大乎与人为善"、"人一能之，己百之；人十能之，己千之"……他的声音像一座古老的钟发出的冥冥之音，时时刻刻萦绕在我的耳边，我不清楚那是不是我的祖父。当我泪眼朦胧地从梦里醒来，想着那一张慈祥的脸和一句句教诲，我便感觉他不只是在我的梦里。

离开故乡十多年了，在此期间仅回过老家一次。家乡的人还是那么热情，每天都能和兄弟姐妹们玩得痛快。大年三十那天下着大雪，叔叔开着车拉着我们一帮大大小小的孩子去上坟。坟地在一个很远的山沟里，我们相互搀扶着小心地走下山沟，半腰儿里有很多墓碑，那便是祖坟，都被大雪覆盖着。叔叔帮我找到祖父的坟，我们一起扫开上面的雪，烧一些纸，洒一些酒食，心情平静，没有任何话语，没有任何怀想。走之前我在坟前雪地上写下一首诗："扫雪却尘潸，凝眼离悲欢。思念和箫画，温茗如经年。"

回去的路上，风雪声像一声声隐隐的啜泣，我停下脚步，向后望，风雪依旧倾入山谷，犹如一场积郁多年后撕心裂肺的呼喊。逐渐的，祖父的坟重新被掩埋在了风雪之中，而那长息了二十年且影响了我二十年的身影，却已经雕刻在了我的心中。我想大雪之下的祖父，离开了所有的尘世喧嚣，或许会是更加安详和平静的吧。

"祖父的梦"陪我度过了十多年。从小到大，除了有一次母亲说我还没生下来祖父就去世了，我再也没听过身边的人说起他。然而，祖父以这样的方式出现在我的生活中，无处不在。

在这个没有雨的清明，希望春天的风能给祖父捎去我最好的祝福。

（文 / 小破）

趁着时光，趁着爱

由于网络的问题，半个小时的电影《父亲》，断断续续的看了将近两个小时，我沉浸在对父亲的思念中无法自拔。23年来，不管是好的、不好的，那些点点滴滴拼凑起了父亲的形象，也拼凑着父亲慢慢逝去的年华。

"父亲，是这个世界上是最爱我们的男人。"

虽不记得谁说的这句话，我却始终认为他说的是如此真实。父亲在我的生命中，永远像一座山一般，为我遮风、避雨。

小时候，我实在不是一个听话的孩子。关于吃饭、学习和交友，各个方面，挨过的打可谓不计其数。当时流传着一句话，叫作"棒下出孝子"，我那时就想，才不是！一个总是对孩子打打骂骂的人，有谁会对他好？所以，我曾一度很反感父亲对于我的管教。甚至有时，我还会因为自己没有丝毫的隐私而跟父亲大打出手。

记忆中，我是一个丝毫不肯妥协的人，仿佛道歉、认错那样的事情都跟我没有什么关系。而父亲对我的打骂，似乎也从来没有留过情，常常是手边有什么东西，就拿起什么往我身上招呼，能数出来的就有皮带、撑衣杆、拖鞋、镜子……回想起来，这实在是有些滑稽的场景。

直到自己走出家门，直到需要自己撑起一片小天地，直到遇到什么事情都需要自己扛的时候，有些东西就在心里慢慢融化了。就像歌词里写的那样："每次离开，总是装作轻松的样子；微笑着说回去吧，转身泪湿眼底；多想和从前一样，牵你温暖手掌，可是你不在我身旁，托清风捎去安康。"

不知道没有我在家，父亲的日子是怎么过来的，每天干什么，吃什么，有没有为了多攒点钱，又和菜市场的小贩为了一、两毛钱争执半天。有时候真的不愿去想，我们年轻人有自己五花八门的世界，而对于父亲，我们就是他的全部。

随着年龄的增长，我越来越体会到父亲的无微不至，却不懂表达爱。看着他一步步走向衰老，心中总有些许酸涩，想来是自己偷了父亲的时光。

我没有伟大的梦想，我的梦想都和我的父亲有关。我希望自己能好好学习，找一个好工作，能挣足够的钱，让父亲不用为了花一点钱而踌躇半天，让父亲能好好看看这个为了我而忽略的世界、错过的时光。

我唯一祈求的，是时光。慢些吧，再慢些吧，让我来得及做我应该做的一切，让我用相同的爱，不！加倍的爱，来温暖父亲苍老的心。

爸爸，我长大了，我会飞了。可是我不会一去不复返，这一次，换作我来爱您好吗？

（文/李蒲）

原来你什么都不想要

妈妈是一位普通的教师，和所有普通的教师一样，为一批批向往知识天空的雏鹰插上翅膀，却丝毫不在乎付出的是自己渐渐逝去的年华。

妈妈确实已经老了，每次有她原来教过的学生给她打来电话，她都会把那些细枝末节重复一遍又一遍，从学业到生活，不厌其烦。挂掉电话之后她便意犹未尽地独自说着那些曾经的过往：哪个孩子是她一直挂心的，哪个孩子小时候就多才多艺,哪个孩子是个调皮蛋……在我小时候,妈妈总是那么忙,假期也没法挤出时间陪我。她在工作上总是精益求精,她的大部分时间都为第二天的授课做准备。从2000年开始,计算机走进课堂,教师开始用电脑做备课,可是妈妈每次都会在交完电子备课文件之后,手写一份,并认真地在书上批注出来每个需要注意的问题。那时候我很不能理解,以为是妈妈的学校要求高,妈妈只是迫于压力完成工作而已。后来妈妈又调过几个学校,却依然如此,并没有随之改变,我才渐渐明白这是妈妈的一份责任与执着。

她的关怀和爱大部分都给了她的学生。六一儿童节她会给班里的单亲孩子买礼物,买新衣服,有时候因为太忙甚至把给我的礼物也忽略了;放学之后她给班里学习差的孩子加课,我就在一边等着,直到她讲完再一起回家。就是这样,妈妈一直在用她生命的全部热情投入到教师这个伟大的职业中。

其实我的很多老师和我妈妈挺像的。我初中时语文老师姓"刘",我们叫她"刘老师",她是退休返聘的一位老教师,对学生非常负责任。她虽不是班主任,我们却都很是喜欢听她的话。初中,正值我们最为叛逆的时期,她为了与那些叛逆心比较严重的学生谈心,常常九、十点钟才能离开学校,很多时候晚饭都顾不上吃。当我们长大后,我们总是在心里感谢我们曾遇到过她,是她那暖暖的慈爱守护着我们走过了不寻常的这一段日子。

我相信,无论是妈妈、刘老师还是其他所有普普通通的老师们的眼里,我们都只是孩子而已,他们付出的所有,只不过是想要我们快乐成长。在这特别的日子里,我们也别无所求,只是希望天下所有的老师,健康快乐,幸福长寿。

(文 / 秦思)

北方有份思念

"姥爷、姥姥,我回来了!"

每年寒暑假,最盼望的事,就是坐上北京西至南昌的 Z 字头列车回家。

我从小便和姥爷、姥姥住在一起,长大后依旧如此。那年高考结束,我搭上了去往北京的火车北上读书，离开了最亲爱的姥爷和姥姥，从此半年只见一次面。

姥爷和姥姥一辈子老实本分，勤勤恳恳地过日子，不仅照顾子女，还照顾孙子、外孙、外孙女，从不抱怨。他们知足、乐观、勤劳，在我眼里，世上最美的形容词，都可以用来形容我的姥爷和姥姥。

在从南昌打来的电话里，姥姥颤抖着声音说道："喂？兰兰啊……吃的还好不……"我说："好，吃的挺好的。"姥姥就特满足地笑了："好，好，那就好啊……"

姥姥听力不是很好，我的声音小了或者说得快了，她就会听不清，这时候，姥姥便张着嘴，小心翼翼地又问："啊？"有时，她会害怕我们这些"年轻的"嫌她烦，听不清也不问，只是笑着低下头去，默默地择菜。姥姥的腿脚也不好，走路总是很慢很慢，腰也早已直不起来了，却还要每天和姥爷一起去菜市场买菜，回来给全家人做饭。

我能够想象电话那头，妈妈让姥姥来听电话的时候，姥姥很笨拙地用两手撑着沙发的边缘，颤巍巍地站起来，仿佛一阵风就能吹倒似的，慢慢走到电话旁边，拿起听筒，对我说那句"兰兰啊……吃的还好不……"

妈妈和我打开视频聊天的时候，姥爷和姥姥也会好奇地凑到妈妈跟前看。在他们的那个年代，没有电脑，更没见过视频聊天。姥爷、姥姥不懂也不敢问，像害羞的小孩子一样，凑在电脑旁边，妈妈指着小小的摄像头告诉他们："兰兰能从那儿看见你们。"于是二老就冲着电脑屏幕傻呵呵地笑，我在这端喊着"姥爷、姥姥！"他们就一遍遍应着，不太会说话的他们，只会问我："还好不？还好不……"

想念就这样溢出胸膛，眼泪也快要夺眶而出。面对他们，我强忍着泪水，只能告诉他们："我很好，你们呢？"

我亲爱的姥爷和姥姥啊，从前你们牵着我的手，送我去学校，而现在我只身一人去了外地上学；现在我长大了，而你们的背却渐渐地驼了。每次回家，你们都不让我洗碗，还把我当个小孩子一样心疼、照顾着我，给我做各种在北京吃不到的好吃的。我在家时，只是给你们做一顿饭，你们还搓着手，仿佛累着了我似的对我说："好不容易回来一趟，还忙前忙后做饭……"我听了心里多不是滋味啊！小时候，你们照顾我。现在，我多希望你们能一直在我身边，让我照顾你们啊！姥爷、姥姥，我不在你们身边的时候，你们一定要保重，等我回去！

又是中秋团圆日，我是如此想念姥爷的自行车座，还有姥姥厚实的手。

（文 / 郭亚文）

港湾·旅馆

今天，小雨蒙蒙，徒步去东站。

中途遇阿养，看我一副要回家的样子，惊呼："天哪，你终于要回家了！"

到了东站，遇到冰瑜，她像看到外星人一样惊讶地对我说："你家都快成你的一个旅馆了！"

只是无意间的一句玩笑话，却在我心里荡起千层浪……家，如果不经常回，真的会成为旅馆吗？

晚饭时，我和妈妈分享着我们大干五十天的班集体活动的劳动成果。妈妈突然感慨："五十天，说起来也好快啊！你两个礼拜回一次家，那还剩两三次了。要不，你一个礼拜回一次吧，这样我好杀鸡给你吃啊。"

听到这儿，突然觉得，家，无论我多久没回，它都是一个最可靠的港湾。也许我离开，没有人送我，但只要我回来，无论多大风雨阻挠，都会有人欣喜若狂地去接我。开心、伤心，种种思绪，成功、失败，种种境遇，都被家无限地包容了，都被那碗鸡汤或者心灵鸡汤融化了。

是船，只要有机会靠岸，就不会孤孤单单。

偶尔也会发现在学校里，哪个同学学累了，受挫了，说的第一句话就是"我要回家！"也许她自己也说不出回家究竟能干些什么，但她就是那么单纯地想要回家而已，那儿似乎什么都没有，又似乎什么都有，仿佛存在着一股神奇的推拉力，待久了想走，但离开久了又想回来。因为，家，不只是你在那儿休息一晚，吃两三顿饭，然后匆匆离去那么简单。否则家就跟旅馆一样，不会让你有那么多想念了。

回到家，病痛，脆弱，还有许多人类共有的缺陷都会若有似无地显现出来，因为，在外面的世界里，在竞争那么激烈的社会上，残酷而又必须面对的现实不允许你感觉痛，只允许你不顾一切，排除万难，达到目标。人们关注的，是你有多成功，有多优秀。而家不在乎你走多远，只在乎你走多累，它不怕你失败，不怕你被人瞧不起，她只怕你吃苦受累。她不在乎你是否功成名就，只在乎你岁月静好，一世安稳。家是那个永远不会被时光的海水腐蚀的港湾，让你避风避雨。

而我之所以如同学所说"狠心不想家"，是因为我对家很放心，也让家对我放心，坚持半糖主义才不会腻，才不会让牵挂变成牵绊。

因此，家也终究不会是旅馆，而是在关键时刻尤为重要的港湾。

（文／柯莹莹）

祖屋

五月，山间的繁花盛开了；五月，祖屋门前的小溪已经叮咚；五月，疯长的野草早已在它身边撒开了欢。

奶奶说，那年的三月，山间的花还未盛开，祖屋门前的溪水还没多少，我就哇啦哇啦地来到的这间爷爷曾出生的老房子里，来到了他们的身边。

我至今仍然记得，在祖屋里，我最爱的糖果不断地从奶奶哆啦A梦般的口袋里蹦出；我爱听的故事会在晚饭后从爷爷抽着烟的嘴边溜出来。我还记得总会跟在我的身后保护我的狗狗，还有我和表姐妹们一起捏的泥人。

到上学的那年，也是这样的三月，我第一次离开和爷爷奶奶生活的祖屋，来到父母身边。学校小朋友很捣蛋，老师很陌生，家里妈妈的背影总是很忙碌，爸爸亲切的面孔总是几天不见一次。每一次奶奶来看我，我总忍不住钻在奶奶怀里弱弱地问："奶奶，我们可不可以一起回家……"可结果是，从此我几乎没有再好好地回到过老家那温暖又亲切的祖屋了。

我们家的祖屋，是祖爷爷亲自设计并参与建造的，它不大，但是处处都留下了爷爷奶奶生活的印迹。早晨，精神饱满的动物们在被早起的爷爷放出来后，就开始了他们的大联欢。小鸡仔们在鸡妈妈的带领下三五成群的在院子周围觅食，一只只大白鹅排着整齐的队伍向小河方向有序前进。夏日里，一排比我高一大截的山茶花和桂花相间环绕在祖屋的院子边上争相盛开，整个院子里会弥漫着淡淡甜甜的味道。正午过后，一只健壮的狗狗和一只很会撒娇的小猫总会一起在院子里享受着日光浴……每次我回来，狗狗和小猫都会在村口的小道上远远地对我摇头又摆尾，鸡妈妈也会带着小鸡仔们欢腾地咕咕叫，做好的饭菜那诱人的味道飘在鼻尖，爷爷远远看着我的欣喜目光让我感觉莫名的心安。我顿时明白，这才是我的家，让我安心让我温暖的家。

祖祖走很久了，爷爷也在上一个冬天离开我们去了祖祖的世界，奶奶最终在大家的劝说下搬离了祖屋。狗狗死掉了，小猫失踪了，花树凋零了，鸡群不见了，曾经的热闹，一瞬间化为乌有，只剩下祖屋独自等待，下一次繁华。

（文 / 窦玥声）

回了趟小城

不经意间，时光一晃而过。站在国庆假期的尾巴上，我不禁回想，虽然没有像很多人一样外出旅行，观赏风景，但就这样待在家里，待在小城，我依然不觉得后悔。也就是在这几天，让我对这座小城多了几分眷恋，让求学在外的我在孤独时格外想念她，让我这一生也许都无法真正离开她！因为那里留给我太多的感动。

记得放假那天，归心似箭的我急急忙忙地赶到车站。身处在拥挤不堪的人群中，我知道那些归乡的游子们有着和我一样的心情。肩上沉重的行李也不能成为阻碍我回家的负担，随着人流我终于坐上了回家的火车。

车慢慢驶近小城，看着窗外熟悉的街道，旅途奔波的疲倦顷刻间消失得无影无踪。在这个团圆的日子里能跟亲人一起度过，相比那些身在异地有家不能回的孩子，我真的很幸运。想到这里，我的胸中有了几分惆怅，又有几分欣慰……当我到达小城的时候，那些朋友还都在学校。在家等了两天，他们就好像约好了一样，纷纷发给我一条条问候的信息：放假了吗，过得怎么样啊，回来吗？我便耐心地一条条回复：我已经在小城了！朋友之间，不用多说，寥寥数句便可表达情意。还没放假的时候，我总会在夜深时想起他们，想起我们曾经一起度过的高中时代——留下了那么多值得珍藏的记忆。如今回到小城，与老友相见，讲述着各自的经历，说着说着就又笑起来、闹起来了，仿佛回到了以前那美好时光。

记忆中的小城是个非常落后的地方，可是当我走出家门各种爱国横幅遍布在小城的每个角落。尽管，这其中不乏有一些人是以盈利为目的，也会有一些人并不是出于本心。但是这样的场面真的让人感慨万千。今天是国庆，小城里随处可见悬挂着的国旗，不管是大的、小的，还是个人的、组织的，都能让我感受到那份同样炽热的爱国心！

漫步在这小城的街道上，一草一木，一砖一瓦都给我一种舒服的感觉，这一刻，我十分庆幸自己在这样一个小城里长大。她没有大城市里的嘈杂和繁华，却多了几分宁静和闲适，宛如悄然存在的世外桃源。

记得回学校的那天早上，四点多我就被妈妈做饭的声音吵醒。声音并不大，听得出来是妈妈刻意没有叫醒我。我眼里噙着泪水，一口一口地吃下这份早餐，满是母爱的滋味。妈妈的嘱咐还在耳畔，我却不敢抬头去看她渐渐苍老的脸。

又踏上来时的列车。小城慢慢地消失在视线里，我心中的不舍和失落也越发强烈。我明白，她是我的根，是我永远离不开的地方。这个国庆假期，虽然没有去外面的世界走走，但回了趟小城，挺好！

（文／周瑞朋）

一个人的中秋节

中秋节，在我过去十八年的记忆里，是一大家子人围坐在一起分享月饼、吃团圆饭的日子。过得多了，倒也觉得像喝白开水一样平淡无味。

今年的中秋节，第一次离开家，爱我的亲人都在千里之外。睁开眼睛时已是十二点半，磨磨蹭蹭地下了床，发现肚子饿，一个人茫然地下楼，不知道去哪里"觅食"，最后带了一盒泡面就回了寝室。开电脑，放调料，倒热水，搅面条。坐下来吃着吃着突然眼泪就快要掉下来。

我不会给家人发短信说："我想你们。"心里这么想也不说。我要让自己强大起来，不管在哪里。

晚上在校园里散步，有些许的冷清。圆圆的月亮被云彩遮住了半张脸，皎洁的月光透过松叶倾泻下来，像一袭丝绒被包裹着树下一只只慵懒的猫儿，它们舒服地躺在柔软的草地上，相拥着在习习的秋风中小憩。它们不知道什么是中秋节，不喜欢甜软的月饼，沉迷于来自大太阳的温暖或者一场安逸的酣睡。我坐在路灯下的长凳上，给夜空拍了张照片。想起往年的中秋节，我总是把家里的月饼全拿出来，挨个咬一口，好吃的就吃完，不喜欢的装好放回去；晚上和家人一起吃团圆饭，外公总是一边往我碗里夹菜一边叮嘱我要努力学习，而外婆总是笑眯眯地在厨房里忙碌；表弟会问我作业有没有写完，小表妹则冲我撒娇让我抱……那时候我抱怨家里的月饼不合口味，抱怨外公太唠叨、外婆做的菜太淡、表妹太粘人。可是现在回忆起来却觉得特别温暖亲切，多想立刻回到他们身边，一家人过个圆圆满满的中秋节。

我知道，他们也都惦念牵挂着我。在不同的地方，我们望着同一轮圆月，连着彼此的心。亲情，最能经得起时间和距离的考验，多久多远都不会改变。

一个人在外过中秋，我并不孤单。心里有家人陪着我，暖流就能源源不断地流淌在我身上，给我力量，让我努力地为将来奋斗。在某一天向他们证明所有的分离、等待和期许都是值得的。

（文／张安然）

家人一直在

傍晚，雨淅淅沥沥地落到地面，留下点点灰黑的印迹。温度的骤降，使大地蒙上了一层雾气。渐渐地，一个人影越来越近，雾气的笼罩描绘出了来人的轮廓。

任凭雨滴冲撞着身体，我缓慢地走进我的小公寓，一个踉跄就倒在了地板上，感受着地板传来的寒气，耳边是雨敲打玻璃窗的声响。头昏沉沉的，我睁不开眼睛，迷蒙间有光射入眼睛。

身体的炙烫，叫嚣着发生的一切，却意外地让我感到安心，因为我感觉到那种熟悉的轻抚。脑中开始浮现童年生病时，奶奶总是会为我掖被子，用温暖的额头测着我额头的温度。我感受着青丝抚过我脸颊时的柔软，和粗糙的手传递着的温暖……回忆如潮水般涌来，而我开始怀疑自己是不是在梦中。

昏昏沉沉中，有冰冷的东西附上了我的额头。冰冷的感觉虽不太好，却是我此时最需要的，因为它，身体已变得不那么燥热。我突然明白寒冷并不可怕，可怕的是没有接受寒冷、接受残酷现实的勇气。

耳边回响起父亲坚定的话："作为男人，连'冷'都受不起，怎么称得上男人！"当时父亲还在寒风中冻得瑟瑟发抖。那是个寒冷的晚上，父亲的旧摩托车"罢工"，他把身上的外衣套在了我的身上，我心疼地问他冷不冷，他就是那样坚定地回答我的。那时我并不明白身为"男人"所要承担的。现在的我开始懂了，"男人"是遇到苦难、解决困难的坚定，是让自己置身于社会大浪潮勇敢向前的胆识。

迷迷糊糊间，熟悉的歌声把我又拉到了另一个场景。那歌声是儿时母亲哄我入睡时常常会唱的。那样温润的嗓音，和缓的语调，家人一直在，迷迷糊糊那段，和缓的语调，听了无数遍，满怀深情，是在我背上行囊、在村口与家人挥手告别时母亲送我的临别礼物，亦是家人对我永远的支持。

身体的灼热感渐渐退去，我平稳着呼吸，深深地睡着了……清晨，阳光洒落下来，照亮了书桌上的全家福照片。我渐渐醒来，习惯性地顺着米香味走到了厨房，惊讶地发现熟悉的背影正在煮粥，心中顿悟昨夜的一切。我悄悄地走上前环住母亲的腰，在她的耳朵旁轻轻地说了句："老妈，有你们真好！"

透过窗外，我看着这座城市。在这里，我磨平了棱角，脱去了童稚，沉淀下对梦想的追求。现在的我或许不算成功，但我知道，我有家人的爱与坚定的信念。有家人的陪伴，怀揣着梦想努力前行的我必将长成父亲口中的"男人"。

明天依旧在继续……家人一直都在。

（文／黄志杰）

爸爸带着吃过的"碰头食"

生长在"四九城"的姑娘们多是好吃的主，这也难怪，谁让天南海北各大菜系在这北京城里都寻得到，尝得着。北京作为都城已有几百年的历史，期间，各地、各族的人们在北京驻留、过往，带来了各地风味，融汇形成的大菜可谓如名花斗艳、各有千秋。但令人流连忘返的却是那些繁如星辰的小吃。老人们叫这些小吃"碰头食"。

记得小时候，爸爸总会骑着他的二八"大铁驴"带着我去找各种好吃的，起点是胡同口儿的糖葫芦车，说是"车"，无非就是另一辆"大铁驴"。坐在二八车的前梁上，迎着小风听爸爸哼小曲儿，咬着冰糖裹的山里红，任那爽口的酸甜在唇齿间四溢，那时我的心像是住了只小鸟，叽叽喳喳欢闹个不停。现在，如果周末我从学校回家的话，爸爸也一定会在下班的时候去西安门排长长的队，只为给我买两根糖葫芦。

记得那时，我们骑着自行车从一个胡同穿进另一个胡同，等爸爸随手把自行车停在墙边，拉着我走进一家开了多年的小店面里，听爸爸和店主喊一句"老板！给我们家小丫头儿来块豌豆黄和杏仁豆腐！"那个时候，山里红做的糖葫芦酸甜爽口的味道让我每次吃剩下的竹签子都不愿意撒手。而豌豆黄和杏仁豆腐，甜而不腻又有着本身材料的香气，又滑又细腻的口感确实让儿时的我百吃不厌。现在想来，跟西方那些甜腻的奶油甜点比这种甜而不腻的甜点哪里又不如了呢？

吃过之后，爸爸通常会带着我绕后海，看大爷们钓鱼，看大一点的孩子玩儿游戏，偶尔还会去后海小公园里的蹦蹦床，玩累了，喝着瓷罐酸奶落落汗，开心地等待爸爸宣布午饭的着落，心里默默祈祷：千万别"再"是卤煮火烧了。小时候总嫌卤煮火烧"长得丑"，吃的地方也是又小又脏，连尝都不愿意尝，但是现在却总是缠着爸爸陪我出去吃卤煮火烧。

午饭过后，我骑在爸爸的肩膀上，津津有味的听爸爸讲他们小时候吃过的美食、玩儿过的往事，那时的那些话和着天空中划过的鸽哨深深的印在我的脑子。于是在第一次打工发了工资的第二天早上，我趁着爸妈还没醒，跑去护国寺，买了爸爸总念叨的驴打滚儿、妈妈爱吃的糖火烧、豆面儿丸子，和他们一起重温了久违了的京味儿早餐。

太阳西下的时候，奶奶总会在街口儿那聚集的一群下象棋的叔叔大爷里面找到爸爸和坐在爸爸旁边打瞌睡的我，告诉我们妈妈在家炒了麻豆腐，准备了好几种面码儿等我俩回家吃炸酱面。

小时候，爸爸总是精神抖擞、身体板儿直地带着我去吃各种"碰头食"。我无论是坐在大二八的前梁还是后座，总觉得爸爸高大得不得了。我认定这样的一大拉着一小在老北京的胡同里吃小吃的场景是不会改变的。直到有一天，爸爸说骑车带我没从前那么轻松了的时候，爸爸说他老了的时候，爸爸说太累了不想动的时候，我才发现我的爸爸依旧那么高大，但不如以前那样了，爸爸真的老了，于是场景变了，变成一小搂着一大在新北京的大街小巷里吃小吃。

爸爸带我吃过的"碰头食"是我童年的美好回忆，也是爸爸对我深深的爱。

（文／田坤）

胡同中的"油旋张"

"软酥香，油旋张"，从大观园的胡同拐进去一眼就能瞧见这小店的牌子。店面不大，只能摆下两个小桌，店内两个小姑娘在案板上做油旋儿，师傅则在烤炉旁翻腾着面团，动作娴熟。每每大清早这里都会排着长队，我闻着飘来的葱香味，不禁嘴角生津。

"师傅，两块钱的油旋儿，再来碗老味甜沫。"说话间，一团团白气在我眼前忽隐忽现。顾不上冻红的鼻子，搓搓冻僵的双手，我找个空闲的桌角坐下，享受这久违了的早餐。刚烤出来的油旋还散发着热气，一口咬下去，外酥里嫩，葱油的热香气扑鼻暖胃，再喝上一口老味甜沫，和着粥里脆软的花生，滋味真是妙不可言。

外婆是土生土长的老济南人，家就在大观园的附近，离这家卖油旋的小店只隔着两条窄街。小时候，一放假我总爱来外婆的小院，在她临街的门口，总能看见坐在一把一动就咿呀直响的竹椅上的她和一旁在小桌上写写画画的我。晚上，外婆帮我掖好被子，念叨着不要着凉。我那时候睡觉前总是吵着明早要吃两个大油旋儿，直到外婆答应才乖乖地闭上眼睛。

隔天早上，外婆总是遵守约定，带我去"油旋张"吃早餐。记得当时我一边排着队，一边看得入神。老板动作熟练地做着油旋儿。他先从和软的白面揪下一个团儿，揉匀后擀成薄皮，将藿香、菜油和捣烂的鸡蛋泥抹在面片上，卷起；卷时边卷边抻，至面皮极薄，卷成螺旋形圆柱，抹上油按成一个扁圆。然后将其放入热热的铁锅里，烘至两面挺身，再刷点菜油，用文火轮番烘烤，熟了之后趁热用拇指在中间按出一个小洞，这样一个散发着诱人香味的油旋就做好了。现在回想起来总会感叹师傅的手艺，也难怪国学大师季羡林先生生前最好这一口，品过之后给小店挥笔写下"软酥香，油旋张"六个大字，任济南人去做广告词。

那时候吃油旋直接用手拿着吃，每次手上都留下黄澄澄的油渍。外婆也不厌烦，只是笑嘻嘻地给我擦干净，还边数落我是小馋猫，说这种死面儿的东西吃多了会肚子痛。有一次我太贪吃，半夜肚子疼得满身是汗，依稀还记得外婆焦急地皱着眉一直陪我到天亮。

直到现在，每次放假去外婆家的第二天早餐，我一定都要去吃油旋。外婆也是乐得很，天气好的时候还总跟我一起去。小时候她牵着我，现在我扶着她。

老城这边泉水清，蹚水玩儿的人也多，因而小桥也多。干净的石板路上，隐匿于都市喧嚣中的小胡同里那个"油旋张"的小店里传出的香葱味香飘满巷。

（文／张文丽玫）

食葵瓜子记

《战国策》记，楚地西有黔中巫郡，东有夏州海阳，南有洞庭苍梧，北有汾陉之塞郇阳，地方五千里。然吾辈所知者，乃故土皖也。中有一地，合安庆府、徽州府为安徽。安徽山明水澈，多丘陵小山，物产丰饶。大别山脉，据其西南，逶迤腾挪，风光绮丽虽不及五岳之首，然独具碧玉之态。其间百姓，安于土地，遂自得于稼穑之间。某有一母，稻米黍麦耕毕，另必寻时日以侍弄田园小菜。秋收之日，稻谷满仓，并有各式田园作物归入仓廪，母尽视家人，家人亦回望，均笑意盈盈。

田园小菜品种众多，蔗黍番茄等不一而足，然某斜倚门后，偷眼视母，徐徐发声："最得余心者，乃母每年种之葵花。"其叶绿，其花黄，其向日而生，习性颇具禅意。然母俯身择葵，曰："吾知尔之最爱。莫以妄语塞之。尔之最爱乃葵瓜子而已，与叶何干，与花何干，更莫言习性。"某心恻然，思之："吾已藏实情于心，且不敢行于母正面，即为不使母明己意之故，然仍被一语道破。母之存在，奈何神之如此。"

某离家求学已至数年，每逢假日返乡探望，稻谷依旧，田园未改，某与母仍若日常。出入询母之意；日上三竿被母掀被拉起；夜之将至，或四散于电视机旁，或结伴于骨牌之中；促膝而谈，实乃稀事。然数次返家，母均于次日盛葵瓜子入小碟，清闲饭后，昏然欲睡之炎夏正午，风雨泫然之黄昏，全家齐聚食之，辅以市井笑谈或校内趣事，欢乐不已。人间天伦之乐，此可占三鼎甲之一。

今某日间行走食堂，忽唇齿焦躁，坐立不安。某疾奔校内便利店，购大包葵瓜子。晚间食之，辅之以网络杂谈。终念味之寡淡，不若母亲手烘焙之物，寥寥而止。然视其之量，已减半矣。

（文／朱辉）

早餐是糯米饭

贵州的夏季，阳光出勤率相对其他季节要高一些。

早起，偶遇久违的六月晴朗晨光，看着蓝得透彻的天空中飘着的像米饭一般白得纯粹的云朵，嗅着空气中沁人的清冽，我忍不住想起了糯米饭的清香。

心之所向，步之所达。时隔多年，我又一次踏着被玉兰树切得斑驳的晨光，迎着柔柔的晨风，漫步在这条我曾经那样熟悉的的路上。不出意外，那熟悉的、淡淡糯米饭的味道穿过学校学生的人流，飘散在我的鼻尖。这味道，将那渐渐封尘的记忆，一点点翻出。

穿着白围裙的大妈，插着大伞的小推车，满盛着可口糯米饭的蒸锅，四五个装着小菜的铂柏是小摊的全部组成。铂柏里有清爽的土豆丝、撒着星点碎葱的海带丝、粉粉的酸萝卜丝、炸至酥脆的花生，还有贵州人喜爱的油辣子。当我站在糯米饭小摊前，看着卖糯米饭的大妈将两勺糯米饭在手中特制的塑料软板上摊开，小菜迅速地往上面一撒，两手一合软板中散开的糯米饭转眼成了一个米饭团子，从大妈的手中跳进了我手中的小食品袋子里时，我的内心激动不已。我现在仍然记得，一口咬下去，糯米黏黏的口感，伴着配菜的爽滑酸辣，美味极了。

高三时，糯米饭因美味便捷，成了我们最佳的早餐选择。但班主任认为我们边吃边看书不仅不利于健康和学习，也会影响其他正在学习的同学。于是，每天早自习之前的时间便成了我们在走廊相聚的糯米饭时间。当时的糯米饭盛行，不同的上学路线会有不同的糯米饭小铺，而一个小摊前总能里三层外三层地围着一个个身穿校服，背着重重书包的"读书仔"。家住三中的小海，带的糯米饭里会有青椒肉沫，二毛带的盘化（东北迁到贵州的厂矿之一）糯米饭里肉末和葱拌得特别的可口，蝌蚪喜欢贞丰糯米饭里的腊肉，我爱的还是学校门口那切成丝的小菜，还有那炸得酥脆可以嚼得"卡兹卡兹"的花生米。

大家带来风味各异的糯米饭，在我们的糯米饭时间里，陪伴我们一同讨论昨天遗留的习题，鼓励我们走过那段青涩的蜕变时光。

高考之后，大家各分东西，但每当我们忆起那个走廊，那段时光，糯米饭的味道，总是绕满鼻尖。

（文／窦玥声）

我的外婆

我的外婆，如果还在世，应该94岁了。9年前，外婆离开了我们。外婆走的那天，是西方的感恩节，老人家走得平静而安详，就那么睡着了一样。

我从小就没有爷爷、奶奶，也没有见过外公。外婆把我带到四岁我才上幼儿园，因此我和外婆有很深的感情。

初到幼儿园，还没有和小朋友们打成一片，一切对我而言都那么陌生。听着中午下班的汽笛，我就想爸妈、想外婆。有几次，我都跟阿姨说要去上厕所，然后上完厕所就偷偷想溜出幼儿园。好几次都在下楼的时候被别班的阿姨遇见提溜回了自己班。但那些对家的挂念使我仍旧"贼心不死"，几番努力，还真成功了！没有遇见阿姨，守门的老太正在和别人聊天，我成功逃离。那时候我才4岁，一个人走在马路上，我记得回外婆家的路。

那时外婆还住平房。回到外婆家，外婆和舅舅们正在吃饭，见到我好不诧异！嗔怪我如此"胆大妄为"的同时，外婆赶紧问我吃饭没有，吃饱没有，又赶紧让舅舅骑着自行车去幼儿园禀报，以免阿姨担心。然后我就在外婆家度过愉快的下午，等着父母下班回来接我。这样的事发生过两三次。后来我逐渐和小朋友们交上了朋友，也就不再往家跑了。

外婆后来搬家住进了楼房。幼儿园放假了，等姐姐做完了作业，我们就会步行10来分钟，去外婆家里玩。外婆总是把她存的舅舅舅妈们送过去的花生、瓜子、雪枣、芝麻糖等这样那样的好吃的拿出来款待我们，这个习惯一直保留到我工作之后。

小时候，帮外婆择菜是我最开心的事。其实小孩子就是觉得新鲜、好玩，但是外婆示范得认真，我也择得仔细，豆芽、空心菜、红苋菜、韭菜……择菜的那点技术，都是外婆教会的。记忆中还有外婆戴着老花镜，端着个小圆簸簸箕，一点点摘去豆芽根的样子。

上小学了，校门口总有小摊贩卖着纸一样薄的鸡蛋饼、泡酸藕，还有酸梅粉、转八坨糖、烤红薯，5分钱、1毛钱就可以买到。妈妈觉得这些零食不干净，且不主张孩子吃零食，所以是不给我零花钱的。可是毕竟是小孩子，看着同学买，也有忍不住嘴馋的时候，或者大家都想吃又没钱的时候，我就说，我找外婆。外婆家离校门口很近，我站在楼下大声喊："奶奶——奶奶——"。

外婆住四层，听到我的喊声，外婆就从阳台探出头来，说："真是你啊！"我就说："奶奶，我想吃烤红薯，给我5分钱行不？"外婆说："你妈妈会说我的呀。"但是还是拿个牙膏盒，装上5分钱硬币，从四层上扔下来。我欢欢喜喜地去买了烤红薯和同学一起边吃边回家。

后来，物价上涨了，外婆扔的钱从5分变成了1毛、2毛。但这种情况也不多，毕竟我是听话的孩子。

不知道为什么，大扫除时候班主任总喜欢安排我擦玻璃，可能因为我第一次完成了自己的扫地任务之后又主动帮其他同学擦玻璃且擦得特别亮堂，这之后擦玻璃的活就跟我结缘了。二年级时，我右手的无名指长倒刺破了点表皮，大扫除时没注意，被脏水感染，指头发炎肿大。妈妈一看，赶紧带我到外婆家，让外婆帮我处理。

外婆是厂医院退休的护士，年轻的时候技术好，摸血管摸得准，胖子都爱找外婆打针。外婆看看我的手指头，说已经化脓了，得把脓挤出来，不然厉害了指头都保不住。随机点了个酒精灯，拿出刀片在火上烤了烤，涂上碘酒，又在我指头上涂了碘酒，就准备动刀。我吓得躲到妈妈的身后。外婆和妈妈都劝我说，不疼，不用怕。最后执拗不过，只好把手伸过去让外婆处理，但我不敢看，把头扭到妈妈身后。说实话，真没什么疼的感觉，一会儿，外婆说好了，手指头已经被纱布简单包扎起来。我问妈妈，脓都挤出来了？妈妈说是。那我怎么不疼呢？出血了吗？妈妈说，出了一点点。过了一阵子，指甲都掉了。又过了一阵子，长出了新指甲。

四年级，我参加了学校的舞蹈队，老师要求我们买体操软底鞋。那个时候，这种鞋子还不多见，需要跑到六七十公里外的市区或者是省会。妈妈又是个一贯节俭的人，就说让外婆给我做一双。我就跟外婆形容，那个鞋子是白色的，软软的，穿在脚上像袜子一样。

外婆那时候已经快70岁了，虽然没有见过，也按照我的描述给我做了一双。鞋底需要耐磨，外婆就从旧的人造革包包上剪下一块来，再包一层白布，还真的跟买的差不太多。

真正的体操软底鞋是麂皮的。外婆做的这个，我怕磨坏了，平时练功还是穿白球鞋，演出的时候才穿它。但这鞋子毕竟不是买的，所以被队友笑话的时候，我心底涌起一阵小小的自卑。

后来，爸爸去省会出差的时候，帮我买回来一双体操鞋。外婆做的那双就不知被遗忘在哪个角落了。外婆还会绣花，小时候我们家一些枕头套、被套都是外婆绣的。现在想想，我喜欢做手工的那点"心灵手巧"大约就是外婆的遗传吧。

上初中了，学习任务重起来，去外婆家的次数也逐渐少了。有一天晚饭后，外婆到我家来，让爸爸替她敷药，原来她把手崴了。

爸爸问怎么回事？原来外婆炖了排骨汤，惦记我这个小外孙女，就用砂锅装了一大碗，准备送来。可是下楼的时候不小心滑了一下，人一歪，差点跌倒，手撑着地，结果就把手腕崴了。

爸爸妈妈一个劲地埋怨，跟您说过好多次，下楼要小心，这是没摔着，要是真摔断了腿还不麻烦了？！再说，我们家也不是不炖汤，您炖了就留着自己喝，大晚上的跑过来送多不安全！被车撞了怎么办？

外婆就说，我一点心意撒！结果还都洒了，真是可惜啦！

上高中、上大学后，看望外婆的机会越来越少。每年放假回家，我去看望外婆，临走，外婆总是送到门口。外婆家住四楼，下楼不方便，我就不让外婆下楼送，但是总是要我说好多遍不用送了，进屋吧，外婆才进屋。有一年，我突然想，外婆年纪大了，说不定我哪次放假回来就是最后见她了，这样一想，心里就很悲凉。

我工作的第二年，外婆就走了。那几天天气很好，出殡恰逢周六。妈妈说，外婆选的日子也很好，子孙们都回来了，还不耽误子孙的工作。

外婆离开我们已经有九年了，我时常在梦里见到她。

外婆，彭福清，1920年阴历六月15日出生。外婆与母亲相依为命，过着穷苦的生活，只有初小文化。但外婆天资聪颖，解放后，外婆担任了居委会主任，组织大家为抗美援朝缝制布鞋。后招工进厂医院，成为一名护士。虽然只有初小文化，外婆凭借自己的聪明才智，懂得拉丁文，看得懂处方，也能开处方，工作能力强，成了代理护士长，经常帮同事代班，为工厂的医务事业做出了很大的贡献。当时，厂里的胖子都喜欢找外婆打针，因为别的护士找不到血管，外婆一摸就准。外婆写得一手好字，绣得一手好花。外婆有退休工资，从来没有拖累儿女。如果不是母亲结婚生子晚，外婆应该能体会到五世同堂的感觉。

（文 / 端木）

致母亲节
——给挚爱的她

那是一双不再年轻的手，手背皲裂，指尖摩挲时候有砂纸般的触感，并不细腻，却如斯温柔，那是母亲的手。

就好像上一世欠下的债，她要用今生的全部来还，不然怎么会有这么不公平的事，她让一个生命出现，经历生老病死，贪嗔痴恨，却无法掌控这个由她缔造的生命未来运行的轨迹，她也只能站在原地看着那个曾与她共生的，离不开她的小家伙慢慢长大，渐行渐远，直到走向她从未见过的地方，除了守望她无能为力，因为她还想着能多做点什么来庇佑他。她不是神，无法预测无法选择无法决定，哪一个是她该爱的，也一定会爱她的那一个，但她却做着几乎和神一样的事情，创造他，然后倾尽一生守护着他。

女孩子总是有许多粉红色的幻想，有的喜欢生生死死轰轰烈烈，有的喜欢温润无声细水长流，在某个特定的时刻特定的世界里，这段名为爱情的旅程都是壮烈的，绚丽的，然后就如烟花，灰烬都散落后不一定是寂寞，却一定会渐渐归于平和，这个时候爱情走向一片坦途，走向亲情，换而言之就是开始融入真实世界。母爱却不一样。那就好像一种童话般的爱，无始无终，你不会担心她对你的爱何时结束，因为你知道只要她活着，她就会永远爱你。这样的爱，是一种神迹。

所有人都可以给予此时此刻站在面前的人一个拥抱——无关爱恨，假设站在我们面前的人是曾经或是即将在我们生命的某一阶段里留下印记的人，我们大概会对这个人有各种猜测，因为他与我们的生活息息相关，这不是阴谋论或是质疑人性，怀疑是人类的本能——不然社会也不会进步，但是面对父母我们大概从来不会怀疑，这也是一种本能。如此看来，怀疑，竞争是促使人类进步进而推动社会发展的能力，但是与之相对的，爱是另一种可以超越生存法则维系平衡的能力——我认为万物最美好的状态莫过于平衡。那么我们是不是可以说，在最初的最初，人们对于天堂的幻想并不全来自于古老的规则和权力——撰写宗教典籍的权力，而是因为对爱有了期待。感谢母亲，她在生命始时就给予了我们信任和爱的能力，就从我们依偎在她怀中的那一刻起。

妈妈的手渐渐布满皱纹，时光在她的手心纠缠出曲折绵长的线，而我的手变大了，可以牵着她走过风霜雨雪。无论未来如何，我会一直牵着她，走向很远的地方。

（文 / 赵晗）

窗

小时候我住在外婆家。外婆家的窗户都是那种有着宽宽窗台和木栏杆的大窗。从我记事起，我就时常爬上窗台看窗外花花绿绿的街景。

我记得那时外婆家吃饭的大八仙桌就放在窗台边，与窗台高度差不多。大人们的饭桌，对我们小孩子来说就是一个小小的舞台，我常常一会站在桌子上，一会站在窗台上，自编自导自演各种节目。窗外紧临着一条大马路，路上总有人和车来来去去，于是我就把窗台想象成戏院的大舞台，过往的人们都是我的观众。偶尔有人注意到窗子里我晃动的身影，目光在我身上多停留片刻，我就得意忘形。那种居高临下被人注意的感觉，别提有多美了。

这种颇受局限的游戏，久了我就不感兴趣了，我特别想多了解一下窗外的世界。我经常翘着屁股，光着脚丫，趴在窗台上看窗外的绿树、蓝天和蓝天下的房屋，想象着那些高大房屋的后面一定有一个属于我的大大的舞台。由于我很调皮、淘气，外婆很少放我一个人出去玩耍，我只能眼巴巴地看着窗外那熙攘的人群。有时候我烦躁起来，就从窗台的这一头走到那一头，脑袋里幻想着外边那无限精彩的世界，心中涌动着一股难以名状的情绪。多年后，我读到捷克作家伏契克的著作《绞刑架下的报告》中的一段："从窗子到门是七步，从门到窗子还是七步……"，觉得终于找到了那股情绪的契合点。

读书以后我住到了父母身边。但是上学途中要经过外婆家。我背着略显沉重的书包，经过那扇大窗之下时，总是想起自己以前站在窗台上的情景。那时我是多么羡慕那些背着书包走过窗下去上学的学生们，可是当自己背起书包以后，就再也没有体会过那无忧无虑的轻松了。

以后无论是求学生涯，还是走上工作岗位，我都偶尔会想起那扇大窗和窗后那个当年的自己，许多美好的幻想和愿望成了鞭策自己的力量。因为我看到了外面世界的精彩，也感到了外面世界的几许无奈，人生的成长与成熟使我明白，我当年遥想的那个大舞台是无边无际的。因为不仅学校有我施展的舞台，工作岗位是我施展的舞台，人生本来就是一个大舞台，要想在人生这个大舞台上演好每一幕，并不是简单的事。

结婚时，我把自己的窗子特意装饰成与众不同的绿色，便于我一靠近这栋房子，就能远远的分辨出属于自己的那扇窗，就有一种回家的亲切。有时候我劳累一天才回家，走在楼前的小路上，抬头看见我家那扇明亮的窗户里洒出白色的灯光，心中便觉得无限温暖，疲劳一下子消散了。因为那扇窗户就是我温馨的家的象征，看到它我就仿佛看到了沐浴在灯光下等待着我的爱人。

每当我走近我家的那扇窗，或从窗下走过时，我总会想，现在每天都想早点回到窗里去的我与当年那个极想走到窗外去的我有了多么大的不同呀！

（文／舟自横）

一朵花的记忆

已然是春暖花开的季节，北方的天气却总是那么不明显，清凉的空气中总是带着一丝冬日还没离去的寒意。然而，当那一片炙热的颜色闯入眼帘时，关于春日的记忆又迅速活跃起来。那一大片月季花繁华无比，几乎每一支分枝都会长出两三只花苞，有的还没有开放，含着羞却又翘着脑袋争着向上，向着显眼的空隙伸展着；那些已经绽放的花苞没有了这样的含蓄，有的只是那怒放的张扬，肆无忌惮地将自己所拥有的美丽展示出来，无所顾忌却又令人平添好感。春的气息便是这样的吧？悄然无声却又无法忘却，像母亲的爱。

之于月季的记忆，多是关于母亲的，月季是母亲的挚爱。母亲说她的花期总是很长，每个月都能见到刚刚绽放的花苞，那样可爱，那样相似，一朵接着一朵，从不间断，好似不断的重生接力。老家的院子里也有一片这样的月季，每当夏日快来临时，郁郁葱葱的，繁盛的花苞一个挨着一个。母亲脸上的笑容也愈发灿烂。记忆中母亲对于月季很是呵护，施肥、剪枝、浇水……都是亲力亲为，她说不放心我们去做，怕我们毛手毛脚伤着花苗。邻里的大婶们总是喜欢在傍晚来我家纳凉，葱葱郁郁的椿树下，几把竹椅，一壶清茶，一碟瓜子，唠唠家里的琐事，谈谈月季的繁盛，时光伴着浓郁的花香和清雅的茶香在夏日夜晚里静静流逝。临走时总要央求母亲剪一朵待放的花苞，想要把这芳香带回家里，但母亲通常会婉言拒绝，除非是将要为儿女举办婚礼的婶子，母亲便会挑选一些快要盛开的花苞，配好颜色，用红彩带绑成束送到婶子手里，还要细细叮嘱不能用她去迎接新娘，不能摆在婚房，摆在客厅最好，因为婚房要摆象征爱情的玫瑰花。母亲虽独爱月季，但却深知月季的地位，从不会因为深爱而盲目。对于我们兄妹三人亦是如此，从不会因为我们是她的宝贝而溺爱娇惯。母亲是反对将花朵剪下来插到花瓶里的，母亲说它们是有生命的，没有根就是死了。所以即使有朋友送来精美的花瓶，母亲也只会插上足以乱真的假花。

那时候家里还没有相机，也没有手机，家里也没有人会画画。那些花朵只能随着时间成为脑海里的记忆，母亲关于月季的灿烂笑容也只能随风飘散。随着我们兄妹的成长，学业的需要，我们一家人搬到城里居住，临走前那些月季还没有从冬日里完全苏醒，正好可以移植，母亲担心她们以后都不会得到细心照顾，便把她们分给了村里的邻里们。依依不舍地去了城里，城里的家没有那么多的空地，甚至没有最基本的土壤，加上二哥的孩子呱呱坠地，母亲便没有时间去想那些花草了。但是每当在路边看到月季时还是会如约的露出灿烂的微笑，仿佛穿过时空遇到了老家花园里的月季。

我深知月季是母亲此生唯爱之花，所以打算带母亲回到农村的老家，为她重新开出一个缤纷的花园，种上月季，准备好她要用的剪刀和花洒，还她一世月季花的繁盛。

(文／张宁)

145

漫长岁月，唯你长久

有可能忘却时间，有可能抛弃世界，但紧紧抓住着的，依然是你那温暖的笑颜。留不住的时间就像是沙漏里的沙，翻来覆去，都会流动，我站在时光溪流的岸边，执拗的守候这匆匆的华年。岁月静好，在你那慈祥的脸庞上刻下无情的印痕，却难掩那温情款款。时光匆匆，我也要为你的世界里雕刻属于我的生命印记，用守护，诠释一切。

微微的湖水涟漪，使我畅想已久的面容消散；轻轻的风儿吹过几片落叶，无论身处何方，请代替我将你拥入怀抱。

双眼疲惫，我好想入睡。等到繁华落尽，我的心已沉睡。绵绵风霜，重重叠浪。江山无限，海河万丈。风雷阵阵，夏雨蒙蒙。十年前的我在心头播下了一颗平凡的种子，十年后的今天我在心间收获了卓越的果实。它就像一朵曼陀罗花，开尽了繁华。我在这茫茫岁月中，走在那落寞的街尾，看那满天飞絮，心在细数悲伤。伤那岁月如梭，不等我踏上时光列车，就无情地抛弃了我。每当我感觉世界之窗关闭的时候，你总是用你那充满爱的双手，打破这不知名的绝望，带给我内心的安慰，然后和蔼地对我说：向上吧少年，你是我心中的唯一，你是我心中的宝贝。

然而，青春的步伐，总有一些不愿离开的记忆。或许某一天驾驶时光机器，听着曾经的欢声笑语，看着曾经的青涩岁月，却难以抓在手中。在这趟旅程中，你永远也掌握不了主动。你或许留下一丝感叹，或许闭上眼睛不看。在这哀怨尘世中，你扮演着怎样的角色，起到了怎样的作用，其实也没有多少人可以记住。可是有一个人，她无视岁月流逝，也会给你支起一方天空，让你自由成长。

黑暗中的烛火，点亮你的半边心房，你用你唯一的心血替我驱逐前方道路上的雾霾。黑夜中的悲风，触动你内心深处的那一份思想，悲风迂回，你的思想化作千丝万缕，散落在这缥缈尘世。其中每一缕思想都刻有我的生命印记，我行走在茫茫人海中，依稀能感应到那股熟悉的气息。我踏遍万里青山，览尽曲折江流，在天地华宇间，她都在默默指引着我。

我不由感叹。浩瀚无垠的大海，我孤独飘荡，我想与谁结伴，狂浪奔袭，飓风回荡。沙鸥不断鸣啼，死神的镰刀逐渐向我飘摇，欲哭无泪，啼笑皆非，生命啊生命，此刻你为何如此弱小。母亲把你创造，你却肆意挥毫，情感的脆弱，生活的单调，厌倦尘世的烦躁，难道这是你所展现的孤傲，所演奏出的非凡歌谣？雪花飞舞融入大地，特殊的你将去何方？

母亲啊母亲，你给我的爱，我永远保存。我所拥有的青春，因为你用心筑造的绚丽彩虹，而多姿多彩。

挥一挥衣袖，片刻的相守，微风吹过，又是湛蓝的天空。不愿回忆过去，过去是痛苦的根源，让我们飞向天空，寻找自由的歌声。经历过磨难，品味过其中的每个艰难险阻，我依然面带微笑迎向清风。与其说等待希望，寻找希望，不如"病树前头万木春"，勇敢去创造希望！我有时在黑夜里会这样对着自己说："独自走在夜路里，不需要太多的指路明灯，明灯太多，难以迈出步伐。要走出这夜路，需向着心中那唯一的指路明灯。"那是你，母亲。

世上没有永恒的生命，在这大千世界，我们只是一粒尘埃，毫不起眼。唯有永恒的爱铸造永恒的光芒，在这茫茫岁月中，大放光彩。岁月茫茫，纵然白发苍苍，你为我的付出也无悔，我会用我所有的爱来替你铸造永恒的光芒。漫长岁月，唯你永久。你比漫长还要漫长，比永久还要永久。

（文 / 冯泉之）

母亲给了我什么

我的母亲是一位平凡而普通的人，她每天都认认真真的经营着自己的小生活，她每天早上起来的第一件事不是端着脸盆拿着牙缸儿，而是拿起笤帚和簸箕把每个屋都打扫一遍。我问她：每天这么扫，哪有那么多灰尘啊？你累不累？她总是笑而不语，一下挨着一下的扫过每一块瓷砖。干净的屋子就是给人不一样的感受，清新、透明、舒服、亲切，就像母亲给我的感觉一样。

菜市场里，母亲的身影必不可少，每一处过道都走过一遍，总是要买到最新鲜的蔬菜，不是在追求高品质的生活，而是要对家里我和爸爸负责。说实话，母亲做的饭菜并不是一流的，但是我总能感觉到她是用心做的，每一次的烟熏火燎都是她付出努力的结果。尤其是在我高考之前那段日子，每次她都要和领导请假提前一点下班回家给我做饭，就怕我回家之后饿着肚子写作业。

这一天是周末，"快到点了，走吧！"下午三点之前，我们要去医院看奶奶，奶奶现在在重症监护室，每周末的下午三点才开放家属看看病人的情况。本来奶奶的情况不会很快的好转，而我在妈妈的带领下每次都不落下，每次都要询问医生奶奶的病情，还要问问护士需不需要带吃的、纸巾什么的。她总是用自己的钱来做这些事情。她总是抱怨，还好我们住得近，不然老太太没人伺候那就麻烦了，你说这万一有什么三长两短，弄得我们都来不及赶过来。我知道她这不是抱怨，她这是对一个大家庭的责任。父亲总是奔波在外，家里的事情就只有她操心操的多了。她还总是告诉我，别嫁得太远了，到时候外边的人欺负你我可不管你了，你自己看着办吧。其实，我懂得，母亲她很舍不得我，但是她的言语里总是不会承认她对人的关心，因为她都体现在行动中了。

人们都说，父爱如山，母爱如灯，山在远处巍峨，灯在近处温暖。母亲给我的温暖远不止这些，她还教会了我，既然长大了，就要承担起该承担的责任。我们的生活虽然平淡的像水一样，但是仔细地品尝一口，是有甜味儿的，还能解渴。母亲也像一杯白开水，纯净自然，烧得滚烫的时候，就是她在为我们的生活贡献自己的一己之力。

（文／钟思凡）

我为你骄傲，我的妈妈

阳光洒满大地，倒映的是一抹活泼；清风拂过海面，倒映的是一抹柔和；船桨拍动湖水，倒映的是一份刚强。

明天就是母亲节了，躺倒在床上的我满脑子想着的都是怎样给她一个惊喜，不过哪怕是一张技术拙劣的画像，想必当她收下的时候，也会流露出十分欣喜的神情吧。最近浏览朋友圈的时候，经常能看到别人在晒自己的妈妈是多么的年轻靓丽，逐渐地，我也开始回忆起与母亲在一起的一点一滴。

我的妈妈算是比较活泼的类型，经常披着一头披肩的长发，穿着一袭很显成熟又略带一丝男人味道的衣服，虽然是母子，我们在服装上的爱好却截然不同。她的近视很严重，看她经常抱着几本厚厚的医护书籍，不难猜出是看书过多的缘故。

她真的很显年轻，虽然有些上年纪了，但是皮肤却十分白皙，更别说有什么皱纹了。而且比起她的外貌，她的声音更能唬人。她的声音实在是不像她那个年龄段应该有的，如果非得比较的话，恐怕正值豆蔻年华的女孩也比不过她的嗓音甜美，每次她来电话的时候，不熟悉的人都会误以为是我的姐姐。

她的性格更是稀有，不像其他的家长那样古板，她不仅喜欢我们这一辈喜欢的游戏和小说，更是活泼到连我也要逊色下去，她的同事都对她的开朗乐观羡慕不已，这可能跟她在儿科工作有关系吧。比起母子，可能我们做朋友更适合，当然她也经常这么说。

有时候她也会一根筋，有些认定的事情就不会轻易改变。记得去日本旅行的时候，从东京塔回去站，保守起见，我决定原路返回，她就偏偏要走自己觉得对的路。她固执起来，真的让我不知所措。

妈妈很少知道爱惜自己，给自己买东西的时候几乎看不到，但对于老人和我却从不吝啬，永远都给我们最好的。工作上也从来不偷懒，交代给她的任务都是第一时间完成，为此她操劳的地方实在不少。

　　她很刚强，和如蜜橘般甜美的嗓音完全不同，她的性情和男孩子更像。她的好朋友也是男性居多，少有的一位女性知己也是霸气侧漏的性子。她不论做什么都能往积极的方面看，她总是从坏事中寻找好处，艰苦对于她来说仿佛过眼云烟，永远都无法阻挡她。在工作上她其实并不容易，因为她的才华横溢，很多人都找过她的麻烦，但是都被她的坚持、自尊和才能比了下去。医院里大大小小的活动，她总是指导的人，从新年晚会到最近的六一儿童节，她都是主持者。不论是院内院外的讲座和比赛，都有她的身影。对于自己的才华，她很自信，她也经常教导我，当一个很困难很麻烦的工作找到你的时候，不要想着推卸，因为这件事能找到你，就是对你才能的认可，就是你独一无二的证明。

　　我的自尊和才华都充分的从妈妈那里遗传了下来，但是换位思考，如果是我的话，想必一定会抱怨不已吧。所以我真的很佩服她，也为有这样的一个妈妈而感到骄傲。

　　今天就是母亲节了，我实在想不到送她些什么比较好，思来想去，我走到她的身边，轻轻抱住她。

　　母亲节快乐，老妈。

（文 / 陆非凡）

诗词悠扬

归乡

姜佩瑄

暖来抽柳绿啼莺，踏歌岸上需慢行。
此去经年随快马，待到相见把酒烹。
举杯邀月高歌迎，浅吟低唱昔日情。
微风抚叶莲倾动，叶动莲开碧香凝。

偶记昔年佳景所得

何睿强

采薇提篮逢青石，云憩林木谢清潭。
数峰接远比目闲，群鸟旋近争口含。
幽雾迷洞藏来客，湿雨沾衣送去颜。
无迹径暖草鞋轻，空有铃声洗尘缘。

空题无字碑

李蒙亮

无字碑文妙无伦，媚娘功德自追寻。
男儿至此羞颜色，女儿至此意更发。
泱泱开元全盛日，堂堂贞观有遗风。
凿空天地八千石，炼补乾坤一万重。

莫问当年不平事，媚娘无奈亦从容。
自古霸图大义死，未闻小处是英雄。
飒飒野草立碧风，沉沉落日数黄昏。
可怜千秋书生气，未解媚娘当时意！

北印小记

小破

秋实园

三观两步诸荫错，七拐八闻花尽怜。
乍见雪光珠玉奔，澧泉日耀石山妍。

竹角

晨雾迷蒙一绿疏，秋实园畔清萧竹。
春风徐透书香散，转角竹旁印刷屋。

警顽

明窗净几师生众，料课艰深不自昏。
一道夕阳惊落魄，深思日末暗伤神。

晚归

萱池作罢三觞醉，柳影痴连一夜闻。
欲寐柴扉访即月，徐迟寄意难将成。

梦梅

雪落无垠临皎画，纷然细数折枝下。
馨香一缕却诸脂，默伴沉箫魂自挂。

七绝·秋兴四首

黄诚翰

序：壬辰年秋重阳，菊花正好，杏叶初黄，有感于此景，取题而作此四绝。

月 夜

蛩声夜里不成眠，月遍西山几处闲？

满地黄花与客赏，一瓢弱水为谁添？

采 菊

西风又近城南家，北地霜侵满院纱。

鸿雁忍随东帝去，黄花谢后更无花。

杏 叶

秋雨稀稀夜渐凉，闲庭杏落两三行。

西风有意吹难尽，积叶无心更断肠。

重 阳

霜从降后更无尘，冷浸苍山月半轮。

符水渐随冬意近，轻舟一梦渡荆门。

【注】弱水：古河道，指无法载舟的水，后代指爱情，典出《红楼梦》"任弱水三千，我只取一瓢饮"。东帝：青帝，又称东君、东帝，百花之神；符水：南广河，于四川宜宾汇入长江，此处代指宜宾，笔者为宜宾人；荆门：古时从水道出入四川必经之处，见李白《渡荆门送别》。

时绥西席

辛洛

常道师恩深似海，春蚕蜡炬难预言。
晨鸡唱晚书声起，经纶传承数百年。
三尺玉台佝偻尽，遍洒心血为新田。
粉墨留痕家园梦，桃李透看天下贤。

春游古台

秦靓婷

清香千尺与何人？
先室通津守梦魂。
万里江山春雨外，
古台花落已缤纷。

明月

魏晁莹

鹤归烟重悠哉梦，
仙种清秋有不同。
欲尽怀人斋日到，
翠云今夜各西东。

清明
杨婧博

暮雨潇潇倒春寒，烛灯清冷，思绪悠悠。往昔韶光今不再，音容易改，唯遗西楼。

落花冷叶逐水流，两盏淡酒，一纸空愁。欲语却怕与人说，对影无言，但寄清明。

减字木兰花·青鸟
辛洛

夫子庙头心香烧，只念佳人好。尘世纷扰梦难了，唯有清宵，怎奈情悄悄。

石头城外孤星寥，愿闻天仙笑。回廊婉转雨清飘，又见将晓，何惧路迢迢。

柳含烟·京城春景
陆非凡

（一）
西风去，景彷徨。几里春风自响，茶盏青灯野花芳。笑颜张。家酒飘香春景好，一路流光慢晃。纤手扬琴处处休，系春光。

（二）
翠上梢，暂停留。鸟语三三两两，几处鹊飞踏歌高。春泥痒。轻隆慢顶冒春光，天地生息相望。待到枝头多繁茂，满阴凉。

《念奴娇·春思》
黄诚翰

序：癸巳春于京，见槐树新发，觉东风一夜而来，似是偷得，故作此词。笔行感伤，兼怀晴雯。

春如偷得，正沙堤柳暗，送花时节。薄暮东风还料峭，夜夜拥衾能歇。瘦笔蛛罗，旧琴弦断，扇纸无人揭。犹醒苏世，好花几处堪折？

梦里是客如何，贪杯不断，莫过又醒去。棋子闲敲无客至，钟鼓倩谁闻说？画笔未停，回眸初见，一片横塘雪。怡红小院，雪压三径风物。

【注】扇纸句：晴雯撕扇；棋子：化用赵师秀《约客》"有约不来过夜半，闲敲棋子落灯花"；钟鼓：自《关雎》："窈窕淑女，钟鼓乐之"；横塘：苏州古堤，借指江南。

《鹧鸪天·惊梦》
黄诚翰

序：癸巳初夏，梦遇神女，沧桑更迭时，惊醒而作。

已是莺归燕未忙，残梅萎地柳初黄。暗香一度闻苏子，飞絮曾经嘱谢娘。思雪影，满回廊，笔触花笺泪断行。料知应恨琼楼远，怕醒春梦鬓如霜。

【注】苏子：苏轼；谢娘：谢道韫，飞絮典出《世说新语·咏雪》；琼楼：天宫，代指可望而不可即的地方。

南乡子·梦佳人

姜楠

　　浅梦惊坐起，鸾声将将夜未消。佳人帐内弄花笺，无奈，茅草屋内独哀嚎。

　　明眸蛾眉巧，霖雨哕哕醉心潮。一湖揭艾阻去处，迢迢，若比银河路更遥。

沁园春·北印

鲁梅

　　秋实园区，桃李芬芳，远飘馨香。观印院古今，璀璨光芒；校史上下，源远流长。绿草茵茵，生机勃勃，春满园含苞待放。游院中，看莘莘学子，书声琅琅。

　　学海浩瀚泛舟，闻鸡起舞十年寒窗。育工文管艺，教导有方；研本高职，青春激扬。庭栽千竹，德才兼备，腹有诗书展锋芒。俱往矣，五十又五载，谱写华章。

青玉案

张佩

　　月桥花院，琐窗微寒，寂静偏宜想谁？
　　一半天青，一抹微云，浅深处有你伏案。

俊俏侧脸，可餐容颜，惹我目光潋滟。
你的名字，复杂得出奇，我记只需一遍。

苏子瞻的诗卷，《寒食》最妙，我摊开指给你看，你说潦草，
字迹颠倒似醉汉，太落魄，踉跄怪险，何来的美观？
东风无赖帘卷，慵懒如你，襟袖拂过鬓边，风流散漫。
我掩卷又讲佛禅，你无心彼岸，望我，笑言美得晃眼。

菱花吐灿，镜水潺潺，梳不尽发缱绻。
你的戏言，说得挺恬淡，我品却要千遍。

正午时的书院，甜梦依然，你逆光轻轻而站，蝶翼微敛。
光针从叶片穿过，刺绣上圆斑，补全，残缺的美满。
《落花》册页飘落，捡起还我，不屑看漫卷的，风月婉转。
秘密被写进试卷，你回答，不懂，便是，我料想中答案。

春去秋来，枯叶黄，无人踩拣。
登楼颙望，草尽处，烟光缭乱。
往事莫追，小庭幽，路漫漫其修远。
我在原处，恁齐眉，为谁举青玉案？

往事

梁婷

往事
一幕幕
曾在你眼前
也曾在我心间
轻轻推开那扇落满尘埃的窗

里面有你的欢声笑语
我试着靠近
去触摸往事的点点滴滴
可走近才发现
那早已是梦的别离

往事
是一场话剧
没有开始也没有结局
空气凝结在一起
我不敢呼吸
偷偷地打开尘封已久的记忆
只有笑声　却没有哭泣
只因为里面有你

组诗：给伊的最后一封情书

王上嘉

左眼飞出的一滴眼泪

千百次看见你的背影 / 回头我却没了勇气 / 看阳光缩了水 / 对着自己的影子唱歌 / 阳光都谢了 / 月光却还是不肯绽放 / 阳光与月光 / 我在上面刻了千百次你的名字 / 云说你记错了 / 我说改名字了

再也不会看夕阳和初月拥抱 / 找一间破房子卸下自己的面具 / 让面具透过门缝看见乞丐 / 看一地的流离失所 / 它会跟他走 / 我确定 / 它不喜欢我 / 我更讨厌它 / 不曾开始何谓结束 / 我一遍遍地告诉自己 / 泪流出了槽 / 也盈不满嘴角的酒窝

在月光与阳光都遗弃的时间 / 我决定一个人走 / 不留下任何痕迹 / 继续一个人的快乐 / 再也不会看夕阳和初月在街角拥抱 / 它们拥抱的时候 / 我的孤独

是可耻的 / 左眼飞出的一滴眼泪 / 却也挂在了右脸

下雨的时候我该不该想你

下雨的时候我在偷偷地想你 / 换了我喜欢的歌 / 做了你讨厌的人 / 我把对你的思恋打包 / 贱卖给了一个兜售星星的人 / 慢慢地发芽 / 开出了一朵紫色的小花 / 红色的是永恒的记忆 / 蓝色的是不变的悲伤

我喜欢想你带着紫色小花的模样 / 就像雨巷里的丁香花一样 / 看窗外的雨声泪俱下 / 黑夜脆弱的时候原来也这么孩子气 / 我独守蓝色梦魇的时候 / 你却如祥云一抹 / 我独享红色赤炎的时候 / 你却独在水一方 / 我想你的时候 / 一切便都是假的

我想你的时候 / 下雨天都只会哭泣 / 下雨的时候我在偷偷地想你 / 想你的眼睛 / 想你紫色的背影 / 看窗外的雨声泪俱下 / 我知道 / 想你的日子应该结束了

给伊的最后一封情书

你说你累了 / 但是你知道么 / 我多想坐上开往大海的火车 / 去看海芋花开 / 那些快乐得天花乱坠的纯粹 / 却像琉璃的易碎 / 背靠背流着泪的时候 / 我只是低下头不让风看见 / 你知道么 / 不是我不再想牵着你的手了 / 只是你说我的手脏了 / 我还怎么有勇气去牵着你的手

看云起云落 / 看一笑而过 / 看凤凰花开 / 看你的不乖 / 我微笑着看着另外半个不乖的自己 / 不敢回头 / 我怕就在我转过头去的那一刹那 / 忘记了自己

尘封

躺在被夜遗忘了占领的天空里 / 仰望大地 看时间在草丛里来回地奔跑 / 不停地行走 / 走上怎么也逃不出的掌心 / 顺着掌纹 沿着伤痕 / 在无尽的弯曲里寻找所谓的宿命 / 坚信 / 那攥在别人手心的地图我已无法步入 / 尘封

血液从推土机中溢出 / 那一代功臣的岁月也随之流逝 / 倒流的咖啡穿过秀发没有弥漫的香味 / 躲在被遗弃的破瓦片下 / 看冬天狠狠地咬住落叶的尾巴 不放 / 回头 / 强大的黑暗来袭

活着

张静凤

活着，难道只是为了活着

人生是一个大问题

认识这个世界

认识这社会

认识自己

认识……

人生没有孤独和痛苦

总有爱陪伴着它

它是快乐的发源地

它是幸福的摇篮

它是温暖的导师

灵魂的食粮在岁月里饱和

风景的色彩在岁月里填满

活着啊

我要接受你的爱护

成长在你的臂弯下

活着啊

珍惜人生的时光

舞蹈在激情的殿堂中

活着啊

人生多么美好

拉开窗帘阳光满天下

青春

俞跃

我用孤独的希冀
照亮黑夜的星辰
我以不朽的爱恋
歌颂过往的青春
春天已经逝去
夏也燃烧殆尽
秋叶献出成熟的温存
还大地以圣洁

在明日忧戚的夜晚
定有一场过时的风雪
而这场风雪传达的讯息
我们却未曾知晓
尽管远天还飞走着流沙
也请努力昂起头额
无论匍匐或者奔跑
请选择勇敢的前行
朋友
记住我们未完的使命
昨日的晨光在呼唤我们
明日的浓夜在呼唤我们
打开心扉去尽情地拥抱
黑夜并不是旅程的终点

虽然阳光并不明媚

虽然甜蜜不堪咀嚼

但那何尝不是燃烧的陨石

看似陨落却可化为不朽

前行无须悲悯

悲悯并不能带来希望

沉淀吧

年轻人

去净化那流动的未来

星

陆帅

当最后一束阳光拂过星际当日暮前的暖意渐渐流去

当黑夜吞噬半个地球

我在宁静、恐惧、冰冷中仰望

捕捉那一点深幽的璀璨火光

你是普罗米修斯的火

还是厄洛斯的箭

那是怎样的一种力量

越过亿万光年，逃过无垠时光

洞穿我的心脏，打碎我的伪装

却坚强了我的脊梁

你是我心底最耀眼的光芒

闪烁在夜色迷蒙的冬季

幻化成唯一前进的力量

在永恒的尽头
时光马车落下帷幕
你说的孤独就像是很久以前
长星照耀的孤独
你一定见证了历史
抑或是第一千零一个你

我愿做一颗普通的卫星
安宁地运行着自转公式
平静地等待着白昼降临
横隔着59亿公里的距离
在他人目光无法企及温暖无法到达的黑暗里
守卫光明，造就生命
便是神迹

当我被无尽的黑洞吞噬
或在流星群里躲闪喘息
总能看见，那永不消散的星光
透过尘埃的罅隙
直达几近昏暗的心底

时间埋没红尘，掩盖了流年
无法湮灭你永恒的光
因为它只知出发，不知回航

不灭的星火照亮了生活，点燃了躯体
让鲜血灼烧，让灵魂涅槃
驱走眼前的阴影，看见未来的所在

太阳喷薄而出
当我踏上地平线的时候
遥望星辰落下的地方
那里有爱和希望
带着坚毅的勇气
迎向晨曦，追随光影
然后温柔地逝去

晴好天气

窦玥声

黎明，一颗颗清寒的星
在鱼肚白的流霜中
伴着深秋的清寒
跳着孤单的芭蕾
却一刹那间隐身不见
呀，原来是晨曦已踩着朝霞
送来一日的晴好

庭中的老槐树
留不住秋叶的寂寞树梢
颤颤残留着
昨夜霜寒留下的泪珠
晨曦轻抚
黄灿灿的温暖
溢满秋风

提目远观

一座座方块状的钢筋铁骨

兀然耸入云霄

冷若剑客封藏已久的古剑

晨曦轻抚

柔柔的光晕

驱散了无数的灰冷漠然

偶得一园

草木不葱，芳草萋萋

只因一缕晨曦

天气便绽放了晴好

却也得一晴好天气

满园芳郁

烟雨

小破

　　襄外连雨暮青烟，烟里朦胧断珠帘。薄雾沉沉笼孤树，清绫浅浅绕翠萱。雨中花树染墨存，不见丝痕烟雨中。一襄独立无痕画，襄尽天地画尽空。风也携雨长知客，雨亦无时伴知人。谁言荼蘼不醉人？但喜临窗听雨声。此时雨霰风尽斜，游丝软系扑茜纱。挥毫西巷楼台处，明瓷青釉映重霞。烟雨筝曲不离愁，雨线曲线织悠悠。我欲起意急相叙，相守之情却难求。只待细雨相思沁，一伞两人肩相并。若似双燕赋霓裳，雨又潇潇烛又烬。柳缠丝绕三年晚，昔日顾盼时渐远。苦尽功成寻归地，柳绵吹尽独程现。昨夜雨打梨香蕊，晨起丹蕊覆烟睡。琉璃隔烟烟欲流，水滴琉璃皓颜泪。毁诗烧绢还泪真，情自却烟渡归尘。莫如绿绮白羽翎，纤指琴挑意中人。时有悲声发兀迹，犹记易水参商离。不期云开又初一，烟雨堪胜无限意。

莫奈的睡莲

阅薇

我无意闯进
却被你深深吸引
这是他的天堂
也是世人的桃源梦境

池塘之上
弯弯的拱桥与翠绿的索藤缠绵偎依
晚霞在水面投下它的倒影
像野火，却燃不尽这片天地

而你就在这里
朦胧的月光是你起舞的羽衣
变幻的色彩是你独特的美丽
墨蓝的天空下
只有他
看懂了你蓦然开放的期许

【注】克劳德·莫奈，法国画家，印象派代表人物和创始人之一。《睡莲》组画是他晚年的代表作，其中包括《睡莲·池塘》《睡莲·期许》和《睡莲·夜间效果》等。

忆海

窦玥声

双眼轻阖
海风一般柔软的回忆
拂过我的脑海
仿佛将时空进行跳跃

泛着泡沫的浪花
依旧，努力在奔向沙的怀抱时
将咸腥的潮湿留在，我鼻尖
这潮湿，再次翻腾了思念

夕阳的余晖
捂暖了细沙之中
一个又一个孤单的脚印
然后，逝去的余温从风中归来

又是一个浪花袭来
打在我的双脚
透彻的冰凉
任是多厚的防御也无法抵挡

我站在这海和沙约会的海岸
再找不到从前温暖，湛蓝的那片海
思念着那些与那片湛蓝的海一样
温暖的人儿

樱花雨

王笑

当三年三恋的影子被重重地拍在地上
我看见日月的光线把我揉短、拉长
如此希望这时尽一场酣畅淋漓的雨
让我的梦学会快乐、自由地流浪

无意中我看到了一树花在一夜间盛放
斑驳的花影像天使云霞般灿烂的衣裳
那是你天真的执念
我不切实际的幻想
在那繁花下面扶起我的影子
赐予他重生的力量

满城醉红的午后
是我久违的梦乡
恰等一场春雨洗尽我的孤单与彷徨
一丝微风吹过
我没有理由不相信会实现祈望
你真的，落英缤纷般来到我的身旁

好大的一路樱花雨
淋湿了我转望向你的脸彪
没有无奈，没有牵绊，没有感伤
没有一丝的凄凉

像长着许多柔软触角的水母

在我的眼里游荡

就这样轻盈地，真切的，淡淡地

一路飘香

让我不知所措的樱花雨啊

荒芜了来时的方向

没有一个人可以再通形

相信美好成真的假象

我究竟能为你做些什么

我心爱的姑娘

这世间缘聚缘散，花开花落

原来只是好梦一场

梦聚印院师生礼赞

王秋艳　王鹏

是谁入我梦来，带着女娲补天的彩石？又是谁入我梦来，携着伏羲老祖的故事？

这样的相遇成就了一个响亮的名字，一份神圣的事业。

老师，崇高的职业，理想之光，希望之火，会用心来点燃。

育人，终身的使命，人之灵魂，国之未来，要用心去塑造。

老师是那暗夜里的缕缕烛光，用知识的火焰将心灵照亮，用希望的光束为梦想导航！

带着立德树人的梦想，我来到这里；带着成才报国的梦想，我来到这里。

这里有55年的栉风沐雨，这里有55年的春华秋实。

这里传递着知识的力量；这里发扬着团结、勤奋、严谨、求实的北印精神；这里孕育着勤奋执着、承载未来的印院之梦！

这是思想引领的印苑梦，这是民主进步的中国梦。

这是开拓创新的印苑梦，这是科技进步的中国梦。

这是文化传承的印苑梦，这是教育兴国的中国梦。

这是强健体魄的印苑梦，这是民族复兴的中国梦。

走上三尺讲坛，让教师的精神在你我的身上传递；走进馨香印苑，让求知的精神在你我的心里成长。

用人格引领人格，用智慧点燃智慧，教书育人，我愿为此付出一切！

用勤奋追随勤奋，用品德看齐品德，成才报国，我愿为此奉献青春！

不为别的，只为每位学子顶天立地的灵魂，只为每个青年灿烂辉煌的未来！

青哗

周志伟

很多人夏天过后远走高飞了，

有的人待到深秋也不愿离开。

没有一场青春的暴雨是及时的，

也没有谁能抓住青春的尾巴。

总有人早走，有人迟来。

夜色中，我开始不懂你了，

我的青春。

在许多徒劳无功的事以后，

似乎又回到了原点，

许多人如我般感慨！

而你说：若无徒劳，青春就是坐以待毙。

我们都在年华里老去，

但你始终比我风华正茂。
你生活在人间的烟火里，
和有情有义的人耳鬓厮磨。

现在我又开始理解你了，
我的青春。
你问我为什么？
生活就是这样，
理解一件事，忽然就理解了。

桐凤篇

张佩

　　负笈千里，聚此上庠，梧桐飒飒待凤章。墨契文心之隽永，艺树文质之昂藏。行游出矩阵，簸翼振纪纲。体用兼全，治事经邦。

　　茹古涵今，剪拭尘芒，涵养纯粹育精良。太乙有燃藜之意，黄石有点化之方。《师说》因韩公，《论语》传宣王。往圣绝学，大道高扬。

　　函丈所短，振铎所长，立锥奏曲传四方。玄鬓积春秋落雪，笔底织岁月霓裳。盘膝杏坛长乐，送别南浦犹伤。师生之情，千古悠扬。

　　真修磨砺，教泽汪湟，靛青夺蓝水如霜。磐石定金针之盟，弱水赴江海之航。明镜不烦君照，春风不问还偿。师恩浩浩，盛德泱泱！

青玉案

连峥

春晴絮柳翩翩舞
满卷夏童心付
旧景韶华逐梦夙
几番宽宥初心总诉
花落鸳鸯嗦
弱冠举礼青钢成
墨玉相激斗星怒
冷立沙坪弯月兔
风发时气书茗野鹭
最是乡情处

晨曦号（节选）

柴纯钢

在黑洞的间隙
无数行星被陨石击中
支离破碎
支离破碎
才是空间的主题
每颗星都有自己的命运
还是会很难过

唯一能做的
只是内心安宁

可是
——写给即将毕业的那人
潘梓璐

我还没有看到暮归的黄牛，
可是云雨迷糊了；
我还没有陪伴布谷鸟，
可是啼血声已经遁入山林了。
茶还没凉，可是你已经走远了；
天还没亮，可是烛泪已经流尽了。
我还没有等到樱花，可是春天已经过了；
我还没有等到你，可是毕业已经来了……

天黑闭了眼（节选）
董一彤

我小心翼翼的心愿我倔强疯狂的勇敢
谁以怀念的色泽晕染记录下流年？
遇见你，
是我死心塌地的青春刚好到站

我相信你（节选）

郭超

我相信你，当我老了
苍苍的白发再难紧拥褶皱的面容
甚至当我终于长眠地下
冰冷的土地上面长满了枯草和野花
那时，我已守候了一生的信仰
我相信你，如相信我的母亲
那是我终生为自由而流淌的血液
你看，为此我要付出一生的热情
我淳朴的灵魂在喁喁低语：
我相信你

最美的疯子（节选）

张志媛

你是否想过
没带走的那片云彩
流过几次泪
而它又是否悄悄跟去了
你到的远方

想念一只小刺猬

高新秀

记不得是哪一年的夏天

记不得刮了多少风

下了多少的雨

爷爷拉着我的小手

看风把沙石吹乱

小小的眼睛

小小的鼻子

倔强的小小的一身刺

迈着小小的步子

静静地

缓缓地

慢慢地

爬上另一座土山

拍拍我

抱起你

爷爷轻轻走近你身边

当黄昏临近

你安静地在我身边

静静地吃虫子

慢慢地移动

你的刺软软的亲吻我的手

刺一样的风闯进城市

你蜷缩在风中看不到泪水

爷爷说你想家了

我们又回到原处

今年秋叶落时
你是否记得
美味的虫子
稚嫩的掌心

二十四节气之春分

土子

老爹的烟袋锅子瘪在腰间
专注听老牛哞儿的呢喃
盘算着年景
涝来几分，旱来几分
昼划一半，夜划一半

龟裂的地皮风干
一场备耕的氤氲弥漫
冰雪禅位渗出满额冷汗
桃花水肆虐东垃子山
头道白河的枯树边
挑水的扁担颤在肩
北归的家燕琢房檐
老爹的眼球打转转
忙伙几分，闲悠几分
昼搁一半，夜搁一半

松阿里乌拉的帷杆
老皇历不住脚的翻
仲春之月
祭日于坛
玄鸟至，雷乃发，始电

行者无疆

江南，是一种瘾

我打江南走过，那等在季节里的容颜如莲花开落。　　——题记

一　姑苏古城

清晨的薄雾弥散着剔透的从容。天蒙蒙亮的时候，可以嗅到空气中微醺的潮湿，恍然间内心回归宁谧。这座城有古老的建筑，记得曾对这里一心向往。心灵深处隐匿着对古旧人文气息的殷切渴盼。

总喜欢一个人，在下雨时打着伞走过桥边。江南的天气宛如小孩子的脸说变就变，然缠绵的细雨总令人倍感舒爽。曾在北方蜗居良久。北方的雨通常是雷阵雨，一瞬间倾盆而泻，天地万物被窒息在其略带粗暴的洗礼中。而南方的雨是颇具人情味的，淅淅沥沥，轻柔地洒落在地面上，踏着一路泥泞，踩着一地水花，心竟然也变得潮湿。路经桥畔，见杨柳依依，闻荷香四溢，有诗云："隔岸垂杨笑语，池荷映水新状。"一池碧绿的浮萍，揉碎在湖光荷韵里。或有莲子点缀于其间，或有蜻蜓点水，彩蝶翩跹，涟漪涤荡萦回，别有一番风味。

二　在忘情的雨季里，禁不住远眺

远处的山延绵而笃定的轮廓，仿佛近得能够触摸。目及之处一片氤氲。沉醉在一袭清凉里，只愿这清幽的一隅之地能纳我入怀。时而凉风席卷而过，竹叶间发出沙沙的摩挲声。探手虚摘，妄图将这一片翠绿据为己有。而此时我只能采撷一朵素雅的野花，永佩心头。

天空似乎残余着永远也逸散不净的阴霾。拭去世俗的纷尘，阴天里的石湖竟有种别样的美感。拒绝了烈日的暴晒，隐起了净白的浮云，终于疲倦的肉体跟心灵也可以放松下来。这里有的是大片大片盛开的桂花，以其特有的芳香攀袭你的感官神经；这里有的是翠柳依依，在轻风过处尽显柔媚姿态。

这就是石湖，让你的心灵得以洗涤。纵使这是一场醒来命定虚空的梦境，我愿选择终日沉湎在这个梦魇里，永不苏醒。

因为，她已渐使我上瘾。

三 江南，亦适合邂逅

也许在某一刻，你会在石板铺成的巷子里，遇见一个宛如丁香花般结着哀怨的姑娘。错肩的瞬间，她的眉目比江南更美。早已厌倦了大都市的浮华跟空洞。这一刻，我的心是前所未有的纯净。摒弃喧嚣褪尽浮躁，将心安置于最闲适的角隅。江南一隅——我心心念念的世外桃源，大抵上也不过如此了罢。你竟是一杯芳香醇厚的老酒，我想豪饮千杯，一醉方休。

我甘愿沉酣其中的江南呵，是一句轻柔的呓语，唤醒尘封的双耳；是一件华丽的锦衣，抖落情不自禁的美丽；是一位正值豆蔻年华的少女，回眸一笑，含情的瞳子可使世间万物黯然。谛听心灵最真实的声音，体味城市最静谧的低语，让纷纷扰扰像尘烟般滚滚而去，最终感受到现世安稳，岁月静好。而江南也宛若一个切肤的烙印般，在你的内心深处，留下一处最美的印记。

江南，是一种瘾。

（文／张诗雨）

初晨的仰望

作为一个90后的孩子，童年很多时间都被一部部明清史剧充斥着。当大家都在惊叹于其剧情的峰回路转之时，我却对那宏伟的金瓦朱漆建筑心驰神往。

故宫之行，算是圆了我曾经的梦吧。

刚入故宫时，袅袅的钟鼓余音不绝入耳。浑厚的声音仿佛诉说着沧海桑田的变换、物是人非的感叹。悠远的声音，传到端正的武门，传到金碧辉煌的太和殿，传到巍峨庄严的乾清宫，震荡之声传遍了整个紫禁城。我不禁想到，百年前，这座建筑是代表少数人的特权，而百年后，这个曾经至高无上的皇城却成为闻名世界的旅行景点。川流其中的无数神情各异的人，都想一窥故宫的神秘。而不言不语的故宫，是怀念那些与权力挂钩受人敬仰的日子，还是更喜欢现在"与民同乐"的恬静时光？眼前的景色似乎说明了一切。这些无纷无争的楼宇，只是静静矗立在那里，低吟着自己的历史。我开始羡慕这座历经沧桑的皇城，它拥有着真正的平静，因为所有的人对于它而言都是过客。只有时间会证明谁才是真正的主人。

记得曾读过的一本书上说，英雄的表现形式有两种，一种是一心为主，抵御外患，为正义而生；另一种是不畏艰难，为大众民生，驰骋沙场，推翻万恶的统治者。至于这两者，前者的命运往往是悲惨的，如明末著名政治人物、文官将领袁崇焕；后者则多成大事，为后人所敬仰，亦如明太祖朱元璋……我们该庆幸自己如故宫般，沉静、淡然，再不用跻身于权力与权利的斗争，可如闲云野鹤般度过此生。

回头望一眼端然稳坐的故宫，柔和的钟声悠悠远远传来。内心突然明白，纵使经历了太多风沙，故宫，它不缺的，永远是和煦的阳光。

（文／黄仟）

记忆之樱

三月，天渐渐暖和起来，春天悄然接近。对于成长在北京的我来讲，春天是一个充满期待的季节。而这个春天对我来说尤有些特别的含义。

四月，山梨县的樱花开了。我们这些留日学生决定去"武田神社"春游，因为这个神社的樱花是附近最漂亮的。

我们骑着自行车开始了旅途。漫漫山路，疲惫是肯定的，不过有淡粉的、随风摇曳的樱花陪伴，美不胜收，倒也优哉乐哉。被春色渲染的神社显得格外美丽。神社前面有一条小河，沿岸的樱花正在怒放。一阵风吹来，花瓣飘落在路上，给路面铺上了一层花瓣地毯。

我们赏樱花的时候，往往是欣赏满开的花朵。但日本人不然，他们赏的是樱花随风凋落的场景。因为日本的学校在三月举行毕业典礼，樱花每年都和毕业的学子们同在。春天在这里不是快乐的季节，里面充满了太多的离别、不忍和想念。在樱树下，听着风声，不由想起了往昔。曾经的时光就像樱花一样，虽然生命短暂，但绽放过，美丽过。樱花的飘零，不只意味着花的消逝，它们承载的记忆，也随风而逝。花瓣飘落在地，渗进土里，最终被大地铭记，如同那些铭刻在我们心底的美好回忆。

　　归途中，我望着渐渐隐去的夕阳和路旁的樱树，不由得微笑起来。美丽的樱花树也一定会记得，曾经有那么一天，有那么一群人，怀着美好的期望和它度过了一个春日的午后。也许不久我们也要分离，但希望这个午后会伴着那些美丽的樱花，被我们深深铭记……

（文／臧鲁平）

齐云山

　　与齐云山结缘是因为汤显祖的一首诗："欲识金银气，多从黄白游。一生痴觉处，无梦到徽州。"黄指黄山，白则是齐云山。

　　齐云山是道家名山，自古负有盛名。南宋宝庆年间，道士余道元入山修炼，创建佑圣真武祠，后云游道士纷至沓来，齐云山至明鼎盛。乾隆帝盛赞其"天下无双胜景，江南第一名山。"

　　恰逢春日，终于有机会拜谒一下齐云山了。

　　汽车披着微湿的晨曦载着我们到了齐云山脚下，匆匆下车，忙寻登山之路。行间回首，垂柳掩映之处有一石桥相迎，名曰登封桥。桥下流水潺潺，桥上古迹斑斓，碧绿的河水撞向古老的石墩，回环旋转，发出不老的声响。古人登山朝拜也要先经此桥。他们到了桥上，先束带整冠，静静地立着，让流水涤尽一身风尘，望峰息心，继而端步向前。我们踩着前人的足迹，听历史往复的声声回响。人世代谢，往来成了古今，唯青山依旧，绿水长流。

　　过了登封桥一路前行，我们来到了登山的石阶。沿阶仰望，山脚的油菜层层而上，直铺云端。更有翠竹、茶树点缀其中，高低错落，黄绿相间。溪水从旁汩汩流下，悦耳的柔情未做长久停留，便成更细更急的水流奔冲下去了。穿密林，攀陡岩，过长亭穿短亭，路临若干小山峰之后，我们登上了最高峰。峰顶只有一亭，四周高木环绕，空间逼仄。绕亭而观，景色无甚特别，亦无甚神韵。本以为，登顶时会有"会当凌绝顶，一览众山小"的放眼豪迈，但遮目的乱林，让人难铺君临天下的豪迈。我不禁感叹，这高度，只是一种独孤求败的寂寞罢了。沿阶而坐，定神凝思，回味着一路上被丢弃的风景：白水绕明田，碧峰出水后，一天门边的绝壁，梦真桥上的遐想。美景，一直都在路上。

　　齐云山，这座道家名山，并不只将华美集于山顶，给登顶凌云者以睥山睨水的王者霸气。相反，她将美景散落各处，张弛有度，遵自然之法，循天地之道，让登山者通体宁和。顶峰之上，王者凝息，将军止戈，历史的气息也变得平和了。

　　离开之时，再次走过登封桥，心中有千言万语想对古桥倾诉，可她能听得懂吗？桥下的河水依旧潺潺地流着、流着，一直流向了远方。

（文／唐家琪）

小城寻春

　　当"年"的味道从江南的一江山水中渐渐褪去的时候，微风拂面，春天便悄然而至。

　　立春过后的江南，寒流一拨儿接着一拨儿，零零星星的小雨夹着雪粒不时打在薄棉外套上。虽然这个龙年的江南之春有些姗姗来迟，但终究还是来了。

　　寻着一个有阳光的日子出门去。这会儿的春天用"风光旖旎"来形容自是贴切。极目远眺，又觉得用"春山如笑"来描写春天更加妥帖。如若有缘，邂逅了一场蒙蒙细雨，"和风细雨"的感觉又陡然地滋生了起来。总之，你一出门便可触手"生"春！

　　伫立于江南的旷野，一阵阵惬意油然而生，来个长长的深呼吸，你就知道春天是如此醉人心脾。屋檐下，还未来得及收起的红灯笼，高高悬挂，把这腊尽春回的大地衬托得更加妩媚多姿。春天的云朵还是低垂着的模样，但相比腊月的雾云缠绕来说，已然淡了许多。春风徐徐而来，你迈开脚步，奔跑起来，虽然有丝丝凉意袭来，但也让人神清气爽。气血在脉搏里汩汩畅欢，若潮水般猛涨。

无论是"池塘生春草，园柳变鸣禽"，还是"寒雪梅中尽，春风柳上归"，抑或是"寒随一夜去，春还五更来"，放眼四野，便可理解诗句的唯美意境。虽然和阳春三月的"碧玉妆成一树高，万条垂下绿丝绦"相距甚远，但是你能说春天没有来吗？其实春天早就生活在你的记忆里了吧，小楼听雨，燕啄春泥，啼莺暖树，柳絮翻飞，这些春天的景象已经在你的记忆里疯长开来。

此时此刻，我漫步在这江南小城。熙熙攘攘的街道，只可以看到人流如织，却不见了湿泥粘鞋，小草冒尖。如果一定要从小城里寻得记忆中的春天，唯有靠立在道旁七零八落的杨柳了。阳光下，浅绿的芽苞指甲片大小，折射出七彩的颜色，向你娓娓诉说着春天的故事。

江南春早，然而小城却是迟缓地进行着四季更替。即使郊野"春路雨添花，花动一山春色"，小城里也是"春日迟迟，卉木萋萋"。

不过还好，小城里的人们都知道，花明柳媚只是迟早的事情。只要你愿意播种，然后辛勤浇灌、精心呵护，春天就真的来了。

（文／于明明）

金陵一梦

早就听闻六朝古都的传奇与典故，终于在清明假期，带上轻松舒畅的心情，携同三五好友，下定决心来到这座在心中设想了千百次的古城。

第一站，是"南京大屠杀"纪念馆。空气中笼罩着一层庄重感，是他铭记着南京的历史。怀着追缅之情，排了半个多小时的队之后，缓缓入馆，映入眼帘的是刻在石壁上所有遇难者的名字。在昏暗的祈愿灯光下，没有人会大声喧哗，只是轻轻走过。接下来看到的是侵华日军在南京犯下的铁证如山的罪行记录，那一幕幕，在书本上真的感受不到，直到我亲眼看见那些白骨。"可以宽恕，但不可以忘记"，我在心中默念，像是接受了一场洗礼。南京，沉静中自有伟大的力量。

如果说南京大屠杀纪念馆为南京加诸了一层历史的沉重感的话，那么夫子庙和秦淮河则是这座城池繁华的印记。烟柳繁华地，温柔富贵乡，脑海里浮现"秦淮八艳"的动人传说，倒是给这秦淮河增添了几分柔情。曾在这里，上演了多少相遇和离别，才子佳人，恍然一梦。梦醒尚有余温，我想要抓紧你的手，却早已换了人间。"六朝旧事随流水，但寒烟衰草凝绿"，独属于江南水乡的那份婉约，在灯影桨声里的秦淮河流过千年，流进我不眠的梦里。

南京的记忆里，有一部分是独属于中山先生的，他为旧中国带来的巨变，他为中国革命做出的贡献，是永不磨灭的。先生葬身于此，屹立在风雨中，留待后人去敬仰怀念。

明孝陵是在微雨中参观的，墓地格外宁静，游人却是如织。我走上一条长长的路，两旁是守护的神兽，皇家的威严顿时显现。而来到墓地，跨越大红门，传说左脚进右脚出，倒也有了一股阴阳穿越之感。前世轮回，明朝的那一段历史埋葬于此，而今只剩大江东去，千古兴亡事，都付笑谈中。

一旅南京，犹如恍然一梦，我感觉到自己不是与一个城市在对话，而是在与历史对话。因为他承载的真是太多太多，岂是一句六朝古都可以概括。尘世翻转，岁月一如奔流而过的长河。我这朵小浪花幸而泊于此间，得以与你相遇。此刻，只好说一句：再会，南京。

（文／董占山）

大海，再见

第一次看到大海的时候还是个孩子。海，在我的记忆中已经很模糊。在我十八岁的这一年，终于第二次来看海。

　　住在北戴河一家邻海的旅馆，打开房间里的窗子便可以看见对面的大海。碧蓝色的天空和碧蓝色的海，连成一个面。海鸥在海面上优美地掠过，金色的沙滩环抱海洋，沙粒在阳光下闪着光。

　　我已经迫不及待要奔向大海了。

　　光着脚踩在柔软的沙滩上走向海边。五月份的海水还有些凉，雪白的浪花一层一层地涌上脚背，又轻轻退去。海风有微微腥咸的味道，午后的阳光慵懒温柔，我坐在沙滩上，想把这柔和的时光揉搓成掌心的一把细沙。远远望去，天空湛蓝无云，与大海在地平线处相接，一盏灯塔矗立在海面上，看似孤独无依，却有几只海鸟围绕着它盘旋歌唱，仿佛在赞颂它经年累月为人送去浩瀚海洋上的一点亮光。海，就是这样在平静的表面下孕育着涌动的力量。它像一场蓝色的盛大的梦，盛放着看海人内心的欢愉、忧伤和迷恋。

　　第二天一大清早，我便来到了沙滩上。突然想起小时候，有天晚上说了句梦话"我想做海边捡贝壳的那个人"，而现在我就站在沙滩，成为了那个捡贝壳的人。我认真地挑拣着，有的颜色漂亮却是残缺的一块，有的虽然完整却有珊瑚虫的痕迹。要找到一块完美的贝壳不是件容易的事，仿佛也是凭着一种缘分，才能与它相遇。在近海的沙滩上会有小洞，用铲子慢慢向下挖，就能发现一只只浑身剔透的小皮皮虾。太阳在海平面上渐渐升起，一束束阳光像碎金般洒进海水。我望着湛蓝的大海，在心里默默对它说一声"早安"。

　　我常常会羡慕那些在海边长大的孩子，因为他们的童年里总有一幅碧海蓝天的图景，可以像小英雄一样乘着渔船出海，可以用沙子构筑心中的城堡，可以写下自己的心事扔进大海。或许大海是前世中的家乡，所以我从小便有深深的恋海情结。

　　相聚分离，就像潮起潮落。终是要和大海说再见，但这一次的重逢，已经足够让我在城市的水泥森林中久久回味那一片无边的湛蓝……

（文 / 柚子）

兰州到老

从我出生到现在，我没有和兰州产生过半点关系，我甚至没有踏上过兰州的土地。最早关于兰州最早的印象，来自家乡的一句俗语：半夜起来走兰州，天亮还在锅前头。形容人行动很磨蹭。除此之外，没有别的印象。而现在也仿佛一语成谶，一直在锅前头没有动过。

开始记挂兰州，开始于低苦艾的《兰州兰州》，开头的脚步声和断断续续的歌声让我想起大年夜的后半夜的家乡，哥们弟兄几个陪家人吃过了年夜饭，就拎着几瓶白酒，扛着半搧子羊，走在黑黢黢又白皑皑的夜里，向其中一个的家里奔去，一夜酒，一夜肉，一夜胡话，这一夜就这么过去了，赶早一碗热乎的牛肉面醒个酒，留那个倒霉鬼在家里收拾残局。

口琴的声音响起，沉睡在我脑中的乡愁被一触即发，不可收拾，风通常刮的干脆有劲，把乡愁一路向西刮过贺兰山冲到天山脚下。生我养我的新疆，素未谋面的兰州也成了我的精神发源地，故不止一次热泪盈眶，如同思念一个从未见过的爱人。兰州并无特别，只是这座城市的风与尘击中了我，我在我的想象里爱你，大河之上，此心可鉴。

兰州不会说话。但向东流淌的黄河会，醒酒顶饱的牛肉面会，虔诚的回回也会。

"西北偏北，羊马很黑，你饮酒落泪，把兰州喝醉"

兰州，总是在清晨里出走兰州，夜晚温暖的醉酒兰州，淌不完的黄河水向东流兰州，路的尽头是海的入口！

（文／王丰）

舜禹帝都寻访录

早在60年代上初中时就知道，黄河南下向东的大拐角处的晋南地区，是中华文明的摇篮，但头脑里只是空空的概念，除了文学和影视作品中的三皇五帝形象外，没有一点儿实质性的东西，心想，要是有机会到那儿走一走、看一看该多好！

终于，机会来了。今年2月14日，我终于从北京坐上了南下的列车，到达了位于黄河大拐角处的运城市。

下榻后，启窗南望，一座威严高耸的山脉呈现在我的面前。问宾馆服务员，说此山名叫中条山。

一听到中条山的名字，热血顿时沸腾起来：它东西绵延数百里，是黄河大拐角处的一座天然屏障——抗日战争时期知名的中条山战役就发生在这里。

当时的国民党军千方百计地想保护这个战略要地和中华文明的摇篮。为此，他们调集了十八万人马严防死守，但由于国民党军在装备上远远落后于日寇，而且人心不齐，各部队之间几乎没有协同作战的能力，血战十余天之后，在损失八万将士的情况下宣告防御失败。但日寇虽然占领了中条山，也丢下了八千具尸体。

期间，中国军人英勇事迹感天地、动山河。老百姓们永远不会忘记，有一支以青年学生为主体的部队，三千人打得只剩下八百多人。在弹尽粮绝的情况下，不愿意投降，一起跳进了风陵渡和大禹渡之间滚滚东去的黄河。他们以另一种形式，和中华文明永存！

按照事先的设想，第二天就去舜帝建都的蒲坂（唐宋后改名为蒲州）寻访，考虑到今年是抗日战争胜利70周年，因此，我决定不走坦途，而是选择翻越中条山，再去做穿越时空的遐想。

刚到位于中条山北路的解州，就看到了全球最大的关帝庙。拜谒者人山人海、络绎不绝。

解州长平村是关云长的出生地，看看路边的男子汉，仿佛个个都是关云长，这使我突然明白：为什么中华儿女在敌人面前个个都能气贯长虹，原来是数千年的积淀，血肉成钢！离开解州，开始驱车翻山，其道路之险峻，堪比六七十年代的南岳和井冈山。一会儿上，一会儿下；一会儿拐弯，一会儿爬坡；均在千丈峭壁上前行，令我望而生畏、胆战心惊。

不过，路边的山坡上也有一些苍松翠柏，为我驱走了不少恐惧。我顿时觉得这些苍松翠柏都是七十年前的抗日英烈演变而成。他们用自己挺拔的身躯保护着我呢！

毕竟70多年过去了，在山峰与沟谷之前穿梭了很久，也没有看到一点战争的遗迹，但沟沟谷谷中呼啸的山风，却使我觉得当年的搏杀声从未散去。

翻过了中条山，很快就来到舜帝建都之地蒲坂。汉唐以前的城池早就没有了，更无尧舜时代的遗址，就连那座元宋时代的蒲州古城也被黄河激流冲垮。西门尚存，但三分之一已埋在泥沙之下。

古蒲坂，现属运城市永济市蒲州镇。镇东南的峨眉垣上，千年古刹普救寺经过修缮后十分壮丽。因该寺是《西厢记》里的故事发生地，所以游客众多，香火旺盛。特别是一些青年男女，都想来看一看崔莺莺母女和红娘所住的"梨花苑"，以及张生和崔莺莺私订终身的"望月台"。

望月台位于普救寺后方，台下还有一座颇大的后花园，其间的亭台楼阁、长廊河池十分美丽。站在望月台极目西望，只见天宽地阔、黄河似带，有名的鹳雀楼就耸立在黄河边。

鹳雀楼始建于1300余年前，它本是一座普通的观景楼，后因大唐才子王之涣的一首"白日依山尽，黄河入海流。欲穷千里目，更上一层楼"而名扬天下，一下子与黄鹤楼、岳阳楼、滕王阁齐名，成为天下四大名楼。

想到这，我们立即离开普救寺，往鹳雀楼赶去。当时已是下午5点，已到了斜阳西下的时刻。登楼后，觉得眼前的景色正与诗中描绘的相合，不由抒发了一番感慨。

第三天，离开古魏国的都城向东走，就到了运城市南边的盐湖。相传此湖开创了中华先民用盐的历史，我国历史上第一次部族之间的战争——黄帝和蚩尤开战，就是为了争夺盐湖而引起的。

在运城开埠之前，盐湖旁边没有城市，只有一个盐业工人居住的村子，名叫卤村。清末以后,规模才慢慢变大。解放后在此建立了以盐为生产原料的化工厂,卤村才慢慢扩大,由村变成镇,由镇变成市。改革开放后,运城才一跃成为地级市。

运城的东北角有一个名叫安邑的小镇。此镇虽小,却历史悠久。因为这儿是禹的发祥地。

史载尧建都于平阳,后因水患,禹改堵为疏,初见成效,舜就将帝位让给了禹。

禹勇敢地担起了民族振兴的重担,将都城迁至蒲坂以东的安邑,并在今安徽怀远县境内的涂山召集天下诸侯商讨进一步治水的策略。

通过协商,各路诸侯一致认为:天下之大,根治水患、安居乐业,不是哪一个部族能做到的,必须团结起来共同努力,才能实现这些美好的愿望。于是,中华历史上第一个国家性质的团体诞生了,并命名为夏。这样一来,安邑就成了夏都。

如今到安邑去,已找不到夏朝的遗迹了。那儿有不知道是哪个朝代所建的城墙,如今也只有东门、西门、南门和北门的地名,有几处尚有城墙废弃后留下的土丘。走遍了大街小巷,也没有人能告诉你那城墙根的土丘到底是哪个朝代留下的。不过,有一点是可以肯定的,这就是华夏民族的根脉之一!

(文／六海)

恬淡的阳明

细雨打在衣襟,散落的是一阵空灵。闲花误落人世,散落的是几许恬淡。依窗东望,不见丝雨绵绵;漫步小道,不闻花落红尘。只愿在这自然,一醉恬淡。

初到阳明,我便被从身边飘过的浮云平抚了喧闹的灵魂。浮云就像一团素白的丝绸,安静而又缓慢地飘荡着。我不由得想起了明朝的王阳明,听说这座山就是以他的名字命名的。因此,这里在我的潜意识中就笼上了一层心学的悠久恬静的色彩。

　　登上几层石阶，眼前的车辆繁杂如风吹云散，一瞬就变为如天空般辽阔的连绵的山丘。一条羊肠古道蜿蜒曲折，延展到了远方，和那天地一线化为缥缈。古道两旁是无尽的原野，碧草萋萋，牛马轻啼，云朵从身边掠过，如烟如雾，如梦如幻。抬头仰望，更高的空中积着一层灰色的羊毛，光线时而透过其中，洒在地上，溅起一圈碧色的涟漪；时而被其遮住，寻不到源头。斑斑驳驳，好似万华镜一般绚烂。在这样的景色中，人们都如同我一样，被恬静所感染，被恬淡所洗涤，褪去了繁忙吵闹的华服，静静地享受这自然的福音。

　　惠风和畅，如薄荷般冰凉，带着细雨的嬉笑轻抚过我的身体，不一会便雨打衣衫，沙沙不绝。雨大了，可却没有一个人往回折返，好像都在静静地感受着什么。

　　细雨湿衣看不见，闲花落地听无声。并非雨湿了衣襟却不觉，并非花落了一地却不知。只是恬淡的心境染了一片风光，不愿被打扰罢了。因为这一刻是安逸的，是醉在自然之中的。心与自然相合，人与天地相通。

　　这也许就是庄周所谓的大自在的境界吧；这也许就是陶渊明所爱的田园的恬淡之景吧；这也许就是醉翁醉山水的安逸之趣吧。哪怕被贬他处，也仍乐于山水的恬淡。他们不仅爱山爱水，更爱那山水中的大和谐、大自在。

　　顿时心中豁然，在美好之中追求美好，在恬淡之中品味悠长，这就是人的本性吧。

　　可能是因为沉浸于山水的缘故，直到晚霞攀顶，绯红满天，我才察觉该回去了。天空很美，夕阳斜斜地投射下一抹余晖，把影子拉的长长的，显得有些沉重。山也禁不住了，只好把那红日慢慢地放了下来，渐渐消失在山的尽头，只留下一点残光还烧着轻云。

　　我不愿归去，因为比起这里，都市的喧闹显得那么不可理喻。细雨湿衣看不见，闲花落地听无声的恬淡，只有在这阳明山，在自然之中才能体会。人与自然的和谐，是一种境界，更是人生的感悟，是生命的意义。没有与自然合一，你永远不会知道恬淡的境界究竟有多美。

（文／陆非凡）

四月大连

　　大连的海，是北方的海，迷人之处，在于它的深厚，在于它的睡眼惺忪。四月的海，是一个童话，记载着海水深深的爱，以及浪花浅浅的忧伤。四月的大连，偶尔会大雨倾盆，刹那间的肆意，宣泄着整个城市的欲望。正午的阳光烂漫地照耀着海，变幻着无穷无尽的色彩。留下空白的位置，让挟带着情绪的云朵都驻扎进来。海鸥恣意地穿行，看你们怎样去装点这片空蒙的天空，我站在高处把你们的姿态尽收眼底。听，贝壳在讲一个关于四月的童话。海风轻吻，吹开埋藏了一个严冬的心事，三月的容颜不老，四月的等待尤在。贝壳告诉每一朵浪花，洁白地开放，开出一个白色的海洋，开出一个繁花似锦的海滩，终会开出一个四月的童话。三月就怀揣了整个世界的期盼，比如春风、花海、纸鸢、浪花都是我去看你的理由。四月伊始我就在火车上睡去，看着奔跑的时间。没有一朵浪花，留住它的季节。我即刻起身去看你，乐此不疲地追寻这些终究要来到的失去。涨潮的时候，我的眼里住满了浪花，我始终不知道自己是在追逐彼岸，还是在固守一方。无月的夜，我在海边静守。这不经意之间的回望，让目光走过那扇窗。那些灯光，照不亮一个没有你的海，我的太阳和月亮。春眠不醒。我在海边画一个你，还画一个我。但不可否认的是，我已无法找回。我已被蔚蓝淹没，我已被岁月淹没。梦在浪花千层处溅逝，只剩下你静静地守候这片海。我穿过山水相连的清晨，只为再看一次你。有轻风在沙滩上兀自行走，一次次改写海的心情。转身的离去，是大海容纳了所有的不幸与沉重。灵魂永远住在梦想的天堂，天堂永远在海的那一边。只要你在彼岸，就请允许我尘埃落定。有位伊人在水一方，是美的，是美的。

（文／伤卡）

歌者追梦

数风流人物，还看今朝

90后——一个充满争议的话题。人们把"非主流"、"异类"等词都用于90后的身上，评价90后这个整体。人们眼中的这些异类只是太过于张扬自己，但不能否定90后将会是未来世界的主人。

罗素说过："我们是怎样谈论人的？会不会像天文学家看到的那样只是一点尘埃，无依无靠地在一颗不重要的恒星上蠕动？或像化学家所说的是巧妙地摆弄在一起的一堆化学品？或是像哈默雷特眼里看到的那样，人在理智上是高贵的，在才能上是无限的？或者是兼有以上的一切？"认真思考一下我们是如何看待自己的生命，是世界的一粒尘埃，在离开前等待死去？是一堆化学品，不断地吃各种食物和药物来维系自己的循环？是一段数据，必须用工资和分数才能证明自己比别人强大？还是一个高贵的、即使落入谷底，也拥有无限可能的人？我们是时候该给自己一个定位了。

相信所有的定理对于我们来说都是悖论；所有的羁绊都是基石；所有的挑战都是机会。当所有人质疑90后的时候，傅然出现了。

傅然结束了高一的学习后，高考的逼近让傅然感到了前所未有的压力，与其按部就班地遵循传统的成长守则，不如提前创业。退学后，傅然全心投入到网站的建设中，于是"复燃学生网"诞生了，为学生提供各项娱乐服务。网站开张仅15天，就有了40位注册用户。在巧合之下，傅然遇见了一位香港商人，商人决定出资请傅然做一个视频学习网站，并邀傅然入股。傅然决定要创立属于自己的公司，"我有满腔热血和干劲，不会觉得苦和累。我要拥有属于自己的宝贵财富和快乐生活！"

90后的我们同样有着属于自己的梦想，就算过程再艰辛也要走下去，请别一贯地给予批判与否定。莫欺少年穷，他日，我们长大，将在你们的眼里变得才华横溢，在工作岗位上逐渐代替60、70年代的老辈人，在未来某一领域，做出成就、做出创新。而我们也不会忘记我们这一代是背负着多少怀疑而成长起来的，因此我们更加成熟和坚定，但同时也会感谢那些当初看轻90后的人们，因为成功需要弯下张狂的腰。

（文／碧落）

我们这一代

80后，执着的一代，坚持的一代，淳朴的一代，无畏的一代。

90后，阳光的一代，自我的一代，创新的一代，疯狂的一代。

几年前80后一直被怀疑、抨击，但是他们让社会承认了自己，用实际行动向社会证明了自己。如今这个命运落到了90后的肩膀上。

前些日子一个同学参加了清华校庆关于校友返校接待的志愿工作，我也跟着去凑凑热闹。看着那些步履蹒跚的老人，他们为祖国做出了那么多贡献，从建国之初的故步自封到如今的丰硕成果，都是这一辈一辈的人们奋斗出来的。发丝早已花白的他们在自己院系的门前进行毕业后六十年的合影，场面非常感人。或许其中有些人已经不在了，但他们对社会的贡献不会消失。

胡锦涛讲话说，大家要奋斗！奋斗！再奋斗！国际上的建设将要落在90后一代的肩膀上，我们要学习科学知识，不断提升自己的自身综合素质来回报这个社会。如今我们正在经历一场思想变革，所以我们的自强至关重要。

有些90后仍然沉迷于电脑游戏，厌学甚至逃学或沉迷于灯红酒绿之中，这或许是他们的生活方式，但是为什么不关掉电脑，停下脚步，放下酒杯来认真地想一想我们所有的努力到底是为了什么？所有的这些不健康的生活方式都模糊了你应有的价值。我们要做的是珍惜现在，发展自我。如果不自醒的话，那么就体现不出自己原有的价值。

我不想说90后怎样的优缺点，因为我也是一名90后。总感觉时代变了，或许是因为自己进入了新的社会群体。我们对未来迷茫，也不知道自己学的知识到底有何作用，但是社会绝对不愿意失去一个高素质的人才。我们现在想的，不应该是怎样回击社会的怀疑，而是认真想一想我们到底应该怎么做。我在每天的学习生活中都在想这个问题，希望你能和我一起想，也希望你能讲给我听。

80后为90后创出了新时代的天空，90后要怎样和80后一起建设这个社会？我想答案就在你的手中，因为你是独一无二的天才90后。

（文 / 木浅塘）

关于现在关于未来

在樱花飞扬的六月带着惆怅与不舍挥别了毕业的学长、学姐，转眼间，又在激情洋溢的九月迎来了新一届的学弟、学妹。他们带着对大学的向往与热情，带着些许期待与忐忑来到这里。

在大学，你可以憧憬这样的美好：在图书馆享受一天的阅读时光，手捧书卷，伴随着周围轻轻的翻书声和沙沙的落笔声，任柔和的阳光洒在身上，让内心无比的沉静与安详；你可以享受这样的乐趣：在天然足球草坪约上一群好友踢场球赛，在运动中增进了解，让感情更加深厚；你可以收获这样的喜悦：在各种硝烟弥漫的社团大战中、在各种技能大比拼、学术讲座、体育竞赛、校园文化节中，充分发挥自己的才能，懂得合作，享受成功，成为校园里的风云人物。同样，你也可以在安静宽敞的自习室里潜心学习不被打扰，在夕阳的余晖下牵着她（他）的手漫步在秋实园，你还可以成为校外美食店的常客，抑或是北京的旅游专家。总之，在大学你可以畅快的享受自由的气息。

"关于未来，你总有周密的安排，然而剧情却总是被现实篡改。关于现在，你总是很彷徨又无奈，任凭岁月黯然而憔悴地离开。"这句话唱出了无数人的心声，而你们，亲爱的学弟学妹们，从现在开始，在新的征途上努力拼搏吧，活出精彩，活出骄傲。不要让歌里的讲述成为现实，更不要让未来的你，为现在的自己遗憾和叹息。

（文 / 安翼辰）

机遇留给准备者

君子藏器于身，待时而动。 ——《周易》

时运每每就像股市，你若持股稍作停留，股价说不定就会下跌；但它有时又像千年流传的画卷，开初以整套索价，然后烧掉了半面画轴，但索价依然如此。因为时机恰如《三国志》中所言：圣人不能为时，时至亦不可失也。故凡事能够把握发轫之机无疑是大智。

然此大智之人，世之英雄，俊杰可谓之者，鲜也。

秦末楚汉，霸王"力拔山兮气盖世"，却于鸿门宴上错良机。世或言："此乃英雄也"，余不以为然。既若此，霸王攻入咸阳，火烧阿房之际，兵甲且壮，所向披靡之时，是否想到刘邦小儿也有帝王之心？即封霸王，沾沾自喜。或有人言："刘邦，小人也。"然首破咸阳，退守汉中，惧楚之威，出迎霸王，唯唯诺诺，笑脸盈盈，言不由衷，亲如兄弟。此正是等待时机之相。至期年后，楚汉征战，刘邦败至山裕，藏身洞中。及至楚兵退后，整顿军务，提携将才，瓦解项羽，善用良帅。围项羽于垓下，虞姬自缢，楚军败走乌江，及至全军覆灭，霸王自刎。何言英雄竟败于小人之手？此天时也。刘邦或为小人，然审时度势，准备精良，以退代攻，不骄不躁。此小人亦或称为俊杰也。

若论英雄，不可不说三国。曹、刘一壶酒，道出多少英雄时。然最终三分天下。三家开国帝王不可不谓之英雄：曹操独占天时，孙权所控地利，而刘备自享人和。纷纷扰扰，烽火连天。最终坐享其成却为外姓之司马家族。不得不说是历史给三家开了一个天大的玩笑。回顾过来，却也不然，司马家不乏野心勃勃而又治国有术之人。司马懿对战孔明之际，独占魏国军权，及弃权之后进驻朝野。也曾装病于床，引得魏主掉以轻心。及至其子司马昭之后，独掌朝野军政，以致其心，路人皆知。由此可见，司马篡权，并非偶然，在准备充足，历史的年轮又转到重合的那一刻时，只需要一个行动。在这个英雄辈出的年代，终只有万事皆备，以待时机者笑到了最后。

以上列出了两个历史的天空下照耀着的一些人，他们生活在五湖英雄辈出、四方俊杰相会的年代。其中只有少数人屹立到了最后，而这类人统一的特征都是在时机出现之前运用了大量的时间去做准备。时刻警惕，藏器于身、以待时机。此刻时机就好似阿房宫的火，抑或是赤壁上的风。分别预示了某些人的胜利。

机遇总是留给正在做准备的人们。在时机到来的时候，要兵贵神速，雷厉风行。因为事情一旦付诸实施，保密之最佳手段就是以迅雷不及掩耳之势行动，犹如出膛的子弹，其追风逐月之速目力所不及也。

（文／杨萌）

流年

"梦想这东西和经典一样，永远不会因为时间而褪色，反而更显珍贵"。电影《老男孩》最后在屏幕上留下来这样一行字，让人们流下了为青春唏嘘的泪水。时光易逝，光阴荏苒。

还记得风中奔跑的白衣少年，那些飘荡在风里的歌，那些融化在歌中的梦；还记得安静的教室，那个夏日的午后，那写在课桌上歪歪扭扭的铅字，那些横贯了我们整个青春的梦想……只是流光容易把人抛，红了樱桃，绿了芭蕉，我们已不再是那个不谙世事的孩子。记得《十年》这首歌是在2003年首发的，那时听这首歌，只是单纯地喜欢旋律，而今却对那歌词有了更深的领悟。尽管我们每个人都会乐观，也会心境平和，但每个人都有寂寞无处控诉的时候，于是借着一首歌来恰如其分地表达。我们反反复复地听，伴着它的旋律，思索着它的歌词，回忆着过往的一切，一遍遍地沉浸其中。

情感是最容易打动人的，意境却最容易打动情感。十年有多久呢，前段时间看了《忠犬八公》这部电影，讲的是一只狗为了等它已经死去的主人归来，在车站等候，这一等就是十年。无论风霜雨雪，酷暑严寒，直到它老去、死去……这给我无尽的启发，原来十年并没有想象中的那么长，那么遥不可及。时间会在我们不知不觉中慢慢地、轻轻地划过脸颊，留下皱纹和苍白……"青春如同奔流的江河，一去还来不及道别"，我们把年少时梦想的种子，嵌入心底，经历时间的洗礼，终于在某个温暖的早晨，在心底开出一朵粉莲。

不要等到枯萎，才感叹未曾绽放。

（文／王静）

那些年，青春绽放

我静静地倚在故事的墙角，看着她们携手走过流年的浮夸，走过约定的咫尺天涯。

记忆中的初春，她们戴着耳机，哼唱着熟悉的旋律，诉说着对美丽的向往。并肩走过刚刚泛青的林荫道，一起背诵晦涩乏味的政史经文，一起解答枯燥难懂的代数几何。五彩的音符幻化成黑板上的一道道排列组合，游动的音律零落成桌椅间的一次次嬉笑怒骂。她们的歌声揭开了三月的春闺，绽放了青春的异彩纷呈。

在烈日烘烤下的盛夏裙摆，操场上一双双干净的白色球鞋，一幕幕追梦奔跑的过往，掺杂着汗水和泪水的橡胶跑道，汇成她们心中坚定不变的路。在这里，有她们各执己见的争吵，有考试失利后的心酸挫折，有感情失意后的苦痛挣扎。那一声声加油、一句句鼓舞、一次次欢呼，证明了姐妹之情的一路随行，不离不弃，无怨无悔。

西风中的秋之马尾，扎起她们对年轻的炫耀，对旅行的偏爱，更是一份对生活的期待与展望。看见她们搭公交去远郊探险，旅程中诠释着姐妹情深；听得见她们在闹市中讨价还价，并肩作战中显露出古灵精怪；闻得见她们流连的小吃散发阵阵香气，共同分享中尝遍人生的苦辣酸甜。游山玩水间邂逅选择的路口，谈天说地中抒发姐妹珍重，友谊之花洒遍世界，友谊之酒愈见醇香。

飘雪中的冬日，拂过她们羞赧的脸颊，雪地里的一字一划留下她们对青春的留恋与牵挂。毕业季的不舍写在她们的脸上，一份份同学录上的小小祝愿，一张张合影留念的淡淡忧伤。再次携手走过那个曾经躲过雨的屋檐，走过街角的那家珍珠奶茶店。一点一滴，渲染些许感慨与领悟。什么是美丽，她们从知道到懂得。

在这分别的路口，我微笑看着她们随时光远走，相互的陪伴，温暖了整个孤单的季节。梦想的喜悦，是她们青春的所有纪念。

（文 / 董占山）

没有岁月可回头

时光老人总是对我们吝啬至极，常常是在不经意间，时间就已经从我们的指缝中悄悄溜走。有太多的时候，我们一直向前走，不管是踏踏实实地看着脚下不平坦的路，还是嬉闹着不曾考虑挫折和困难。但我们并非没有意识到，岁月不可回头。

临近期末，我的感慨颇多。时光片段像数不清的肥皂泡泡，吹到眼前，不等伸出手便破掉了，在空气里弥漫开一点的小时光。寝室里的小打小闹，教室里的热烈谈话，搞活动时忙得热火朝天，熄灯后聊的精神亢奋，还有考试前的临时抱佛脚的场景。可是，直到泡泡全部打破，依旧没有我们认真学习的模样。大学的一年实在是过得太快了，如白驹过隙，容不得我们荒废，蹉跎一时，便度过了一年的时光。

最近许多学姐学长都在忙着备战四、六级英语考试，不时也能在网络主页上看到他们更新的状态，大多是一些对期末和考试的忐忑和担心，后悔自己复习的太晚，或者复习的不够全面。而印象最深的，却是一个学姐在自己的主页上写的"时光并不等我，我的岁月没法回头"。不得不承认，我们并没有像高考前那般努力了，没有彻夜的苦读，没有一个明确的目标，低着头认真地走在脚下的路。我们肆意挥霍着十几岁青春的尾巴上的时光，以为这样的青春足够我们浪费和蹉跎。

一转眼，又是一年六月，当天气渐渐转热后，太阳在万里无云的日子里嚣张地刺人眼睛，风扇呼呼地转个不停的时候，又有一群学子踏上了高考路，如同千军万马奔赴战火硝烟的前线，有畏惧，也有忐忑，但是心中有梦想，也有希望。那时十八岁是给自己最好的礼物，可是现在，我们的梦想到哪里去了？好好学习专业课的人被大家看作奇葩，在电脑上熬夜备战打怪兽的人被称为霸主。一切都像是黑白颠倒，我们早已背离了最初的梦想轨道。其实回头看看，青春实在短得可怜。匆匆而过，岁月便不再给你回头的机会。

岁月容易把人抛，须臾而过，便"红了樱桃，绿了芭蕉"。在一切都慢慢成熟的时候，我们还幼稚着，还是最初的模样。其实，我们都怀念那个曾经有希冀、有梦想的自己。

珍惜我们十几、二十几岁的日子，总有一天，在你青春不在的时候，你会明白没有岁月可回头，总有一天，你会感谢曾经那个拼命努力的自己。

（文／孙悦）

青春正当时

当年少的时候，我们张望青春；当年老的时候，我们追忆青春。而当青春正当时，我们又没有去拥有、品味青春。

青春只有一次。于你，是青涩的年纪，是蓝天、是白云，是弥漫着恋爱的花季；是活力、是激情，是充斥着竞争的天地。于我，青春是淡然、是忙碌、是追赶、是超越、是放纵、是成长，是每一个与青春有关的字眼。

而她又不仅仅是字眼，她是活生生的年华。

若要让这如花的年华多彩，就要学会放弃、学会争取、学会接受、学会尊重、学会享受，学会很多青春教与你的东西。

放弃，放弃无谓的纷争。好多人把青春浪费在追逐名利上，浪费在与人争辩、与事争辩、与社会争辩上，这"最佳辩手"的称号，哪怕争得，又有何意义？最后终是孤其一生，白白辜负了青春。

争取，争取梦想着的境地。如果说放弃会让青春变得轻松，那么争取会让青春更有品质。只有争取，才知道能力几何；只有争取，才能品味成功滋味。争你所争，趁青春之时。

接受，接受青春的赋予。有人说青春是人生最浮躁的年华，芝麻小事也值得嚎叫、值得悲戚。与其大喜大悲，不如让青春沉淀，接受青春的赠与。

尊重，尊重青春的所见所闻。青年人，时常把自己看得太重而忽略了花的芬芳、鸟鸣的清脆、溪流的清澈和空气的清新。不，这不是青春，是落寞的开始，注定驶向沟渠。

享受，享受青春的酸甜苦辣。青春是如此的起伏；起时你喜，伏时你悲。而人生之不如意十有八九，那么多的青春由悲伤代替。青春，又何谓青春？

还有太多的青春都无法去描述。对于不同的人，青春是不同的体验，是一种感悟，是一段怀念的资本，是一段陈旧的历史。

作为年华，再长终有尽头，唯有将青春过得辽阔无边；作为记忆，再细终有遗漏，唯有将青春把握在当下。

去爱吧，趁激情满怀；去看世界吧，趁活力依旧。去狂奔，去呐喊；去歌唱，去舞蹈；去怅然，去愤慨；去嬉笑，去追逐；去笑、去跑、去跳，去做一切与青春有关的事情。趁青春正当时……

（文／止水）

最俗气的梦想

大三以后，宿舍又兴起回忆"高中峥嵘岁月"的风潮，不可避免地谈到了"曾经的梦想"。谈梦想已经不是很俗套的事，被小孩儿叫作"阿姨"的我们，开始把关于梦想的一切都收了起来。

我们不谈梦想，因为梦想太飘忽，太脆弱。它几乎成了每个人的弱点，被裹到心里藏起来。藏得太久，再拿出来举到光下看，就只是一场恍惚的梦了。

有时候我会说起梦想，用各种形容词来反复描摹它。被攻击过，也挫败过。原以为只要有信念就万事大吉，但在追逐的过程中，会发现自身的局限和种种不公，发现世界对我的梦想并没有偏爱。

有时候也会反问自己，就算实现了梦想又如何？可我们不谈梦想，未必是懦弱，而是认为它类似珍珠，不能总在手里把玩，否则会被腐蚀而失去圣洁。如果你想说"我有一个梦"，要知道最好的宣告方式最终还是用行动实现的。

谈梦想俗套，是因为太多人只是在描绘美景，而实现的人寥寥无几。年少无知才勇敢、浪漫，能凭空想象一个乌托邦，并且宣誓效忠。但比浪漫更难得的是，在走出自我的小世界后，仍有个好的梦想能让你死心塌地。

恰好就是在梦想出现裂痕的时候，我发现了它的意义：它并不算残酷，但绝不是童话。同时也看清自己，我是自己的主宰，但不是上帝的宠儿。当你接受自己也接受事实，同时为了梦想决心改变之后，你会明白梦想是你的根——一切成长来自于它。

梦想是不现实的，它只会教我思考人生的意义。思考人生也是俗气的，但却是勇敢的。当反复着前人的道路，躲避责任时，你也该想一想"俗气"的梦想。

当然，如果你相信前人，你也可以参考英雄的梦想，每个都是俗套而天真的，但当他们实现梦想后，没人敢嘲笑他们，俗套的梦想就变成了不可思议的奇迹。

不必说你的梦想是什么，当别人看你的时候，都明白你在为什么而努力。俗气的梦想或许才是最真实的。

（文 / 李佳玉）

那年的梦，他乡的你

或许你曾经怀揣着梦想，在高考这场拉锯战中得以生存下来，而此刻的你在踏上这片土地的时候充满了喜悦与满足；或许你对握在手中的结果并不满意，你曾努力着去实现梦想却没能拉近与梦想的距离，你茫然地来到这里，对未知的生活充满了恐惧与迷惘。

当踏入大学这道大门的时候，无论你拥有着何种心情，也请将它沉淀。

倘若你意气风发、踌躇满志，请收敛下骄傲的神色；倘若你心有不甘、抱憾而来，请一扫眼前的落寞。不管以前你何等受人瞩目，也不管你是否渺小到尘埃里，曾经的种种已是回忆，不要太过沉湎太过介怀，在这个起点把过去抛开，写意新的生活。

也许你刚来到这个陌生的城市找不到一丝的归属感，也许你离家数日想念亲友寝食不安，也许你忙着学习忙着社团忙得焦头烂额，也许你浑浑噩噩找不到未来的方向，可是，不要忽视心底的那束光，不要将心中的梦想埋没掉，因为没有到不了的明天。

不要将时间浪费在自怨自艾和悲天悯人上，不要让网络填塞你生活的全部，不要把自己当成一个过客，哪怕你独自在他乡，经过时间的流逝，你会慢慢融入这里，你的情感也会在这里生根发芽。想干成一件事就努力去做，喜欢一个人就勇敢地去追，我们可以犯错，但要成长。

"当我走在这里的每一条街道，我的心似乎从来都不能平静。除了发动机的轰鸣和电气之音，我似乎听到了他烛骨般的心跳……"你要相信，你的信念与坚持终将会成为你在他乡的强大支撑力，你的果敢与勇气终将会让你有令自己满意的成就。

（文／熊璟慧妮）

我的梦，中国梦

我是个二十岁的姑娘，其貌不扬却乐观开朗，鼻梁上架着厚厚的镜片。这镜片是让我看清这世界的窗口，我的青春就是由它和我一同度过。它让我看到了许多美好，也见证了我为梦想努力的青春。

一天，等车时，我从"窗口"里模糊看到对面的站牌上赫然写着日月两个字并告诉朋友，她却很疑惑地看着我，再仔细一瞧是青春，这才恍然明白青春二字，蒙去上部，剩下日月，日月为明。青春象征着光明，是生命中最绚烂的风景；青春却又像流星，一纵即逝。没有欢笑的青春不完整，没有泪水的青春是残缺的，没有梦想的青春，更是带有遗憾的。希望我们都不要遗憾终生。

2011我带着我的青春，我的梦想——我的大学梦，走进了这座人人向往的象牙塔，在塔里我们每一个人的身上似乎都萦绕着梦想的光环，每向上登一层，我们就会离梦想更近一步，人人都想看看塔顶的美好风景。其实青春就是这样，可以让我们无数次地跌倒，只要有勇气爬起来，你就会是新的勇士。

这一年，我向自己宣战了。

第一战：打倒原有的自己

原来的我害怕站在台上面对着一双双眼睛，害怕他们看出我的害怕，身体完全不受控制地发抖着，话也说不清。但这一次我努力压制住自己的胆怯与懦弱，努力地展现自己最好的一面。虽失败、伤心过，却也成长了，一次的失败又怎样，至少我不是逃兵，至少我有失败的勇气。不是都说失败是成功之母吗？成为"长辈"的我应该更有能力去驯服"成功"这顽皮的孩子。

回想我们的祖国不也是在打倒原有的自己，才重新塑造了一个强大的中国，一个伫立于世界前端的中国吗？1912年，辛亥革命推翻了清政府的统治，结束了中国两千多年的封建君主专制制度。正是这一勇气让中国从原有的封建落后中摆脱出来，也正是这一勇气让我更有信心将自己的战斗进行到底！相信中国强大的梦也能继承到我的身上，让我更加强大。

第二战：重新塑造不一样的你

进入了陌生的环境，我也要用陌生的自己，来迎接每一人，每一件事。

在经过了重重考核后，我在大二成为了新闻出版学院分团委社团部的部长。我全力组织活动，积极向上，结识了许多不一样的朋友。我开朗热情地微笑，将自己过去的懦弱、胆怯统统都收进盒子里。这个盒子里只有坏事儿的性格，我要将它尘封，变为历史。

经过十年的努力筹备，1921年中国重新塑造了自己，中国共产党出现了！人民有了民主意识，懂得了维护自己的权益。1921年7月23日，中国共产党第一次全国代表大会在上海举行。这一次会议的成功举行，奠定了中国共产党对中国革命事业的领导。共产党让中国不一样了，让我们的祖国变得繁荣富强。相信我也可以同中国一样在失败中磨砺，在成功中前行，在新闻出版学院分团委社团部工作的挫折与成功让我有了更强的斗志。

第三战：张弛有度，稳当前行

2013年9月，已经升为大三的我，逐渐有了自己的人生规划与目标。懂得舍弃，懂得张弛有度地控制自己的生活了。我没有继续参加分团委的竞选，我知道上到三年级学习变得更加重要。我在认真干好学生党支部工作的同时，抽出更多的时间学习，开阔眼界，进一步地提升自己。同时，我看到自己的努力有了回报，我即将从预备党员转正为正式党员。我也获得了学校奖学金，虽不是很高，却让我知道了有付出就会有回报，我开始坚定自己的信念，过去那个懦弱、胆怯的我也不再回来了。

2012年，党召开了十八大，回想过去的成长与改变，是党塑造了一个全新的中国。2005年的神舟五号载人飞行，2008年的奥运会和2010年的世博会的成功举办……这些事件都见证了中国的努力。十八大召开后，中国将继续平稳前行，中国梦将继续造下去，将延伸至世界各地。

记得有位伟人曾说过："人最大的敌人不是别人，正是自己，只有打败了自己，才能是战无不胜的勇士。"在我的青春里，我同自己打了一仗又一仗，屡战屡败，屡败屡战，受伤过，失望过，但我只为坚持那一个梦，那一个同中国一起强大的梦。

哪怕需要十年、二十年、三十年……只要能一睹那塔顶的风景，我就无憾在这世上走一遭。我的青春，我的中国梦，fighting！

（文／王丹宁）

中国梦印院梦

——有梦想，就幸福

梦想是什么？梦想是让你感到坚持就是幸福的东西；梦想是什么？梦想是深藏在人们内心处最强烈的渴望；梦想是什么？梦想是人们走向成功的原动力。

每个人都有着自己的梦想，都有着自己的渴望和追求。任何一个民族，同样也有自己的梦想。习总书记说："实现中华民族的伟大复兴，是中华民族近代以来最伟大的梦想。"为了这个梦想，我们把为人类文明进步做贡献作为我们的民族责任。我们民族曾经以五千多年的文明极大地推动了人类的文明进步，我们在历经磨难后执着于梦想与奋起，以坚强有力的形象自立于世界民族之林，而且矢志不渝地为人类做出更大的贡献。从以"民族独立、人民解放"为梦，到以"国家富强、人民富裕"为梦，再到以"中华民族的伟大复兴"为梦，"中国梦"中寄托着13亿中国人的夙愿。

作为一名90后的学生，我们也有着属于自己的梦想。尽管现实很残酷，但我们依旧奋勇直前，坚持着，幸福着。

很小的时候，我就有一个梦想，希望自己的名字能印在书上，在铅字的墨香中寻找自己的人生价值。从小学开始，我就积极参加各种作文比赛、征文活动，多读书，读好书，多写作，写有意义的文章。终于，功夫不负有心人，我的一篇习作发表在了小学校刊上面。捧着余有墨香的刊物，我第一次感觉到了梦想带给我的快乐。

进入中学，我更加注重提升自己的能力。我深刻地明白，梦想这条道路还很长，我还要努力。我在课余时间经常会去图书馆看书，拓宽自己的知识面。有时，我也会关心国家大事，看新闻、读报纸。作为一名年轻人，我们应该更加有理想、有担当。高二的时候，我担任了校团委新闻部部长一职，负责编辑校报《经纬》。这一年的工作带给了我很多感触，原来，铅印的名字不仅仅代表一个人的荣耀，更代表了一份责任和一份劳动的成果。我带领部员从采访到撰稿，从审稿到排版、出版，每一步都很辛苦，但却很幸福。采访时能接触到很多人，了解到不同的世界，共同排版时能体会到同学合作的快乐。每每捧着散发墨香的报纸，我感到幸福，因为看到我的付出得到了回报，我的梦想照入了现实。

高三填报志愿，我毅然地选择了北京印刷学院。我从没忘记，编辑是我的梦想。那一股让我魂牵梦绕的墨香，时刻地提醒着我去实现梦想。我爱北印，也祝福北印能够更加美好昌盛。我愿意为北印奉献出我火热的激情与青春的力量，我在北印挥洒梦想的汗水，北印为我擦亮了梦想的徽章。

我很幸福，因为我拥有梦想。我想通过自己的不断努力奋斗，在出版领域留下一点成绩，为北印争光。仰望星空固然美好，但我知道更需要脚踏实地。圆梦，唯有实干。让梦成为现实，路很长，还有很多汗水需要付出。

我的梦即是中国梦，中国梦也是我的梦。实现中华民族梦想，需要几代人的努力，不久的将来我们也将成为圆梦的中坚，"雄关漫道真如铁，而今迈步从头越"，只有拿出实干精神，以实干为荣、以实干为责，"实"才能在复兴之路上昂首前进，"干"才能让中国梦变成现实。

（文／赵秋慧）

畅享阅读情，放飞追逐梦

"北京的冬季，地上还有积雪，灰黑色的秃树枝丫杈于晴朗的天空中，而远处有一二风筝浮动，在我是一种惊异和悲哀……"尽管我看了多次《鲁迅全集》中的这篇《风筝》，但每每逐字读完这篇以"风筝"为引线，蕴含了诸多兄弟之情并感慨于游戏之于儿童的意义的回忆性散文，心下总是莫名悸动，悸动于"游戏是儿童最正当的行为"，惊异于"游戏使儿童活泼、健康、聪明"的领悟。于是拽起正伏于书桌烦躁于作业的儿子："走，我们放风筝去！"儿子瞪大眼睛，显然被我的反常举动惊着了，疑惑写满了黑黑的眸子："不写了？不怕被还在补习班上课的同学超越了？"我的心漫上难以名状的悲哀，难道我也有"精神虐杀"？好吧，感谢《风筝》让我警醒，将这种阅读情伴着亲情随心释放，欢乐畅享吧。

北京的天很贴合《风筝》的景，虽然是春雪过后，但地上已难觅积雪的影子，已然褪去灰黑色微微泛着黄绿色的枝丫随风在晴朗的天空中惬意地摇曳，让人的心一扫阴霾而变得豁然开朗起来。身体也跟着轻快起来，跟儿子一路欢笑着跑到公园里去好好放松放松。

"奥特曼"是儿子四五岁时买的风筝，儿子玩它已经熟门熟路了，很快的插好风筝的筋骨，牢牢地系上引线，然后就拽着小风轮在空旷的广场跑起来，边跑边拉线松线，"奥特曼"在他的手里有节奏地忽上忽下、忽左忽右，很快就平稳地飞了起来，这一系列的动作在儿子是一气呵成。每每放起来之后，儿子总会问"妈妈，我很棒吧？！"

圆乎乎的小脸上洋溢着成就感。我很享受儿子此刻的状态，忘了学习、忘了作业、忘了很多很多的压力，嚷着、跑着、笑着，完全沉浸在欢乐的童真中。"妈，我的奥特曼一定要追上那只老鹰！"坚定稚气的声音迫使我将一直缠绕在儿子身上的视线收回，果然，远处已有一二风筝在浮动着，灰黑色的"老鹰"挥动翅膀安静的在高空飘动，亮金色的"金鱼"摆着鱼尾安逸地与云嬉戏。半空中，身着蓝白衣的"奥特曼"正努力的向上、向上，每前进一步好像都很挣扎，尽管"高处不胜寒"，但那股步步倔强彰显了它的实力；浑身洋溢着霸气的"老鹰"冷静地俯视着离自己越来越近的"奥特曼"。"霸气"对上"倔强"、"老辣"对上"飞蛾"……我突然紧张得不敢呼吸，都说奥特曼打怪兽，可怪兽的阴险老辣需要奥特曼更努力才行。奥特曼总是正义与力量的化身，儿子迷恋它，我便将所有的希望都寄托在"奥特曼"身上。儿子认真的脸上依然是一副沉着冷静的表情，手中的线也在有规律地一张一弛，眼睛死死地盯着扶摇直上的"奥特曼"，或许他的眼里已经看到了他的"奥特曼"打败怪兽"老鹰"的希望，心里也已经种下了追风、追云、追太阳的远大理想。

我突然非常欣慰，仿佛我心中的风筝线猛然脱扣，呼吸也跟着顺畅起来。长久以来，我总是莫名的失落，因着儿子不愿随大流上各种各样的补习班，虽然儿子答应他一定能学好，但怕他真的输在了起跑线上的心理却也时时不能抹去。此时，看着儿子认真、执着、满脸自信的神情，我释然了。儿子也许有他坚持做这件事的道理，他的那种迎难追"鹰"的韧劲正带给他更多出彩的机会，那种执着冷静追风翱翔的信念支撑着他的成长与进步，那种倔强与凝望高处的坚持会让他的梦想开花。游戏人生，风筝放飞孩子的人生梦想。孩子在游戏中找寻自信；在游戏中找寻自我认同；在游戏中放飞心情；在游戏中畅享美好童年；在游戏中静听心的领悟，让梦想恒久比天长。

"妈，快看，快看，我要追上了！"儿子的兴奋让他的笑脸在阳光下涨红，他离他的梦想又近了一步。尽管从下往上看的距离跟真实的距离确实有不小的差距，但正是这种"差距"赋予了我们一双隐形的翅膀，让我们在蓝天下越飞越远，不再害怕，因为总有追近的时刻，这就是追逐的希望，这种希望由心而生，也许描述不清，甚至看不见、摸不着，却真真切切地会产生一种巨大的力量，它便成就了我们的梦想，追风逐月、坚持向前、成就自我的平凡梦想。

"妈，老鹰好像看到我追它了，它也往高处飞了！""我要飞得更高，飞得更高，翅膀卷起风暴，心声呼啸，飞得更高……"儿子不怕输的又唱了起来。是呀，追逐梦想的过程，并非一帆风顺，只要坚持，总会成功的。梦想需要脚踏实地，一步一个脚印，并且要坚持每一个脚印，就像牢牢拽着的风筝线，松弛有度，每一下都要稳收稳放，才能更接近目标。也许目标也会随着你的升高而有所改变，不必伤心，因为坚持放飞追逐梦的过程也正实现着你生命的价值，它让你的生命更灿烂，让你拥有的一片天空更加蔚蓝。

"儿子，你能行！"相信吧，有梦想就有奇迹，用你的追逐梦来鞭策的辉煌梦吧。

（文／半夏夕年）

此去经年，回望梦想

月朗星稀，荧光点点，这座光怪陆离的城市也许在此刻才停止了它一天的喧嚣，变得安静下来。

一

历史远去了刀光剑影，时间消退了一切繁华，我们背着梦想的包裹，行走在生命的路上，一路高歌。

青春路上总有那么多朋友，一起且歌且行，再长的路也不会寂寞，再长的夜也会迫近天明。尽管我们还是懵懂的少年，对未来一无所知，却已有满满一身的骄傲倔强与年少轻狂。花之畔，遥遥相伴；恬静梦，点点盈暖。为梦想拼搏的日子里，恍如华灯初上，月色朦胧的寂夜，如梦如幻的美，甚有失实之嫌，却也暗潮汹涌，神秘莫测，引人沉醉其中，引发心灵的悸动，这份悸动便是我们追梦的始作俑者吧。

二

在时代的河流或汪洋中，湍急的水势总是让我们距离岸边很远，这个世界的喧嚣如同浓密的水藻，将倾斜的阳光遮蔽，将无数人的呐喊覆盖，当现代人渐渐裸露出顺势生长的鱼鳞，便失去了行走的能力，像鱼群一样游弋在深水之下。对梦想的盲从，对未知明天的忌惮，让我们迷失在这汹涌的人潮，恐惧、绝望、不知所措，在大时代的围剿之下，我为自己的胆怯而自嘲。

再遥远再虚无缥缈的目标与梦想，落款人都是自己而不是别人，为什么始终不敢面对自己的抉择和所作所为，是太过空虚的梦想昭示了不可实现的结局，还是自己太过懦弱而选择一味地逃避，再远的路也会有穷尽的一天，是否要退到无处可退的死角后再张望天空，为自己的懦弱而悲哀，却连一丝回旋的余地都没有……骨子里的倔强最终逼迫着我重整旗鼓，继续出发，是不甘心？是不认输？又或是梦想让我学会了隐忍坚强……

三

岁月如同树木一圈圈的年轮，有着木质的馨香和浅淡，生生不息，欣欣向荣。

那一时的年少轻狂，剩下的也不仅仅是累累伤痕的过往，还有不够华丽却依旧蜕变如洗的成长，就像那些年无忧无虑的日子，那时候有过的誓言以及挫败后刻骨铭心的伤，当初的离经叛道最终付出了太多代价。却也懂得了，静看花开花落，一路从容便是成长。最初的梦想，多少人还在为之奋斗，几载春秋过后，略显稚气的我们已然懂得了心之所求，并为之付出一切，不再退缩。无畏艰辛，那是历练，那是成就梦想的资本，心下了然便足矣。如今我们都笑着回望过去，我们都这样真真切切地长大了，暗自唏嘘着，一切的一切都是值得的。

青春，披一缕霞光，将滴落的沧桑，执笔成铿锵。脚步尽管踉跄，依然执着向前，把一条泥泞小路，踩踏成康庄。

（文／赵辰）

重温长征史，弘扬长征魂

莽莽神州，已倒之狂澜待挽；茫茫华夏，中流砥柱伊谁？纵观万里征程，信仰矣。

——题记

历史的巧合阡陌纵横，派势的较量策略万变，回望八十年前，中国共产党长驱直至两万余里，纵横十一个省，血战湘江、四渡赤水、巧渡金沙江、强渡大渡河，飞夺泸定桥，翻越大雪山，横穿野草地……一路走来，可谓内外风雨兼程。然而最耀眼的辉煌，往往来自于最深重的苦难。他们满腔救国热情，抛头颅，洒热血，奋勇投身于革命热潮，纵使鲜血洒遍神州仍不屈不挠地坚守与前行，最终在中国历史上书写了最为凝重的一笔。

半个多世纪过去了，历史已经充分证明红军长征中的选择是完全正确的。正是由于在长征中，党和红军找到了正确的行动方向，澄清了党内是非，确立了毛泽东的领导地位，才使中国革命得以转危为安。显然，长征不仅是一个长途行军打仗的艰难跋涉过程，更是一个不断求是的艰难"跋涉"过程。通过对中国共产党在长征途中所经历的每一段历史故事的咀嚼，我渐渐感受到先驱们做出那些选择时最为真切的背景，对历史逐渐有了一定的客观认识，修正了对过去的一些虚假而浮夸的认识。真理往往是在与多种思想进行公平自由的竞争中得以产生与发展的，唯有正视历史、剖析历史、解读历史，在遭遇挫折时懂得勇于承认自身的缺陷和错误，勇于做出实事求是的更正，才能让我们真正聆听生命的真谛，感受到那份执着与力量，汲取前进的动力，才能对未来有更深入的思考，才能指引着国家真正的走向独立、走向富强、走向复兴。

最重要的是，我终于明白了是什么力量为共产党人经历的苦难历史赋予了辉煌的内涵，没错，那就是信仰。一个人不能没有信仰，没有信仰等于没有灵魂；一个民族不能没有信仰，没有信仰如同一盘散沙；一个国家不能没有信仰，没有信仰则永远不会自主强大。它带来的不仅是一种奉献，一种给予，一种能给人以勇气的自信，同时也是一种极具考验性的纠缠，在信仰传递受到阻碍时，它会带给人超越肉体的灵魂煎熬，这也是走向辉煌的必经苦难之路，唯有在种种磨难面前始终不抛弃，不放弃，不断修正错误，不断增强意志，才能完成党的成长与蜕变，才能实现中华民族的伟大蓝图。

黯淡了刀光剑影，远去了鼓角纷鸣，在新世纪新阶段继承和弘扬长征精神，必将如历史上的长征一样，使全面建设小康社会和中华民族的伟大复兴获得源源不断的精神动力。正因为有无数的烈士前赴后继，舍生忘死，向着信仰的方向奋然前行，把个人的一切乃至生命都毫无保留地献给了党和人民，我们才赢得了民族解放和国家独立；正因为集合着无数为着国家的社会主义建设殚精竭虑、夜以继日工作的优秀党员，在苦难中不懈奋斗，自主创新，缔造一个不屈民族的伟岸形象，赋予一个古老国家以现代的品质，才有今天我们伟大祖国的繁荣昌盛。为了坚守并继承这一份份辉煌成果与精神力量，我们必须要清醒地认识到，我们所面临的严峻形势和复杂环境没有改变，甚至比以往更困难。

伴随着中国的崛起，今天的中国共产党已经成为世界关注的一个焦点，对它的怀疑、担忧、攻击也时有耳闻。我们虽迎来了国家的盛世，但更多棘手的问题也凸显在我们的青春岁月里；我们面临着不曾拥有的机遇，同时也遭遇着不曾经历的挑战。在这个物欲横流的时代，党内出现了一些腐败分子，他们在各种利诱面前忘掉了自己最初的信仰，贪欲膨胀、利欲熏心，丢弃并背叛原则，损害人民群众的利益，沉迷于纸醉金迷的腐朽之中不可自拔，这成了国家安定的巨大隐患。因此，作为学生党员，我们要充分响应党中央反腐倡廉的号召，铭记苦难的意义，铭记革命先烈们誓死拥护的崇高信仰，铭记苦难岁月里的坚忍与不屈，铭记多难兴邦的厚重与微温，进一步提高思想觉悟，自觉地做到一切以人民利益为重，面对物质利益的强烈诱惑，不沾不染，自觉抵制，并正确看待权力，要做到眼光远大，心胸开阔，自觉奉献，永葆人民公仆的本色，用有限的青春，去书写那无限的可能。

"一切向前走，都不能忘记走过的路；走得再远、走到再光辉的未来，也不能忘记走过的过去，不能忘记为什么出发。面向未来，面对挑战，全党同志一定要不忘初心、继续前进。"习近平总书记的讲话需要我们深深的沉淀于心，行之于任。带着对尘封历史的敬畏，带着对英雄的怀缅，带着对真理的追寻，回看革命的苍茫岁月，那红色旗帜的光芒依旧泛着耀眼而炽热的光芒。信仰要坚守，也要传承，无论是血雨腥风的革命年代，硝烟弥漫的战争年代，还是激情燃烧的建设岁月、波澜壮阔的改革开放和新时代建设，这份赤诚的信仰始终如一，凝聚着中华儿女的力量，在动荡的历史中写下不朽的传奇。

（文／聂慧超）

北印光年

毕业的故事

每个人的毕业，都是一个故事，这个故事可以有很多种讲法，不同的主角、不同的喜悦或者悲伤。但无论怎样，所有的故事都始于一个同样的开头，喧嚣或者沉默着的每一个人，都将各怀心事地登场。

故事的开头，是一个个纯粹且执着的梦。我的故事源自一个北京梦，现在我把这个故事的开始、经过、结果翻出来，是为纪念。

一直以为自己毕业的时候，会有自己承受不来的浓烈情感，可是当我真的要毕业的时候，才发现毕业的感受只是一种淡淡的情愫，藏在每一个人毕业的故事里，最后这些故事里的情愫，却又成了我们心中挥之不去的记忆。当我还在回想我故事的开头的时候，四年一瞬，跳过了百转千回、跌宕起伏的经过，故事就直接讲到了最后，免不了是一场离别。其实这不过是一个开了头的故事，需要一个固定的结局而已。

只是这一个简单的结局，却有千百万种艰辛，毕业，故事里的梦还在。

梦想贵在坚持，这算不算事实。

那天帮你搬宿舍，来到了你花260元一个月租下来一个小房间。说实话，看完挺心疼的。房间很小，周围环境也很差，看着你用心地收拾着屋子的时候，这份不忍却又宽慰了许多。我说：这是你自己创建的第一个家，相信你以后会有更好的。以前，蚁族于我而言只是一个概念，当你真的融入其中之后，它不再只是一个符号而是一种让我敬佩的——勇气。是的，有勇气的人，才会坚守这样一个盛大的梦。只是，梦想贵在坚持，愿你一切安好。

梦想抵不过现实，这算不算悲哀。

异地，冷暖自知；同梦，日夜共勉。这样短短的一句话，却是一个梦的见证。四年前，是你鼓动我们几个来北京上学，四年后，我们都继续留下来，坚守一个关于北京的梦，只有你，南下当了公务员。我们都指责你的独自行动，可又异常一致地认为，这是多么明智的一个选择。那天给你电话，你带着哭腔给我说，舍不得离开，人非草木，四年，有了太多的记忆。当时，我有一个问题一直想问，可是没有问出口，你还抱有曾经的那个北京梦么。电话最后，你说了句：北京，我还会回来的。我想，再多的问题也就失去了意义，一句话包含了千言万语。只是，梦想抵不过现实，愿你一切安好。

记忆是一种控制不住的事情，恍惚的时候，会忽然听见一个女孩在旁边宿舍的楼上唱歌，对面满是朦胧的雾气，醒来之后觉得心里是虚的，这时候才可以知道自己的心里到底有多深。那些唱歌的女孩，渐渐地都成了故事，那些歌声却成了定格。毕业的时候，这些带着声音的故事都将归于平静。

那天拍毕业照，一个女生将一束花放在了学校里的一个雕塑边上，然后背着双肩包，大步流星地走了，没有回头。我一直想，这个女孩会不会就是在朦胧雾气里唱着歌，装点了别人四年故事的女主角，而这束花又是另一个故事的开端。

用这样一束鲜花结束这样一个故事，简单却美好。

至此……

（文／王上嘉）

篱落・殇

谢幕，这无关于舞台的华丽与否。曾经的日子，张狂的青春，放肆得如同马驹。而那种放肆的幸福就在这样的放肆中再也找不到了。

大四这一年很少再回学校了。因为实习和上班，忙碌着的生活似乎已经和校园脱节。只有在被老师催促着检查毕业论文的时候，才猛然意识到我还是学生。重新进入校园的那一瞬间竟然掺杂着淡淡的陌生。

曾经一直在抱怨着那个阴冷的宿舍。终年的不见阳光，然而在这个夏日却让人倍感凉爽。饱和的背包似乎是在预示着什么，要舍弃的终究是要舍弃了。打量着身边的一切，带走的东西无关于价值，而是些许留恋的回忆……

收拾好行囊，要去下一个地方告别了。

　　一个和跆拳道有关的地方，一个左右了我四年大学生活的地方，一间训练场地，毁于一场火灾。是在预示着一切都该结束了吗？烧漏了的墙，烧毁了的照片，这里已经是一片荒凉。还记得那些挥汗如雨的夜晚，那些酣畅淋漓的夜晚，那些肆无忌惮的夜晚，那些最值得我珍藏和记忆的夜晚和那些夜晚中的你们。是谁说过：有你真好。是谁曾经说过：进来的就是一辈子的好兄弟。是谁说过：我最大的愿望就是在以后的某一年在回来的时候，能看到我们亲手创办的跆拳道社还在，还有一群年轻气盛的孩子就像现在的我们在这里……而现在，一切是不是都只能去追忆。

　　最后一站的告别在这里，在我奋斗了三年的记者团里，在这份我奋斗了三年的报纸上。当"毕业生专版"几个字深深地敲在报纸上的时候，才意识到，以后、以后的以后，这一方小小的报纸都不再是属于我们的天下。曾经的这里寄托着我们做编辑的梦想，对记者的希冀。可是如今，终究是要离开了。突然觉得这里的生活才是我想要的，单纯的文字，简单的世界。在黑板上涂鸦，直到没有一点点的空隙。也只为留下一点点的痕迹，证明我曾在这里。

　　突然很羡慕那些花花草草，要离开了才知道，这里的空气真的比外面清爽许多，是不是只有它们才能一直这样安逸地享受阳光，没有世俗的打扰。别了，大学！就这样告别了，没有想象中的华丽，没有离愁别绪的悲壮，只是一点点的凄凉在骄阳下显得低迷而颓唐……

（文／李想）

记者团，难说再见

　　吃过晚饭，夜色已降临，路灯周围依稀可见趋光的蚊虫。在楼门口照旧和宿管大爷打声招呼，回到宿舍，把风扇开到最大，窗外不时响起从五环路出口下来的大货车的轰鸣。又是一个燥热的夏夜，四年来早已习惯。和以往的每个夏天一样，毕业季的校园并不缺乏闷热的温度、潮湿的空气和惜别的情绪，只不过这一次，要走的变成了自己。

　　四年光阴，值得铭记的事太多，反而难以起笔。在记者团提升的能力和素养，是我们求职路上的筹码之一，也将是受用一生的宝贵财富。而教会我们这一切的指导老师，则是我最想感谢的人，没有之一。还记得5月份第二轮面试的时候，当面试官问我"对你影响最大的一个人是谁"，我毫不犹豫地回答："徐老师"。进入大学，我们已经是成年人，独立的思想和人格已经开始成熟。相对于任课教师来说，指导老师在校报工作上对我们的指导更加深入、具体，他一丝不苟的工作态度深深地影响着记者团的每一名成员。每学年，指导老师都会组织培训，对我们进行系统的新闻采编与写作的教育，有时还会从校外请专家来讲课。在指导老师的悉心教导下，我们对新闻的理解越来越深，也逐步养成了沉稳细心、踏实负责的工作态度。

　　从高中起，自己就希望报考新闻专业。虽然高考成绩并不如愿，但庆幸的是，我来到了一所重视传媒业发展的学校，而记者团对我来说，就是梦开始的地方。还记得刚加入记者团不久，自己第一次独立策划的版面因为种种原因临时被替换，是指导老师一句"新闻就是带着镣铐跳舞"点醒了我，让我明白了做新闻不仅需要"铁肩担道义"的公平和正义，更需要"妙笔著文章"的智慧与技巧；还记得大二的某个下午，在做完报纸回康庄的路上突然遭遇暴雨，短短几分钟已经淋得透彻，回到宿舍却又是艳阳高照；还记得刚接手编辑部的时候，一直在探索怎样才能使工作更有效果，为此还曾在校报办公室加班到深夜，索性放弃了回宿舍，在办公室熬了一夜。

　　忘不了从学校到排版公司那短短的五分钟路程，兴华路转角总有人聚在一起下棋，小区入口幼儿园的大门很像大树，停车的时候总会有一白一黄两只猫站在墙头凝视着我们；忘不了实习工厂四楼的校报办公室，那块写有每期责编的白板，上面的名字经常被搞怪的图形或绰号替换，那是记者团成员之间善意的玩笑；忘不了那张拼起来的办公桌，我喜欢坐在有玻璃的那边，因为担心加班吃盒饭的时候会有油渍洒在桌布上；那部贴着"严禁使用"的货梯，虽然会偶尔出故障把人困在里面，却阻挡不了我们对偷懒的向往……一段充满回忆的青春，只是人生彩绘的一笔。毕业在即，我们收拾行囊，转身向四年的光阴挥手作别，却不舍说再见。此去经年，我们揣起梦想上路，把在记者团的记忆深埋心底，将新闻的道义和智慧扛在肩上，哪怕风雨兼程，也要用脚步丈量出足够的远方。

（文／田雪松）

约会·北印

上千个日日夜夜的修炼，仿佛就是为了迎接这一神圣时刻的到来——从一只能在黑暗的泥土里钻来钻去的泥猴，羽化为一个能飞会唱的小精灵，那是多么激动人心的事啊！身上还带着未散的泥土的清香，就在裂开的茧上等待着黎明第一束光亮；我们来不及回首，一瞥奋力挣开的茧，一旦那一米阳光洒在身上，我们就迫不及待抖擞翅膀，振翅高飞……命运的一阵风将我带到了这里，来不及懵懂、也忘却了抱怨，一个四季轮回已经从指间悄然滑过。忘不了校门口迷人的月季花，那一片湛蓝的天空下，穿着统一的学哥学姐，把我们领到各个学院的报名处，才惊奇地发现这里所有的一切都属于我们，心中升起一丝冲动：我的地盘听我的！终于可以在这个舞台上伸开拳脚大展身手。拥挤的人群间，总会有令人悸动的笑脸，回眸间说不定就会发现属于自己的一段故事。

我忘不了军训时宿舍里各式各样的招新函；我忘不了舍友们谈天说地，大谈未来，大家想法各式各样，思想间碰撞出火花。后来在新闻部工作中，我碰到了很多问题，还好有一个大集体支持着我。我忘不了第一次新闻部例会时的木讷，第一次安排工作时的激动与不安，第一次写稿时语言太过犀利被发回重写的遭遇，第一次走访高校的美好时光；我忘不了去央视录制基地采访志愿者的经历，参加某基金会成立仪式上那种名人的庄严洒脱，社团评优大会上人们的欢笑与泪水，竞选部长时紧张气氛，那种分别的伤感；我忘不了……忘不了我与印院有个约会，你呢？

（文／陈旭）

编辑部的故事

在那印刷学院的校报编辑部里有一群校报人——指导老师和小编小记们，他们加班又熬夜，他们辛酸又劳累，他们选题写稿校对改版忙得像狗啃泥，就怕毙稿换版读者不倾心。哦！辛苦校报人，哦！辛苦的校报人，他们齐心协力开动脑筋斗败了发行量，来不及喘气又奔向新选题。

小屋轶事

那是一个阳光明媚的下午，Ann 和小 z 一起到本校去参加她们入学后的第一个社团活动。实习工厂里充斥着各种油墨、材料的味道，而四楼的角落里却有一个宁静而温暖的屋子，小 z 叫它小屋。

小屋的风俗

每到做报纸的时候，小屋里就会很热闹。大家围着桌子做着各自的工作，偶尔听到谁高喊一句"翩翩起舞是形容树叶的吗？"立刻就会有七七八八的回答如雨后春笋般冒了出来，赶上有那么两三个意见不同，又正好手里没事的便开始了一场小型辩论会。都说"越辩越明"，小屋人开始不满足于只辩论文字上的事，于是各个领域都变成了战场。小屋人就这样在一来一往中锻炼着自己的智慧，还有口齿。

Ann 和小 z 的励志路

那是一个夏天，临近期末总是特别的忙，Ann 和小 z 也不例外。那天，Ann 和小 z 照例一起去改版，但那天改版特别不顺利。当两个人终于结束工作，宿舍早已门禁，Amn 和小 z 索性也不着急，两个人一边骑车一边聊天，说的都是小屋的事儿。到了康庄的时候两人才发现岂止是宿舍，连校门也关了。小 z 想碰碰运气，冲着传达室喊了两声，"有人吗？"没人回应，两人正想调转车头回小屋的时候，校门缓慢地开了，传达室的灯亮了起来。Ann 和小 z 连忙道谢，然后一溜烟跑了进去。

"我觉得我大学最幸福的事儿之一就是进了记者团。"Ann 曾经这样对小 z

说，小 z 当时没有回答，只是笑笑。但在 Ann 不知道的地方，小 z 写下过这样一句话：因为喜欢才一直坚持，一直做，只是喜欢，没有其他。

小屋在哪儿

编辑部要搬家了，搬到综合楼去。小 z 听到这个消息的时候有一点点的难过，虽然在小屋没多久，但在她心里小屋已经像一个家了。在四楼那个小角落里，透过窗户洒在桌上的阳光是那么温暖而又坚定。小 z 舍不得，但她也明白，虽然这间屋子不再是编辑部的办公室了，但小屋却还在。只要校报还在、编辑部还在，小屋就一直都在，或许有一天校报不在了，小屋的魂儿也会在。小屋已经不仅仅是一间屋子，她是一届届校报人心灵的归属。

小 z 和 Ann 已经大三了，还有小 X 和掀。09级编辑部的人，现在只剩下他们四个了，再过不久他们也会离开。至于小屋，还有其他人会和她一起度过更多的日子，他们也会在小屋留下大学四年中或深或浅的色彩……

（文 / 逆）

单车在路上

秋日的午后，两辆单车在街道上行驶着，两道影子被阳光拉得很长很长，渐渐交汇在一起。一切从这里开始。

故事的主人公是两个热爱文学的女生。她们在社团招新中相识，怀着相同的梦想，一起成为一名普通的小编辑。

编辑部里的一切都强烈地吸引着她们——书香气息浓郁的环境，和谐温馨的氛围，朝气蓬勃的团队以及风趣又稳重的前辈。她们在这如童话般的城堡里奋斗着，做着自己喜欢的工作，在众人的支持和鼓励下见证每一份报纸的诞生。对于两人来说，每天最开心的事就是骑着单车往返于康庄与本部之间。在路上，她们兴奋地交换着一天的收获，调侃着编辑部的各种趣事，欣喜于自己的进步，浑然不见一天工作下来的疲惫感。于是，经常会出现这样的画面，夜空下，两个脸上挂着满足与幸福笑容的女生，骑着单车在街道上飞驰而过，一会儿对着空旷的街头高喊一句"举杯邀明月，对影成三人"，一会儿唱着"红尘相伴，策马奔腾"的曲调。心，越靠越近，梦想，也越来越近。

不知不觉中，骑单车驶过了两年的日子，离别即将来临。于是，她们开始祈祷时间能够慢一点，再慢一点。然而，那一天，还是在她们的抗拒中到来。

那夜的星空是混沌暗沉的，空旷的大街只有单车"吱吱呀呀"的声音。社团的换届，学长学姐们的离去让她们茫然了。一直依赖着别人的她们如何去撑起一个社团？单车沉重而缓慢地行驶着，亦如两人的心情。

她们开始变得成熟起来。那段时间，在回程的单车上，她们不再玩笑嬉戏，而是相互汇报着一天的工作情况，分析需要改进的地方，商讨接下来的工作计划……她们称之为"单车会议"。在"会议"上，她们会毫不留情地批评着对方的某些工作，也会肯定和鼓励对方的做法。渐渐地，星空重新闪烁起来，见证着她们一点点的成长。

日子一天天地过着，一切都在井然有序地进行着。编辑部招收了新一届的成员，两人也已大三了，单车的故事快要临近尾声，看着三年来走过的路与有些斑驳的单车，她们不由得有些惆怅。

然而，单车的数量渐渐增加了，三辆、四辆、五辆……两人释然了，带着些许怀念与期待。因为她们知道，在她们离去后，单车的故事仍将会继续。也会有其他两个怀着梦想与激情的女孩，在月光映照下的空旷街头，骑着单车，留下一路的欢笑与扶持……那将会是另一个关于友情与奋斗的故事。

（文 / 安翼辰）

与副刊有关的日子

毕业是个太无情的字眼。半年前，它是那样生烈地割开了我和校报编辑部的联系。时间逼迫着我一遍一遍的和编辑部 say goodbye。而那些在编辑部的回忆却在时间的带领下成了 forever……我从未想过还能有机会再坐在编辑部里写下这样的文字，只为纪念。

学妹兴奋地追着我让我写篇稿子，为了副刊"墨香"，为了"编辑部的故事"。而我终究还是不知道究竟应该用什么样的文字来描述那段时光。四年前，也是这样一个深秋的季节，那时，有一群孩子，为了这份报纸，奔波在本部和康庄之间。她们顶着深秋的晚风，数着星星，冻透了的脸上是她们满足而自豪的笑，而我有幸身在其中。那时，小玲学姐告诉我：以后你一定会怀念在这里的日子……而如今，真的应验了。

进入校报编辑部的那一天，我就爱上了"墨香"，纯粹、干净、美好，是喧嚣中的一抹净土。但是有一天，老师生气了，我清楚地记得他惋惜地说"如果稿子天天就是这样的质量，那么墨香干脆就撤了吧……"我憋着眼泪，看着自己一字一句校对的稿子，分不清究竟是委屈还是自责，我想为自己辩解是稿子"先天不足"，想为自己一次次的挑灯夜战找到存在的价值，但这一切都无法掩盖作为墨香编辑的我要为"墨香"的质量负责的事实。那天晚上，靠在大毛学姐的肩上，她告诉我：要坚持。语气和眼神中透露出的坚定是那样的毋庸置疑。

在之后的半个月的时间里，编辑部的几个学姐和我为了争取到更好的稿件开始一个宿舍挨着一个宿舍地宣传，一遍一遍地发出约稿的请求，我们几乎走遍了每一个寝室，说到嗓子沙哑……寝室的舍友说我傻，没有了"墨香"还有报纸，还有编辑部，干吗这样为难自己。为了一个梦，更是因为编辑部的学姐们的支持。她们告诉我，坚持自己喜欢的才不会为梦想后悔。我想我们的努力还是有结果的，虽然不多，但是我们确实收到了三十几篇稿件。这些稿件让我又看到了"墨香"的希望。新一期的评报会上老师说"这次'墨香'有进步……"

我偷偷跑出了编辑部，跑到教学楼的阳台上痛痛快快地哭了。因为"墨香"还在，因为学姐们包容着我的倔强和小任性，是编辑部的学姐们用那份理解，带着我渐渐地长大了。学姐们很快就毕业了，只留下了一个倔强的小女孩和她爱着的"墨香"继续在编辑部里肆意书写着点点滴滴的故事，告诉后来的人那份坚持和坚守……快毕业的那一年，"墨香"集结出版了，看着自己奋斗过的地方有了更美的天空，我忽然变得踏实了。这个小小的编辑部，到底成就了不少人的编辑梦。

编辑部的那些故事在记忆里不断地翻滚着。或许这里之所以这样的令人怀念也正是因为它远离了金钱和利益的阴霾，出落得纯净而通透。它的与众不同正是在于这个编辑部承载的是我们对于人生最原始最单纯的梦想和追求。

（文／属于墨香的猫儿）

心的彼岸

《墨香》自创刊以来一直本着在严谨细致的基础上进行创新，既不失传统又符合大学生活泼的趣向。2011年，在全体墨香人的努力下，墨香体现出了丰富多彩、生动活泼的特点。今年，我们更加注重图片的多样性、效果性，力求精美贴题。在排版上，我们尝试整体排版，即将版面做成一个整体，突出主题性，使读者品到更精心的主题、更精彩的内容、更美观的版面。丰富多变的版面不但带给大家全新的视觉效果，使人耳目一新，更提升了校报的可读性，使读者更有阅读的兴趣。这一年中，我们不断努力，探索不同版面的设计，虽然有时结果不尽人意，但我们获得了宝贵的经验，并将这些宝贵经验运用到之后的报纸制作上。

读书育人，写文养性。《墨香》是一个展现我校大学生风采的平台。在文章方面，我们开拓进取，将我校学生的风采真实地展现出来。我们看到，同学们以一颗纯真的心，带着不竭的探索之心感悟精彩的大学生活，体验多彩的大千世界。这些文字，有感怀时光流逝，怀念亲朋挚友；有执笔挥毫，感叹大好江山；有思考生活，体悟人生；也有对未来生活的憧憬与向往。这一篇篇的文章，一张张的墨香，是我们成长的印痕，记录了我们成长进步的足迹，是我们心灵的归属。

新的一年即将到来，在新的一年里，我们将翻开崭新的一页。不管过去是成功还是失败，是喜悦还是悲伤，我们都会看向前方，向着远方心的彼岸扬帆起航。我们会一如既往地燃烧我们的热情，展现我们的风采。同时，也相信能迎来更多喜爱墨香的同学，让我们携手向前，到达心的彼岸！

（文／张烁）

毕业，珍重

这个六月，毕业设计的劳累夹杂着欧洲杯的激情，使我们渐渐地淡忘了忧伤。然而忧伤并没有离我们远去，当论文落笔的一瞬，我突然泪如泉涌，看看窗外，是渐渐迷离的北京夜色，真的就要离开了。

楼道里依旧喧闹，就像毕业未曾来临。夜幕降临后，泼水声、打闹声，还有偶尔冒出的京骂汇成一片，以前听着刺耳的《离歌》，现在却成了抚慰心灵的良药。四个人的寝室略显荒凉，可温情满满。临近毕业，我们围桌喝酒，追忆过去，感慨现在，幻想未来，畅聊然后静默，接着是一杯杯满饮的苦酒。男生都喜欢将千言万语寄托于这杯中之物，送到每一个有酒的地方。酒毕，哥四个冲向操场，一圈圈地跑着，现代社会的快节奏已经很难允许我们通过文字来记录此刻的感动，只能靠着原始的野性来宣泄最朴质的真情。309的哥们，毕业，珍重！

"6月13日，印刷与包装工程学院于校本部东门举行毕业合影……"每当有集体活动时，脑中总是想起这样的话语，为何？职业病。记忆中，实习工厂四层东南角的灯永不熄灭，那是没日没夜的记者团生涯。即便如今已经物是人非，但我依旧凭借它的轮廓怀念那些幸福的岁月。三年时间，三十期报纸，其中的艰辛只有走过来的人才能够懂得。"无冥冥之志者无昭昭之明、无昏昏之事者无赫赫之功"，临近之际，我想把这句话送给校报的每一位朋友。记者团的同仁，毕业，珍重！

三年前，我做出人生第一次告白，感谢你淡淡地接受。大学，将爱从单纯的喜欢变成责任，谢谢你陪我走过人生中最美的时光，虽然短暂却永不磨灭。爱睡觉，不爱说话；爱动漫，不爱电影；爱发呆，不爱运动。记忆可以时远时近，可是那颗心离你的距离却从未改变。躲在某一时间，想念一段时

222

光的掌纹；躲在某一地点，想念一个让我牵挂的人，毕业，一定要珍重！

毕业使人变得絮絮叨叨，大家都像祥林嫂一样重复着道歉、感谢与祝福，"抱拳拱手，后会有期"的场景永远只能存在于小说中。多么希望自己能道出"再见"后潇洒地转身走开，却被浓浓的友情推回。那么，就让天空听见我的心声，这一次，朋友们，毕业，珍重！

（文／马天）

毕业感言

四年的大学生活即将结束，仿佛昨天我们还在北印的图书馆自习，在 D 楼上课，在秋实园休闲；然而明天，我们可能再也无法成为其中的一员。因为，我们毕业了。虽然有千万个不舍，但终究要面对这个现实。大学四年意味着付出和收获，更意味着感恩！

感谢我的班集体，能和你们一起度过这丰富多彩的大学生活，一起憧憬未来，一起学习玩乐，我感到莫大的荣幸。是你们教会了我什么是友谊、勇气和希望。在班会上，我们畅所欲言，为班级建设出谋划策；在操场上，我们放声歌唱；在自习室，我们互相学习，互相帮助；在比赛中，我们一起为运动员加油打气；在每个人的生日会上，我们一起为他送上祝福……感谢你们，和你们在一起的场景将会成为我人生中最美好的回忆，我将永远珍藏。祝愿你们都能事业有成！

感谢室友们，是你们陪我度过了1400多个日日夜夜，谢谢你们的关心和照顾。失意的时候，是你们给我安慰；拼搏的时候，是你们给我鼓励；低落的时候，是你们给我帮助。我们会在饭桌上为某个问题争得面红耳赤，也会在"卧谈"时敞开心扉述说自己的儿女情长。我们会几个人围在一起猜英语单词的意思，也会一起将凌乱的宿舍打扫得干干净净。感谢你们，让我的大学生活不再单调，有了你们，我的人生路上不再孤独。祝愿你们前程似锦！

有人说，岁月是一本太仓促的书。是的，那么多页就这样匆匆翻过，在这里面有太多美好的回忆。我们的青春，岁月的痕迹，都深深印在了这里。大学四年，我们学会了做人与做事，学会了分析与思考，学会了丰富与凝练，学会了合作与竞争，学会了继承与创新，也学会了如何不断突破、超越自我。

明天，我们将奔赴各地开始新的征程，再也没有老师们的谆谆教诲，再也没有同学之间的相互扶持，再也没有室友的无私帮助。但是，经过四年大学生活的洗礼，我们的羽翼已经丰满。海阔凭鱼跃，天高任鸟飞。让我们搏击长空，去开拓出自己的一片天地来，为自己的人生增色，也为我们的母校增光。

当岁月匆匆地划过，我的大学，我的印刷学院，你依然是天空中那颗最闪亮的星星！

（文 / 姚馨）

多一秒，毕业赠予我的记忆

一个略带沉重的动词。

一个令人一生难忘的名词。

一个内心受到触动时热泪盈眶的形容词。

一个当寂寞侵袭，带着微笑和怅然回想的副词。

一个当浮生梦醒，触碰不到而无限感伤的虚词。

毕业——一切在快门按动的瞬间化为回忆。

拿起两年前毕业专版的《四年离叹》，惊讶于此时的我是不是已经穷尽辞藻，纵然笔锋不停滑动，仍难以明确合适的构思。不过可以肯定的是，那时绝没有现在如此深刻的感触。已经工作的我对于大学的结束好像并没有过多的不安，更多的是面对人情世故的胸怀。之前想象着到最后散席时，我们会怎样相拥而泣，会怎样紧握彼此的手不舍放开。而如今才明白，其实很多事我们都有了自己的控制，简单的拥抱、简单的微笑已经融汇了无尽的情谊和祝福。这样望着对方的眼睛，我们就能看到所需要的回应，比任何语言都要真挚。

四年前，我们走在相同的起点。带着紧张而期待的心情走进同一所大学，同一间宿舍，甚至同一个社团。那时的我们年少轻狂，那时的天总是很蓝，那时的日子总是过得太慢。很多时候，我们过的都是两点一线的生活。走进大学生记者团的办公室，时间不经意间流逝于笔尖，淡去于往返。这就是我的日常，忙碌而充实。四季重叠，相逢既是缘分，没有人甘愿自己的人生被摆布，而在这一点我却宁愿幼稚地希望单曲循环。

四年后，我们沉淀出不同的内涵。在决定加入记者团的那一刻，就注定要认识到在大学中对我影响最深的老师，在办公室工作三年，徐老师的严格和关怀促使我找到了自己的责任和价值。20岁生日那年，稳重和担当的品格成为我珍视的财富，我从没有怀疑过您的决定，这些正是我在办公室得到的珍宝，现在我将带着它们去追逐自己的梦想，那是连残酷的现实也无法破灭的梦想。

这个六月，我们甚至已经看不到去年夏天的痕迹，而在每个人的身后，都有一道轨迹，我们一起走过的弯路和转过的路口，那是我们彼此依托过、信任过的证明。纵然到这天我们各奔东西，然而起点一直被一个中心维系在这里，也许哪天我们会在 BIGC 的门口望着那还湛蓝的天空，低头时，熟悉的眼神连成一线。

仍是夕阳斜下，金色光辉的教学楼，甬道摆动的树枝，肃穆的毕昇像，谙熟的宿舍楼群，有家一般的温暖……2012年是特殊的一年，由于世界时与原子时之差将要超过0.9秒，因此今年的7月1日会"闰"一秒，出现07:59:60的特殊现象。我愿在那天、在这里，张开双臂，呼吸这多一秒的记忆——印刷学院、记者团，我爱这里……

（文／常宗杰）

迎着墨香，继续爱生活

文学，就是这么有力量，它散发着的淡淡墨香，能轻而易举地使平凡的一景一物散发出感性的魅力，让我们原本枯燥的生活趣味横生。

2012年里，透过文学的墨香，《墨香》看到同学们眼里春的清新、秋的妩媚，雪的浪漫、雨的羞涩，北国的质朴、江南的秀丽；也和同学们一起感受到了成长的快乐、蜕变的苦涩，离家的乡愁、友谊的温暖。2012，因为一篇篇文字搭建的桥梁，《墨香》始终和大家在一起。

2012，在《墨香》里，我们看到面对的社会大环境的喧嚣、浮躁，文学沉静与厚重成为了同学们涤荡心灵、反思自身、总结生活、抒发情感的一方净地。畅游在文学世界里的同学们，面对生活的不同感悟一一凝结在字里行间，并将之投递于《墨香》，这不但与我们一起分享文学带来的美妙，让悠悠墨香之韵历久弥新，也为《墨香》的不断前行提供强大的支持力量。

作为北京印刷学院校报文艺副刊，《墨香》自创刊以来一直坚持在严谨细致的基础上进行创新，既不失传统，也符合大学生活泼的气质。这一点不但体现在每一期凝聚编辑巧思的《墨香》版面编排，也同样体现在《墨香》的选稿和专题策划上。

2012年《墨香》结合校园热点和同学们的来稿情况，策划了"春游专题""sunny姐妹淘专题""清明思亲专题""毕业季专题""我的大学生活在北印""教师节"等一系列贴近大学生生活，提升校报可读性的专题，将同学们对同一话题相似经历的不同的见解和感受汇聚在一起。这些专题丰富了校报的内容，展示了我校学子活泼清新的文字风格，阳光乐观的生活态度，积极进取的学习风貌。因为《墨香》，我们和同学们一同成长，一同感受到了校园生活的美好。

作为《墨香》的编辑，我们珍惜每一位投稿同学的信任，同学们的每一个作品，我们都视若珍宝。作品一经采用，我们会及时告知作者，并在校报微博及校报人人主页等网络媒体中公布选用稿件情况；文章内容风格与墨香有出入的稿件，我们会及时告知作者未采用的原因，以期下一次的合作。

岁月不居，时光如流。又到辞旧迎新时。

新一年阳光即将映入我们的瞳孔之际，2012的最后一场雪，正静静地、一点一点消失在大家的视野之中。他们融进空气，窜入泥土，滋润着被干燥吮吸得龟裂的大地、树枝以及人们那包裹得严严实实的肌肤。但愿来年《墨香》也能将这文学的淡淡墨香如这岁末的积雪一般，无声润入学校师生的心田，化为大家继续热爱生活的心灵伙伴，和大家一起努力前行。

（文／窦玥声）

纸上的时光

曾有幸整理了校报10年的通讯，看着这些顺次连接的报纸，心里有幸福也有忧虑，原来有这样一个载体真实记录我们的大学生活。300期校报记录了很多届学生编辑记者的辛劳，这300期报纸在无形之中，把无数个编辑与记者系在了一起，也带给了我们别样的生活。在这里，我们有快乐，我们有乐趣，我们在纸上有时光。

——题记

300期报纸，厚厚的一叠，颜色从单色到黑白再到彩色、版面从无规律到渐成体系、图片从粗简到适当，这300期的日日夜夜留下过多少身影，多少足迹，又有多少辛苦。

校报第242期刊登了我的第一篇随笔《听月》，当笔下的字变成铅字的那一刻，我捧着报纸看了又看，激动的心情溢于言表，这是校报送与我的春天。桃花开后，一树海棠，当梨花似雪，点点丁香芬芳的时候，校报夹带着我的文章，就好像春天携着灿烂的阳光来了。

在那时，我眼中的校报就如春天，碧空如洗，花落之后满树新绿，小草的嫩芽未染尘埃，阳光底下一派蓬勃生机。那个实习工厂的小办公室，小画面，还有这颗心，都沐浴在初来乍到的欣喜、神秘气氛中。不得不说，当时的我却忘记了春天的狂风大作。

春天很快地过去，我开始面对独立完成一个采访和一期报纸的任务。终于深切体会到报纸定版的忙碌，那时的校报编辑部就像是夏日阴雨后的城市，摩天楼群高大肃穆，行色匆匆的人们都只有一张面孔：严肃、紧张，仿佛人人都在做重大的决定。

酷暑之后，一夜秋风，瞬时倾城：大街旁院落里，一片片树叶瞬间变黄、

227

变红，饱满凝重。天空高远，白色的云朵散开，我会想起校报的秋天——浓墨重彩的年会、秋游、换届，团里兴致勃勃的疯狂的聚会，令人难忘的秋游，以及换届时的温馨送别。这些都为校报添上了别样的风情和感觉。

在北风呼啸的校园里，一左一右走着我的两位校报同事。北风卷着残雪，呜呜咽咽，一阵紧似一阵，我本欲瑟缩喊冷，但见二位女士淡然的身影，心下一紧，只好加紧脚步，一口气跟到宿舍楼门口，再回头，只见漫天飞雪。

封存已久的记忆，在校报300期时一幕幕浮上心头。临退团，当校报第287期定版下厂印刷的那一刻，我的学生记者生涯也宣告结束。而对校报情缘却有增无减，那一份记者的心情始终萦绕于心。当这段文字开始的时候，耳机里面恰巧传来《21guns》，这是2011年校报宣传视频的背景音乐，每次听到都能想到"与校报编辑部有关的日子"，想起那些年我们一起追过的校报。

（文 / 周楠）

坚持梦想，珍惜当下

我与校报相处的半年时间，于校报300期来的风风雨雨而言不过是沧海一粟，但对我而言，所获得的经验与启迪却已是太多太多。

在记者部的工作中，我需要与在性格、习惯等方面完全不同的人交流，了解他们的内心世界与处世观点。通过交流，我走出了自己的小世界，看到了很多不同于我的人生轨迹。采访着校园中各位杰出的人物，我读懂了他们如今耀眼的光芒下隐藏的坚持与磨砺，读出了那些同龄人与我不同的梦想与抉择，再耀眼的人也有平凡的时刻，笼罩在光芒下的他们也会有不为人知的故事。曾经的他们也和如今的我一般平凡，但在生活所给予的考验与挫折中，他们从未向困难妥协，从未因成功而松懈，从未因伤痛而放弃自己的信念，而是勇于追求自己的梦想，这一切最终成就了如今这些让人们向往、艳羡的人物。故事的结局总在一开始就已写好，正是一次次看似平凡的坚持才成就了最终的荣耀。坚持梦想，珍惜当下才能"不负我心，不负我生"。做记者的这段时光让我走出了自己的小圈子，走进了更加缤纷多彩的世界，在这个世界里，我感受到了从未有过的情愫。

采访结束后，坐在书桌前回忆采访时的细节，整理采访的记录，撰写采访稿……半年中，这场景已不知不觉融入我的生活中。回忆、整理、挑选侧重点，然后再下笔。笔下流淌出的不仅仅是一篇篇文章，更像是一种种明悟。慢慢地，我被文章中的人感染、说服，在敬佩的同时学习、体悟，在感叹的同时明晰往事、展望前路。总结被采访者的人生经历，仿佛在总结自己的经验、教训、选择与困惑。曾经，他们像我一样平凡地生活，今后，我也会如他们一般坚韧、执着，即使挫败跌落，也不辜负这青春之火，梦想之歌。撰写采访稿的经历，让我吸取前人的经验，接受心灵的指导，在锻炼总结整理能力的同时更教给了我太多经验，太多思考。

我与校报相处的时间尚短，然而即便是这样短短的半年时光，却使我深深地爱上了这个曾带给我无数回忆的大家庭。我相信在记者部的工作中，我会一步步地成长，最终成为一个能够独当一面的学生记者，让大家在阅读校报时，感受文字的魅力。

在今后的时光里，我要向学姐学长们学习，为大学生记者团，为校报的发展贡献出自己微薄的力量。

（文／汪欣桐）

没离开过

笔落纸间，是为了回忆一群人，一段时光。用淡淡的笔触，浅绘一份怀念，怀念那段纯粹的日子，怀念那群纯粹的人。

离开记者团已经有200多天了，还记得刚离开时的那段日子，总是潜意识地抗拒着与它有关的一切消息。渐渐的，开始习惯期待每期报纸的出现，拿到后总会细细地读每段文字；也习惯了在某天因毕业事宜回校时，与提着电脑匆匆赶往本校的学弟学妹们打个招呼，相视一笑……校报，这两个字已经成为一道刻在心里的痕迹，虽不深刻，却一直存在着，从未忘却。

三年的时光，我奉献给了记者团，也收获了很多值得珍藏的回忆。我很幸运，在大学期间，能够在一个喜欢的社团做着自己喜欢的工作。我无法向那些不理解的人表达我对这里的喜爱与留恋之情，因为有些事只有经历过的人、投入进去的人才会懂；有些事是不能拿价值去衡量的。这里的一切，喜怒哀乐，只有自己知道。

此刻，坐在电脑前，面对一页素笺，一任眼底蕴泪；此刻，语尽文思骤停，唯有默默祝福。不知若干年后，北印的校报是否还会记得，有一个人，在它300期的生日时献上了真诚祝福；也不知它是否知道，有那样一群人，默默地关注着它，从没有离开过。

（文／安翼辰）

墨香，独树一帜

校报第四版的《墨香》作为校报的一大亮点，往往因其轻松自如而具有亲和力的整体气氛而备受好评。《墨香》是充满着深厚历史底蕴和浓郁文化气息的版块。它在催生了一篇又一篇优秀稿件的同时提升校报的知名度，并且多次在学期末的评优中拿到"优秀版面"的称号。

在拿到新一期校报的时候，很多人往往会在第一时间仔细阅读《墨香》。文章题材丰富、内容充实、语言优美，带给读者多样的文化感受，同时还潜移默化地影响着每一位读者。在读过前面几版引人深思的新闻、采访后，《墨香》清新、典雅的气质会让你眼前一亮，倍感轻松。因此，《墨香》版块不仅体现着校报的亲和力，还是气氛严肃的校报中一道亮丽的风景，淡雅而独树一帜。

不像很多报纸那样设定"非名人文章不发、争议文章不发"的高门槛，《墨香》为同学们提供了一个展示才华并且畅所欲言的平台。这里的门槛虽然不高，但对文章品质素来有着高标准。在这里你可以向全校同学展示自己的才能，可以酣畅淋漓地诉说自己的真情实感，尽情阐述自己"燕雀不知"的鸿鹄之志。校报真诚地给你提供这个平台，愿这个平台能成为你与文学亲近的乐园，向成功迈步的阶梯。

作为一个综合版块，《墨香》是包容博大的。这些作品是学校莘莘学子丰富多彩校园生活的真实写照。

校报一直走在不断精益求精的路上，希望在《墨香》这面独特的旗帜上能看见才华洋溢的你的身影。

（文／王熙元）

为墨添香

墨，其实只是一种由炭黑、松烟、胶等原料制成，溶在水中变成胶体的物质。它本无所谓含香，只是古人常用它来写字作画，让它融入了字的精魂、画的灵秀，顿时芳香四溢。这种香，我们嗅不到，摸不着，但却常常在我们的脑中萦绕，将心头的烦忧驱散。墨生文，字留香，校报四版取名《墨香》，我想也就是取其文字之香的意思吧。墨香不灭，文字之韵味亦永存。

我爱这墨香，却也爱为之添香。

古人素有焚香的习惯，而"红袖添香"一词更是表达了一种美好而隽永的意境。古人焚香极为讲究，添香并不是把香丸、香饼直接加以焚烧，而是以适当的炭火微熏，尽量减少烟气，让香味低回而悠长。耐心细致才能让香料的香气更有韵味，焚香的道理如此，我想，作为一名校报文学版块的学生编辑，为文章添香的道理也是如此。

书、画、文章，一本同源。每一幅书画只有经过剪裁、刷浆、粘贴、晾晒……这一道道装裱工序才变成了我们在画展上看见的精美作品。而编辑报纸不也需要我们如此事无巨细，字字斟酌吗？裁剪宣纸才能突出画的中心，修改字句才能让文字流畅。再华丽的绫布，也必须与画的意境相配，就像再好看的配图，也要跟文章呼应相随。

《墨香》是校报的文学版块，它的每一篇稿件都凝聚着同学们对文字的热爱，都承载着同学们对文学的独特的看法和期待。而作为四版的学生编辑，我们肩负着更重的使命，我们也理所应当要对自己有更高的要求，要把它做得更好。为四版添香，我们要的不仅仅是文章的高质量，更要面面俱到，交融协调的臻至完美。

有幸成为一名校报学生编辑，我是自豪的。即使我只能为这份报纸、这报纸中的文章贡献一点点微薄的力量，即使可能没人了解我们默默的付出，但是能亲眼见证它的诞生与完善，对我来说已是最大的满足。我相信，所有的编辑对文字都怀揣着一份爱，因为爱，我们愿隐去姓名，为其添香。

（文／李妙雅）

我充实的记者生活

有"战地玫瑰"之称的记者闾丘露薇在谈到她的职业时，引用了这样一段话"如果说我们是浪漫主义者，是不可救药的理想主义分子，我们想的都是不可能的事情，我们将一千零一次回答，是的，我们就是这样的人。"也许每个加入记者团的人，都怀着喜欢与文字为伴的情结。

我对学生记者的工作充满热忱，但对于采访的具体流程和细节却并不清楚。记者部的学姐悉心的从采访前的提纲，采访中的技巧，到采访后如何写好采访稿逐步对我进行指导。在学姐的帮助下，我逐渐步入正轨，并和她们一起完成了几次愉悦的采访。指导老师也会利用周末时间为我们分享一些办校报的经验，讲解一些采访的方法。就这样，我在记者团中一步步地成长，更加理解了新闻和记者的含义，渐渐地进入了角色。

早听说社团占大学生活中很重要的一部分，我庆幸自己选择了"大学生记者团"。她像一个温暖的大家庭，让我在这里认识了很多志同道合的朋友。我们会在每周的例会中聊新闻，聊采访，聊学习；也会在每期校报新鲜出炉时一起分析讨论，及时修改发现的问题。即使看到微小进步我们也会欣喜异常，因为那是大家克服了许多困难才取得的成果。

这种快乐是真正参与后才懂得的。就我个人来说，大一的课程排得很满，采访常常要利用课间的零碎时间，而采访稿大多要熬夜赶出来。我想记者部的伙伴们大概也都如此，每个人都有事情要忙，但也在认真地做着校报的采访工作。正像村上春树所说："喜欢的事自然可以坚持，不喜欢的怎么也长久不了"。因为热爱，所以一切都不会成为阻碍。

转眼半年过去，我也更加相信要追随着自己的心去生活。那样便不会轻易懈怠，那样便会始终伴着正能量前行！

（文 / 崔偲林）

我与校报的故事

零星点点，时光无痕。当一个稚嫩胆怯的小姑娘开始变得沉稳，这就意味着成长。每个人，每一天，每一秒，都会悄然无声地发生着这样或者是那样的变化。唯一不会变化的或许只有那已经逝去的光阴和萦绕在心头的记忆。

依稀记得第一次踏入记者团办公室时那忐忑的内心，殊不知这正是我人生中第一次面试。都说刚刚进入大学的孩子是一张白纸，如何为之添色增彩完全凭借他（或她）大学中的成长与变化。诚然，我就是这样一张白纸，空白的头脑和彩色的绘笔，不断地渴望着新的知识与新的生活。

再次进办公室还记得指导老师带着口音的介绍，尽管内容已经无法具表，但大体记得是些欢迎和鼓励类的话语。不过，最终切入主题的却是那句"你们都来看一下，这是本期的报纸，看完之后，大家谈一下看法。"我很喜欢那一期的版面，也很中意那温馨的气氛。憧憬与渴望，便是我和校报首次见面后产生的情愫。

接下来的日子，我接受了一系列的培训，"记者是一种职业"的思想慢慢稳固。很羡慕当时"老帮新"的黄萍学姐对采访问题有着那么快的思路；很佩服这些学长学姐们在被采访的老师和学校领导面前不卑不亢的表现；很期待在写完稿件之后得到一句肯定。本着一种敬业精神，我慢慢学习，寸寸进步，终于迎来了第一次登报经历。原来，表面风光的背后，是有着一丝不苟、谨慎细心的态度来支撑。

诚然，在记者团这个大家庭里我学到的不仅仅是接受成为一名合格记者、编辑的培训，也是对自我综合能力的提高，我学会了和更多人主动地交流。虽然很惭愧地说，我在进入大二之后就很少去过办公室和参加例会，但是在我的心里却将那份工作和感情看得很重。进入大二的我终于可以独当一面，顺便还可以带着几个大一的孩子，这使我的心里得到了更多快乐。我希望，当校报不断吸收新鲜血液的同时能够更加充满活力与新生代的智慧。

大三时，我离开了校报，离开了记者团。然而，在校报的三年，每一天的记忆都会伴随着我，我与校报的故事也不会随着我的离开而消散。

我，不断地成长；校报，不断地发展与进步，我们学生记者的队伍也在不断地壮大。衷心地希望校报如家的气氛能够长久地传承下去，相信校报在与大家分享精彩内容的同时，为更多像我这样的人带去幸福的感觉。

（文／冯小娟）

悠悠墨色，愈久弥香

"墨香"，源自于学校图书馆前80级校友毕业二十年后赠送母校一块石碑上刻有的"三原墨香"四字。"墨香"体现传统文化浓重的书卷气息。校报的副刊取名"墨香"，既体现办学特色，又凸显学校浓郁的书香氛围。

《墨香》作为副刊，创办至今已有145期。

145期以来，每一丝墨香都源于一个个墨色文字，这墨色文字后面是数不清的缤纷生活，而这生活正是学校师生最最真实的生活。

她对"在严谨细致中不断创新，不失传统也符合大学生气质"的定位与坚持，让萦绕的墨香在师生们之中搭起了理解的桥梁，让淡淡墨香在同学们之中成为彼此相伴的媒介，让这清幽的墨香也建起了一个校外各界了解学校师生更生动的平台，让文艺的墨香萦绕于人们阅读之余。捧着这一份报纸，这一份墨香将你萦绕其中，你必然能瞧见同学们满是诗意的眼睛，听到他们中流击水的豪言，嗅到他们奋力前进时挥洒汗水的咸腥，感受到他们在成长时虽满是困惑却依然坚持前行的坚韧。这样的墨香由一群一直在成长的青年而散发，所以她的悠然清香久久不散。

而墨香的历久弥香，却是因为另外一群人——《墨香》的小编们。

《墨香》创办至今的145期里，墨香里的学生编辑们在一届一届地交替着，但是《墨香》彰显学校师生勤勉求知和慎思笃行的传统并没有因此出现断层，对作品认真严谨的态度依旧在延续。

这一期一期的报纸里，尽是墨香小编们对投稿同学的感激与尊重，对所投稿件的珍惜与重视。作品的使用情况，从最开始的由学生编辑口头传达，到后来的书信告知，再到现在校报微博及校报人人主页等网络媒体的应用，这些都是小编们将信息尽可能第一时间告诉作者的渠道。

这一期一期的报纸里，也满载着小编们对读者的认真负责。这些年来，《墨香》结合校园热点和同学们的来稿，策划了一系列贴近大学生生活、提升校报可读性的专题。这些专题不仅丰富了校报的内容，还展示了学校学子活泼清新的文字风格、阳光乐观的生活态度和积极进取的学习风貌。

二十五年，岁月如白驹过隙。忆往昔，跌宕起伏里这墨香日益香浓；观来日，愿伊能似佳酿般随时间的推移越发醇美厚重、沁人心脾。愿这悠悠墨色，经久不息，愈久弥香！

（文 / 窦玥声）

与墨香同行

在北印的一年多以来，有一个伙伴总是陪伴我，从没离开，那就是《墨香》。还记得大一军训的时候，学姐学长热情的敲门声打断了我与舍友间的笑声，"校报"这个词在那天驻扎于我的大脑，我仿佛找到了一个能够收留我的家园能够发挥我才能的天地。年少的孩子总是有源源不断的想法需要表达，像是溢出杯子的凉白开，也许没那么有营养，不能拿出手宴请宾客，但是却甘甜又实实在在地存在着。刚刚开学的时候，我最热衷的事情就是为校报四版投稿，天天等待他们的回信。就这样，生活一旦有了盼头，日子也就过得快了起来。

一年多来，我断断续续地发表了几篇充斥着小情绪、小感动的文字。每次知道自己的稿件被录用了的时候，我都高兴得像个有糖吃的小孩子。每当等到宿舍楼下的桌子上出现厚厚的一大摞校报供同学们阅读时，总是一个上午就能被同学们拿完。这薄薄一张纸的半月刊竟然如此受欢迎。

《墨香》虽然只占一个版面，但是文章都是经过精挑细选的。细细品读其中的每一篇都能从中找到自己的影子。很多人都说，读文章不是在看文章中的人，而是在文章中找曾经的自己。因为文章都是同龄人写的，所以自然也便多了些共鸣。关乎友情、关乎亲情、关乎青春的迷茫，以及关乎喜悦和幸福。有的文章只讲一个故事，娓娓道来却让我心潮澎湃；有的文章像一团雾，朦朦胧胧却浸入了作者饱满的感情。也许每篇文章都会有或多或少的瑕疵，但这却是大学生最真实的生活写照。

我还喜欢《墨香》的插图，记得有一期的主题是"阳光姐妹淘"，简单的版式设计却给了我最亲切的感觉。页面下方是两个女孩子拿着叠好的纸飞机一起放飞，仿佛那些纸飞机便是我们的梦想，总有一个女孩子陪你一同筑造，一同放飞。你的梦想可大可小，可能很容易就能实现，也可能需要一辈子努力才能看到它的轮廓雏形，但最重要的是，这一路上有一个人在陪伴，不管是沿途的风景还是小女生间的心里话，她都看得到、听得到。我们在一起手牵手，就是最阳光的姐妹淘。

这一年多的时光，谢谢《墨香》陪着我一同走过。在我看来，她像是我最亲密的姐妹，因为我将我的感动与彷徨都同她分享。在这四年的大学生活里，我与墨香同行，一起梦一起飞。

（文 / 孙悦）

军训，和自己的战斗

我想，这个夏天，注定会在我的记忆中珍藏着。

灼热的空气，刺眼的阳光，整齐的队伍，嘹亮的口号……这一个个元素组成了一幅画面，描绘着我们的军训生活。

出生在军人家庭的我，对部队生活并不陌生，军人在我眼中一直是很帅气的，他们有着挺拔的身影，严谨的作风，走路必定成行成列、步伐一致，工作必定服从命令、听从指挥。但是我从未仔细地想过，他们这样令人钦佩的纪律性是怎样磨炼出来的，直到这次军训我才明白。

我一直以为军训是很让人厌烦的，却没想到，在军训的这些日子里，我正在悄悄地被改变。站军姿，踢正步，擒敌拳……我在一次次的摆头、踢腿、摆臂之中学会了坚持，学会了咬着牙挺下去，学会了为集体的荣誉而战斗。令我惊讶的是，看着自己一天天晒黑，体会着汗水顺着后背流下去的感觉，感受到每天训练后四肢的酸痛，我心里充斥着的，不是厌倦，不是烦躁，而是混杂着骄傲、欣慰，还有一种让人无法言说的感觉，虽然说不清道不明，但是我知道，那意味着我正在逐渐改变，逐渐成长。

只有当自己亲身体会到作为一名军人的辛苦，才能了解军人身上散发出来的那种气质是怎么得来的。我们以军人的情怀，军人的作风，体验着军队里的生活，但我们所能体会到的不过是他们的万分之一。只有日复一日、年复一年，将这种作风转化为一种习惯，让它铭刻在骨子里，这样才能修炼出军人的气质。

军训很快就要结束了，我所经历的只是一段有限的日子，但我所得到的东西将会使我无限受益。军训生活中有欢笑也有泪水，我相信在我们的生活中经历的事情都是有意义的，记得有这么一句话：如果你觉得这一段日子过得特别艰难，那意味着你所得到的将特别的多。军训虽然十分辛苦，但是它磨炼了我的意志，使我学会了坚持。"宝剑锋从磨砺出，梅花香出苦寒来"是军训的体会。"千磨万击还坚劲，任尔东南西北风"是军训的结果。

军训让我们以军人的姿态，去践行青春的誓言，去体验生命的精彩。军训使我们体会了军人的生活，我们虽不能真正地成为一名战士，但我认为军训也是一场战斗，是一场和自己的战斗。我相信我可以顺利地完成这场战斗，在未来，看见一个更好的自己。

（文 / 曹畅）

唯有感谢
——记教官们

烈日下流淌的，不是汗水，而是坚持的精神；暴雨中屹立的，不是身躯，而是不灭的军魂。感谢你们，用自己的寂寞与辛劳守护着我们的微笑；感谢你们，用不变的关心和坚强，点亮了这个炎热的夏天——感谢你们，教官。

犹记得第一次相见，闷热的天气中，那一身身厚实的军装，着实醒目而让人难忘。整齐的列队，精彩的表演，一切都似乎在明晰的昭示：你们，是武警。冷静到近乎冷酷，严谨到几乎严苛。而我们将在你们的领导下，开始这为期十三天的军训生活。不可否认，那时的我对你们的印象着实不好，那时的我更是从未想过，自己会对军训生活如此不舍，感悟良多。

对于开始几天的军训生活，印象最深刻的莫过于热辣的阳光。然而，在我们穿着短裤和短袖抱怨着天气炎热时，你们正穿着厚厚的军装在操场上教导我们：踢正步，擒敌拳……汗水浸湿了衣襟，而我们却从未在你们脸上看到任何的不耐烦或是后悔。相反的，我看到的是你们细心地教导、训练时的欢笑，以及你们脸上汗水冲刷不掉的坚持。

那一天的泪水，不是因为军训的辛苦，不是因为长官的训斥，而是因为你那一句再平凡不过的安慰。那天，因为同学们在晨跑时休息人数过多，教官们被连长责罚在操场上做三个前扑。看着你们扑倒在粗糙的塑胶场地上，眼泪在大家的眼眶中打转。而你们却揉着刺痛的手臂，笑着安慰我们："大清早的，那么不开心干什么，根本不疼。"也许你们并不知道，正是这样的话语让我们再也控制不住眼泪；正是这样的微笑让我们暗暗下定决心，会尽一切努力训练，为你们争光；正是这样的情景，让我们真正与你们融成一体，亲如一家。

还记得最后告别时，你们标准的军礼，我们微红的眼眶。还是那样挺拔的身躯，还是那样伟岸的背影，却在阳光下透出了莫名的伤感与离愁。从最初相见时的忐忑，到最后离别，短短的十三天，我们已经学会了以一个军人的标准约束自己，我们已经与你们成了最最亲密的朋友，再也无法忘怀。

回首十三天的军训生活，对于教官们，我想说的只有感谢。感谢你们的教导，感谢你们的关怀，更感谢你们用自己的行为告诉我们何为责任，何为坚强，也许今后我们再见的机会不多，但我们仍会祈祷，祈祷今后的某天，我们能于某个街角相见，让我们能对你们说一声感谢，道一句祝福。

（文／汪欣桐）

德业之师，以父道事之

三寸粉笔，三尺讲台系国运；一颗丹心，一生秉烛铸民魂
——题记

2012年教师节悄悄来临，我们总想着要给老师送多大的礼才能表达自己对老师的尊敬，因为我们既没有程门立雪的坚韧，也没有张良三拾履的坚持。我们在绞尽脑汁想送什么的时候，似乎渐渐淡忘了教师节存在的真正意义。

教师节是一个简简单单的提醒，提醒我们在经历了长久的拼搏之后，是否好久没有去看望恩师了，没有与老师谈天说地，没有问老师过得怎样，身体好不好……这些其实都很简单，不似孔子的学生对孔子，见面就得行跪拜礼节；也不似秦始皇目睹了荆条就思念恩师那样深深地铭记；而是对老师，我们那份永远不曾忘怀的关心与崇敬。

我们的人生道路需要老师的指引。

"一日为师，终身为父。"为什么子贡能为孔子守陵六年？为什么鲁迅对寿镜吾有着一生的崇敬与怀念？那是因为老师教给我们的，绝对不仅仅是"授之书而习其句读"，他还教我们为人以善待之，处事张弛有度……我永远也不会将老师忘却，不会忘记老师陪伴我们成长，教导我们的无数日夜。这恩情不是一蹴而就的，是在平日里一点一滴积攒起来的。受滴水之恩的我们无时无刻不想着涌泉相报来慰藉恩师。

曾经一直觉得《每当我走过老师窗前》这首歌幼稚、造作，但仔细体会，却感受到作者诉说着的对恩师浓浓的崇敬与怀念。

"师之所存，道之所存。"许多人认为当今社会早已没有那么浓重的尊师氛围了。我并不赞同，从浅了说，我们绝不会忘却我们至亲一般的师长；往深了说，儒家尊师的意识一直深深扎根在我们这些年轻的炎黄子孙身体里。我们或许很有个性，但请相信我们从来没有忘记惦念老师，我们只是失去了表达内心对老师们深深的爱的能力。我们常认为老师们都懂我们对他们的爱和关心，总是希望他们默契地猜中我们心中所想，久而久之，那一句最简单的话就变得那样遥远，而当我们鼓起勇气的时候，又有各式各样的原因让我们退却。但我们绝不会因为时间忘却那些骂过我们、罚过我们、奖励过我们、帮助过我们的师长。我们爱为这神圣职业奉献一生的老师们！

教师节来临之际，伟大的老师，我们给您捎去的祝福虽不能完全表达对您的爱，但绝对是远方的孩子们对您思念的一种寄托，也是对您对我们担心的一种抚慰。

（文 / 黄志杰）

您陪我走过

岁月淡雅，时光绵长。不觉间，已逝去好多个春秋。

您是一位教师，在平凡的岗位做着不平凡的业绩。

我自己是个骨子里孤僻喜静的人，不善交际却又自大，不在乎别人眼中自己是怎么模样，不关心考试分数几何，只遵从自己的心。

您无意中出现，耐心而平和，内心强大，让人有所依凭，让这种生活方式有了变化。

彼时，我缺少一个能够指引自己认清自身的人，缺少关怀与温暖，在世界的一角独自存活，孤芳自赏。

忽然间有那么一个人站在前方，为自己照亮前行的路，才觉前路宽广，天地浩大。与此同时，温暖也透过这光亮一同到来；因而，依赖并难以忘怀。

数学，一直是弱项。您不厌其烦地为我讲解我练习中的每一个误区，并不断给予我鼓励；考试失利时，您仔细地为我分析失利的原因并加以指导，以便我在下次考试中不会犯相同的错误；伤心失落时，您会言语恳切地耐心开导我，让我对梦想、前途充满希望。

您是一位教师，没有富可敌国的资产，亦没有惊天动地的伟大业绩。但是，您怀有的是真诚而尽责的品德，是一颗视学生如子女的心。

这，是其他任何事物所无法比拟的，也比其他任何事物都要来得真实、珍贵。

教师节到了，我不由自主地想起了您，想起了年少岁月的阴雨天气里您为我撑起的那一方晴空，想起了久远而又真切追寻过的梦想。

我，也许成熟了一些。那些喜悦与悲伤、期望与失落，都随着成长而如烟云般消散。可是有一天，还是会积聚成雨水，一同下落。

但是，在雨水下落的那一刻，我已变得足够坚强，坚强得可以独立面对日后的风霜雨雪。阴霾过后，仍是有灿烂阳光的万里晴空。那些年里，谢谢有您陪伴我一同走过。

（文 / 朱宇晴）

教师心语

2013年，是我研究生毕业并参加工作的第十个年头，这一年我送走了我的第一届学生，甚是感慨！传09是传播学（数字出版）专业的第二届学生。

决定接手传09之时，亦是我刚刚做母亲之时。角色的转换让我毫不犹豫地接了这项工作。对于班主任工作我没有任何经验而言，完全是凭感觉行事，这也导致我有形无形地把母亲这个角色带到了与他们的交往之中。

记得在他们刚刚入学不久，一班的一个男孩在QQ印象中评价我是"41个孩子的新妈妈"，可能就是我的写照之一吧。也是母亲这个角色让我学会了换位思考，因此公平、公正地对待每一个孩子，没有高低贵贱之分，没有漂亮美丑之别一直是我的工作准则。

临毕业时，拿到我们的毕业合影，我发现每一张笑脸都是那么灿烂，一班团支书李蒲评价说"看自己的孩子怎么看都是好的"，准确地表达了我的心声。我给予他们的真诚和信任同样换来他们对我的认可和支持，我们共同走过的这四年，他们在成长，我何尝不是呢！

班主任工作并不是我接触他们的唯一渠道，我还是他们的任课教师，是他们的导学，所以我将班主任工作同其他环节结合起来，渗透到每个环节中去，让各项工作并不孤立完成。但我不觉得我只是老师，也是他们的朋友，特别是看到他们在社团工作和班级活动中表现出的积极上进的一面，让我不得不以同等的身份去看待。这种亦师亦友的沟通，让我很快被他们接纳和信任，这种认同也让我感受到心灵上的滋润，我想这就是和年轻人接触的魅力吧，让我乐此不疲。

时光飞逝也好，白驹过隙也好，期盼也罢，伤感也罢，我们最终还是迎来了毕业季。感谢相遇，让我们一同度过这段青春岁月。我深知，我为你们所做的还远远不够，如果有机会重来，我想我会做得更好，更懂你们。但时光总是吝啬他停驻的脚步，我愿把机会留给未来，在你们需要我的时候。毕业了，这一刻的心情多么复杂而难以名状。在这一刻，我唯有祝福和期待。我总说，毕业，不是我们关系的终结，而是新的开始。大到突发事件，只要我知晓的我都在第一时间赶到现场，处理、协调。也是这样那样的小事拉近了我们的距离。所以孩子们送了一个很时尚的词给我——"八卦"，他们经常挂在嘴边的一句话是"包老师好八卦啊"。毕业前的师生座谈会，大概是我们坐在康庄教室里的最后一次"八卦"了，有许多欢笑，亦有淡淡的离愁。在近四年的接触中，我和孩子们保持着频繁的互动和无阻的沟通，虽然年龄上长他们十多岁，但是这四年里，我们共同成长了，我感谢他们。在这四年里，我们是亦师亦友的关系。老师跟学生不是对立的，不管是学生还是老师都应该有着的认识。

也许这样才是教育的有心而无痕的境界吧。

（文／包榅慧）

印韵华梦

——谨记北京印刷学院 55 周年华诞

皇皇华夏，巍巍印刷；源远流长，文明繁华；成文教化，生机勃发；播扬万里，馨香天涯。回望，印迹如轮滚滚翻转；俯瞰，印象如景徐徐铺展；远眺，印刷如光灿灿入眼；静思，印韵如律声声绵延。

印刷是人类文明之母，中国是印刷创始之源，教育是文化传承之道，北印是印刷教育之帆。五十五载，半百之年；栉风沐雨，跌宕砥砺；逐梦启航，阔步向前：唱出一首奋进曲，开辟一条发展路，走向一个新纪元。

薪火相继 破茧成蝶（1958–1978）历史回溯五十五个春秋，北印办学发源滥觞神州。

文化学院，应运筹建；本科学制，专业若干；印刷工艺，于斯出现。此为新中国印刷高等教育之始，亦为北印人高擎文明传承旗帜之端。自此之后，春风化雨；一批师长，讲台执鞭；夙兴夜寐，梦在心间。育成桃李连缀，赢得美名流传；播种印刷高等教育薪火，力促神州广袤大地燎原。

历史风云，际会变换；办学历程，时仅三年；文化学院建制撤销，印刷工艺专业将断。悲亦悲，难亦难，路遥遥，夜漫漫，可叹一辈印刷人泪涟涟，可想一批先贤师心何甘？四处奔走，多方呼号；戮力同心，排除万难；誓将印刷薪火传，更盼传承梦想圆。

功夫不负，叶脉连绵；印刷之要，社会共见；上级决策，运筹发展；保留建制，启开新篇。时序一九六二，岁为壬寅之秋，印刷工艺系整建制保留，中央工艺美术学院纳编。虽属挂靠，梦想之心盈满；徐图时机，兴建印刷学院。自此而去，十年又六；工科属性，美术血统；执着办学，不畏苦艰；相依相伴，共走共前。

风雨如晦，命运多舛；遭受劫难；停止招生，办学中断；信念仍旧，基础固坚。喜迎改革春风拂面，乐见招生人数翻番。大势既成，万事将备；印刷之梦，若隐若现：期冀破茧成蝶美景，兴建北京印刷学院。

白手起家 戮力前行（1978—2000）时光倒流至一九七八年，经国务院发文批准筹建，北京印刷学院独立兴办。

幸哉千秋事，美哉百代业。多年心血，经久向往；几番波折，朝思暮想；辛勤耕耘，薪火更旺。挂靠美院十多载，借寄他家养晦光；北印筹备组建立，印刷工艺系有望；单独建制从此始，独立办学终开张。根据协定，总结过往；即刻交接，互相协商；印刷整体迁出，不占美院一房；师生悉数流转，白手起家张忙。

创业维艰，问题多方；且急且难，此消彼长。建校之事大，基建为首桩。四处选址，审批立项；经冬至夏，征地时长；忙忙碌碌，设计图样；年至八三，开工上梁。于大兴之黄村，成今日之景象。建校之时虽忙，更艰难为租房。校舍无着，教学继往；无有片瓦，租借为方；五年五搬，时时仓皇；多方暂住，院后屋旁。所幸陋室养德学风正，所喜艰苦办学人才广。

多苦兴业，多难兴邦；经历十余年校园基本建设，始终不间断印刷教育梦想。进入九二，重心转向；土建任务告捷，聚焦教学质量。狠抓师资，上下同心；名校引起，内部培养；高尚师德蔚然，队伍实力更强。重视教学，育成栋梁；拓展专业，完善规章；教学评估达标，印刷人才多样。精心管理，党建领航；一个围绕，两个服务；菁菁印苑蓬勃，青春北印茁壮。

世纪跨越 乘风破浪（2000-2013）豪迈跨入新世纪新千年，壮哉我大北印跨越新发展。

新象新风，开启新程；管理改革，主管变更；市署共建，体制转型；原来新闻出版行业学府，转为北京市属院校大营。条件改善，队伍扩充；机制优化，动力又增；明确思路，路径更明；面向全国，立足京城；强化行业龙头地位，服务首都发展美景。

乘势而起，因势而升。战略发展，规划制定；凝练特色，人才支撑；提高质量，党建引领。学科专业门类拓展，科研实验气象峥嵘；校园建设大幅扩容，师生规模增势迅猛；"三结合"育人模式得优化，三万余英才学子显神通。更逢大事喜事，齐心协力共迎。抗击"非典"，接受"教评"，党建评估，五十校庆，北印神州芬芳香，传承文明气势宏。

抢抓机遇，宏图大兴。新闻出版强国战略，特色国际都市愿景；筑就北印腾飞华梦，加速学校跨越转型。四轮驱动，三大工程；机制创新，管理先行。柔性引进，院士带领；优秀团队，前后相从。学科主导，硕果频仍；教学改革，佳绩多重。科研猛进，经费激增；绿色研院，创新联盟；政产学研用一体化，园区建设大步流星。校园基建，大楼层层；绿色大厦，惊艳动工，铺就雄图，绘制鹏程；凝心聚力，国际知名，突出特色，提升水平，再造新起点新北印，共铸传媒类大学梦！

（文／蔡晓宇）

印由心生 院由此飞

在我人生的前18年里我从不知道，在遥远的北京有这样一所学校。然而今天当我已真正地成为它的一员时，我才相信，我来到这儿正是冥冥之中的一份缘分。

我是一位普通的贵州女孩，第一次孤身离开自己的家乡，来到首都，真正成为北漂一族。当我踏进印院校门的那一刹那，百感交集，我懂得，这将是我四年的归属，我应爱她，视她如家一般。我无法忘记我的母亲和姐姐送我到校之后离开的身影，我恋恋不舍，但既然选择了远方，便理应不顾一路风雨兼程。而我终将排除万难，坚持不懈，找到我的去向，实现我的梦想。

随着在日子的增加，我对北印的感情也在一点一滴的累积。从一开始在家仅从网站上看到它，到现在亲眼看到它，感受它，慢慢地去了解它，解读它的风情。我才发现，任何一个学校，都必定会有属于它独家的魅力——如北印，无可替代的只属它的精彩与韵律。

因为有爱，每一位印院之子都积极地参与社团活动；因为有爱，心心社、大学生志愿者协会等许许多多的公益组织在印院拔地而起；因为有爱，每一位印院之子都心怀梦想，努力高飞。

我很庆幸我是北印的一分子，印由心生，院从此飞。在这儿，好多未知的精彩正等着我们挖掘。苏静学姐，一个为梦想而生的旅行家，不需要有多少的钱，不需要有多少的人支持，不需要有多少地犹豫，只需坚持自己，依靠自己的勇气和信念走过许许多多有的人或许一辈子也无法到达的地方，北京女汉子，我敬仰你。王思思学姐，谁说女子不如男？她的直爽和开朗感染了北印的每一位学生，文武双全的她更是在我们每一位女生心里立起了一座高大的丰碑。当然，这样优秀的学长学姐在北印是随处可见的。他们身上涌动着梦想的热血，怀揣着对梦想的渴望，坚持着对梦想的追逐，他们用言语以行动给我们传递着正能量。有了如此强大的标杆，怎能让我们这些新生之子不为之赞叹与学习？怎能不让我心生仰慕，向往明天为梦想追逐的我？

我很庆幸，遇到了校庆55周年。岁月是一位雕刻师，时间则是一位美容师，55年已经把原来的北印改善得更加美好。如今的她，坚持特色发展，强化产学研结合，大力推进科研工作，实施科技创新驱动工程，坚持开门办学，加强对外交流合作。北印，一个坚定地为学子的学校，一个有爱的学校，一个桃李满园的学校。身为北印之子，我自当以此为傲，并整装待发，展翅飞翔，飞往梦想的彼端。未来，虽然还很遥远，但我相信必定是美好的。明天的我们则会更加努力，更加坚持，理想的道路往往充满了荆棘，困难重重，但就算摔倒就算受伤，那又怎样？我有梦想，我是北印新生，今日我以北印为傲，明日北印将以我为傲，我为北印代言，我为梦想代言！

（文 / 李福雯）

传承北印精神 做有使命感的新闻人

我对北印的第一印象，就是"专业"。就像在业界享有盛誉的北京电影学院、中央戏曲学院；北京印刷学院的全称也是以"学院"为结尾称呼的，其专业性一定程度上引领了行业发展方向。北印是北京乃至全国唯一一所以印刷出版为核心的学校。其中，如今奋斗在印刷出版领域的佼佼者中不乏北印校友的身影，这也足以说明北印的专业水平高度。

其次是北印人历代流传的使命感和梦想。曾经历史舞台上，中国被誉为"世界文明之母"。但是工业革命的兴起，西方科技的快速发展，取代了我们原有的成绩。印刷技术的落后制约了近现代中国社会的发展，"创办一所中国人自己的印刷大学，振兴行业"是第一代北印人的梦想，也是使命。在特定的时期使命远远高于梦想，带着这样的使命，一代代北印人不断奋进发展，促进新闻出版行业的发展复兴，不断地为新中国推动发展提供所需的必备工具。

如今，这份使命感依然鲜活的存在于每位师生内心当中，体现在每一天的日常生活学习当中。就像现在的我，仍能从我们的老师身上看到第一代北印人的身影，那种坚持的精神。从开学到现在，作为大一的我，接触最多的就是我的班主任，她不仅仅是班主任，更是一位优秀的新闻人，她的多种身份也是北印人的写真，她对我们言传身教，把她继承的使命感，传授给了我们。负责班级管理的同时，她把自己从业多年的经历毫无保留的讲授给我们。利用晚自习的时间，她与我们交流分析行业各种案例，提高我们的专业知识和新闻敏感度。

成为新一代新闻人，是我们新闻系学生应该肩负起的使命感。作为北印人，我要用北印的使命和精神去铸造、完成我的梦想。只有努力吸收养分才能茁壮成长，只有努力学习才能长大成才，所以我会努力学习专业知识，不断提高专业素养，成为一个优秀的拥有使命感的北印人，新闻人！

（文／刘子涵）

继承北印人精神品质砺志前行 勇攀高峰

　　跋涉出高中的三年苦旅，翻越过高考的崇山峻岭，我很荣幸来到北印这座神圣的学府，继续自己寻梦的征程。

　　北京印刷学院，五十多年风雨兼程、沧桑砥砺；五十多年锐意进取、求实奋进。我深知，北印从办学之日起就与国家新闻出版行业的发展息息相关，她始终以传承中华印刷文明，培养国家新闻出版行业需要的高级专门人才为己任。从校长的讲话中我得知，五十六年来，学校负重奋进、砥砺前行，形成了不畏艰难、勇攀高峰的北印奋斗精神，这精神始终融入于学校的成长和发展之中。从北京东郊到京南黄村，北京印刷学院走过了一段租房办学、五易其址的艰辛岁月。一代代北印人克服重重困难，无怨无悔，从建校之初师资力量严重匮乏、办学条件一穷二白，在百废待兴的基础上艰难起步，到第一次实现中外合作办学、第一次引入国家级公共技术服务平台，第一次获批主持国家级重大项目，第一次引进一流专家和培养校聘教授。一代代北印人秉承"不畏艰险、勇攀高峰"的奋斗精神，创造了一项又一项佳绩，实现了一个又一个历史突破。而如今，我成为北印学子，"北印人"的精神也将陪伴我一生。这种精神将永远激励我们奋勇前行，再创辉煌。

　　经历了多年老一辈人的拼搏努力，北印才有了今天，在人才培养、科学研究、社会服务、文化传承等方面取得了骄人的成绩。正如校长所说的，作为北印的新一代，我们恰逢国家、行业、学校发展的最好时期。而能否把握机遇，乘势而上，关键在于认清形势、投身时代。纵观当代社会，是一个需要复合型人才的社会，一个人的综合素质是在优胜劣汰的社会中胜败的关键。时代的发展，行业的竞争，为我们提供难得的人生机遇，同时更是对自身的挑战。尤其是对我们个人的综合素质提出的更高的要求。在这大学的四年里，我会丰富自己的学术涵养，塑造良好的品格。继承北印人"胸怀行业，勇于担当，追求卓越"的精神品质。牢记"传承中华印刷文明，振兴新闻出版产业，建设新闻出版强国"的伟大使命。我相信，只要付出刻苦的努力，北印这片土地，定会给我意想不到的收获。

学业是我们学生的永恒话题，我们不应仅仅为了及格而考试，知识是开启梦想之门的金钥匙，只有学业有成，才能为我校，为社会，为祖国做出更大贡献。因此，我将以自己最大的努力将大学课程学好，学会，学通。以课本为基础，把听课做重点，以读写为核心，尽力以最快的速度提升自己的知识储备。做到笔试过关，为考研奠定基础。

大学四年是一段最值得珍惜也是最需要努力拼搏的时光，青春易逝。在这未来的四个春秋中，我将靠自己的努力与汗水，勤劳与刻苦让其开出一朵绚丽的花，结出喜悦的果，我会牢牢把握这难得的时光，牢牢控制自己前行的方向盘，让自己的大学之路走向正轨，努力铸造自己的素质修养，让自己更加完善，更加有能力，为北印人梦想的顺利实现奠定坚实的基础。

百舸争流千帆竞，勇立潮头逐浪高。北印的光荣是一代代北印人共同写就的，北印的精神要靠一代代北印人薪火相传，北印的梦想更需要全体北印人的奉献与拼搏。我们作为北印的新生代，从成为"北印人"的那一刻起，要唤起作为"北印人"的自觉，担当起"北印人"的使命和责任。我相信，北印的光荣将会成为我们的印记，北印的梦想将激励我们前行。让我们携起手来，共同创造北京印刷学院更加美好的未来。

（文 / 朱珠）

北印回忆札记

阙一：山有木兮，心悦君兮

在我还没有考上北印之前，我可以说是非常向往这所学校的，可以说是心悦君兮，心向往之。我总是幻想着考上这所学校后所迎来的美好生活。记得在高三最后冲刺时，我曾经无数遍的激励自己，对自己说只要再坚持一下我就可以考上我理想的大学了。凭着对北印的向往，对未来的期盼，我终于考上了我喜欢的大学——北京印刷学院。

阙二：晓看天色暮看云，行也思君，坐也思君

考上了北印后，我的心情简直不要太美丽，每天都计算着时间，盼望着，盼望着，希望时间可以再走得快一点，让我离北印的脚步再近一些。等到我开始了大学生活后，我感到无比的愉快，加入了社团，还有各种兼职，学校的比赛等等，这些都让我感到兴奋，并且充满了干劲。这些活动和经历都是我以前从未想过的。

阙三：是离愁，别是一般滋味在心头

在北印已经学习生活了两年了，大学生活已经过去了一半，每年当我看到毕业生依依不舍的离别母校之后，我都感到有些伤感，想到自己未来也会像他们一样离开学校我就不免有些伤感。即将毕业，身边的朋友也将各奔东西。

（文／赵雪松）

冷风中的青松

十一月七日，立冬，水始冰，地始冻，万物藏。

十一月二十二日，小雪，虹藏不见，闭塞而成冬。

手机震动声"嗡嗡——"将我从温暖的宿舍拉了出来，"我去拿个快递。"说着关上门，利索地下楼。越接近宿舍楼大门，越觉得寒气重。我深吸一口气，一把掀开挡风的棉帘，"嘶！"即使有心理准备，还是被屋外的低温惊出了声。九月入校见到的一排青翠树木不知何时就落尽树叶，成了褐色。走在校园小道上，我用尽力气缩着脖子，恨不能全缩进暖和的衣服里。风呼呼地吹着，虽无形却似刀刃，刮着脸生疼。从宿舍楼到校门口那短短几分钟的路程，好似被冷风无限拉长，我呼了一口热气，开始跑了起来。

终于，到了校门口了，我放慢脚步，在门卫的注视下走出那扇小门。继而，迅速跑到快递小哥儿那，报上姓名和手机尾号，接过快递就往回走。一手提着快递，一手掏出校园卡朝门卫晃了晃，我便收起卡，摩挲着冰冷的脸颊，就要踏过那扇门。

"下次出门戴个口罩！"

一个声音响起，我不禁一愣。回头一看，平时看上去威严无比的门卫脸色缓和，朝我一笑，"天冷，容易冻着。"

"啊！是啊！谢谢您！"我回过神来，笑着踏过那扇门。

走了几步，回头一看那高大的身影，就好像看见冷风中的一棵青松，是那冬日里藏不住的生机。

（文／徐仟仟）

印苑虽小，温暖却真

在北印的校园里走着，随处可见的是一只只毛茸茸的可爱的小家伙们。刚入学时，天气还是暖和的，这群小家伙们便很慵懒地躺在草地、自行车的后座上，静静地享受着明媚的阳光，眯着眼睛看着熙熙攘攘的学生们。

他们没有固定的休息场所，在北印校园里"四海为家"，他们从不挑食，吃什么都像在吃山珍海味一般，他们很友好，不管是谁，只要轻轻走到他们身边，他们就会亲昵地在你身边蹭来蹭去……北京的天气越来越不友好了，这些可爱的小家伙们也饱受着刺骨的寒风。一周前，我的同学在学校里捡到一只刚出生的小喵，我们叫她斑斑。斑斑很乖，特别粘人，也很聪明会自己用猫砂，外面实在太冷了，同学不忍心让她待在外面，于是偷偷地放到宿舍养。但也不能让她一直待在宿舍，于是找到了一户好心人家收养它。

今天下午，我陪着同学带着斑斑去找她的新主人。在楼下遇到了宿管阿姨，本以为阿姨会责怪我们说宿舍不能养宠物，没想到阿姨小心地掀起毛毯，看着里面的斑斑，一脸心疼。阿姨问了我们一些有关小猫的情况，然后我们便走了。这时，阿姨喊着一只小猫的名字，把手中的面包撕成一小块一小块喂给它，送完斑斑回来的时候路过阅览室，看到一位学姐慢慢地打开门，让一只小猫进入温暖的室内，然后蹲下来慢慢地抚摸她……其实生活中很多小确幸就在我们身边，那一瞬间让你觉得很温暖很舒服。就像午后的阳光静静洒在身上，有种说不上来的美好。

（文／雷露）

我的 2017

公元2017，三尺讲台变成瞬间的人生记忆。没有靓丽华美的诗词诗句，不是七绝七律，这是我职业生涯中最后一个完整的四季。想想也说不上是彻底解放还是百感交集，不知怎样才能画个句号让自己觉得满意，只要顺其自然就好，不要刻意地思来想去。有句常言说的是普天下没有不散的宴席，回忆一下过去的30年，酸甜苦辣味道全齐。

第一次登上讲台，那时心静如水，无所畏惧，精力十足，哪怕多上几节课也绰绰有余。不管他们是语音语法，听说读写，泛读精读，无论怎样的教学手段都胆敢拿过来尝试。说什么师道尊严，我是不怕虎的初生牛犊，不是医生，我拥有纠错改过的自由和权利。爱的教育要一直耐心等待永远不离不弃，用良心耕耘传播教育理念，教会他们学习。不用担心也不必拼命，老师可以放松心情，寻寻觅觅，总是想把求知的快乐还给学生。不能说春蚕到死丝方尽，蜡炬成灰泪始干，只能算得上是走过几载仍坚守小小讲台。再也不能回到那踌躇满志的青涩的23岁，再也拿不到第一个月劳动挣到的69块钱，再也找不回500度近视镜看书的那双眼，再也记不得30多个春秋总共上过多少课，再也闻不到粒粒种子芳香发芽把泥土破，再也数不清浇灌培育的花草树木有几颗。再也没有纠结困惑悄然醒悟的大起大落，再也听不到课间叽叽喳喳的笑语与欢歌，再也抓不住心与心灵感相碰撞的刹那间，再也追不回那一去不复返的春秋与冬夏，再也体验不到教学相长，与孩子们同进步，再也不能剪枝松土，见证幼苗变参天大树。一届届，一茬茬，他们已经变成美丽的桃李，四面八方传来一个个令人惊喜的好消息。年轻气盛未曾挣脱得了虚荣浮躁做事急，岁月荏苒令时光飞逝就在来不及回首时，脸上已然刻上了永远抹不去的年轮痕迹，乌黑发亮的头发不知不觉多了银白几缕。多希望《真想再活500年》唱的不是歌一曲，当心理年龄还没准备好去迎接新的开始，也只好接受时不我待、光阴如梭这一事实。

太快了，一不留神，转眼已年过半百，那时，我们年龄相仿，就像兄弟姐妹，那时，我长学生几岁，他们叫我姐姐，那时，又过了一些年，姐姐变成阿姨，不知何时，走在路上，孩子喊我奶奶。忆往昔一颗年轻的心总是充满无限活力，看今朝年复一年还剩多少岁月斗转星移。昨天还明日复明日，而今天却明日何其多，多么年轻气盛也免不了被岁月磨平棱角。倘使还能回到20岁的美梦愈加虚无缥缈，这岁数才知道人生谁也做不到长生不老。多些珍惜时光用秒计，少点浪费不言愧惜，继知天命之年随之而来的地球人都知道。看一看人生自古谁无憾几多忧愁和欢喜，想一想君失骄杨我失柳，五十不把百步笑。活到老学到老还是不免书到用时方恨少，殊不知广袤无垠的大地风景是这边独好。

半辈子不长，不经风吹雨打怎见精彩世面，海阔凭鱼跃天高任鸟飞也要有鼎力相随。一要谢不可多得的几个知己之间的默契，二要谢生命中有缘我们大家一起来相聚，三要谢各位同行曾经给予的帮助和爱护，四要谢那些活泼可爱天真无邪的花骨朵，五要谢所有人对我所做一切所有的包容，六要谢善良激发了思考让我成长和进步，七要谢校园充满阳光活力四射那片净土，八要谢爱人家人和亲友一如既往地关注，九要谢此时此刻能在这里敞开把心扉吐。把昨天珍藏在心底，今天攥在手里看明天，让剩余的时光变成绚丽多彩的人生旅途。50岁的未来不是梦，生活从此才刚刚开始，像遮风挡雨的港湾让小船在这停靠歇息。虽然已不再风华正茂，抬头看夕阳无限好，竹杖芒鞋轻胜马一蓑烟雨任平生多潇洒。准备好啦，背上行囊向明天彼岸扬帆起航！

（文／陈义家）

冬衣

今年北京的冬天比往年冷了很多，湖水还未到十一月就已结冰了。

吕老师和男朋友看完电影后，手牵着手走进新开的商城。虽然没有什么要买，但是比起外面簌簌的寒风，现代化的玛特显然更适合情侣约会。

在经过一家男装门店时，吕老师的脑海浮现过一个单薄的身影。她把男朋友拉进店里，对他说："挑身羽绒服吧。"

男朋友有些犹豫，说："算了吧……我又不缺衣服。"

她似乎没有听到，径自挑选起来，然后拿起一件厚厚的羽绒服让男朋友试一下，即使不符合自己的穿衣风格，但是他想着既然是女朋友挑选的，便答应了。吕老师帮男朋友穿上后，看上去很合身。男朋友看着镜中的自己，摸了摸身上的衣服，傻呵呵地笑着，然后脱下衣服打算去结账。

她拿过男朋友手中的衣服，顿了顿说，"我来吧。"

男朋友听后，脸红到脖子根："怎么可以让女生付钱呢？再说你刚开始工作，手头哪有多少钱！"

"我买的东西还是我自己付吧！不好让你花钱……"

听到她坚定的语气，男朋友张了张嘴，欲言又止，看着她走向收银台。

吕老师看着衣服上的价格牌，问收银员：

"这件衣服可以便宜些吗？价格有些贵了。"

年轻的服务员接过衣服，摆出随时打包衣服的姿势，"我们这里不讲价，而且衣服里可是真羽绒。你如果要的话，我就给你装起来。"

那个瘦弱的身影在吕老师眼前晃了晃，想着如果那人能有一个温暖的冬天，她嘴角有一抹不易察觉的微笑，"这钱花得值"，她想。她让服务员换了件小一号的衣服，爽快地付了钱。

数天过去了，自从试穿完衣服后，男朋友就再也没见过那件衣服。他以为是女朋友忘记了，便委婉着提醒她："你前几天买的那件羽绒服挺不错！穿上去既好看，又暖和。"

吕老师听完有些害羞，微笑着说："是啊，他很喜欢……"

……"谢谢老师，但这衣服我不能要。"

"我知道你自尊心很强，不愿随便收别人的东西。这衣服是我给男朋友买的，但号买小了，他穿不上身，我看你穿着正合身，如果没人穿的话就浪费啦！"

"……"

"再过几天北京就更冷了，这里比不上你们南方暖和，你穿这么少肯定会感冒的，来试试这衣服吧。"

1997年，来自四川的他考入了北京印刷学院。北方的寒冬远比他想象的残酷，他不愿为贫困的家庭增加任何负担，也没有多余的钱买一身冬衣。

在北京，他第一次看到了雪，第一次体验了北方的冷，也第一次收到了感激一生的礼物，二十年后，他依然发自心底地感觉到这件冬衣的温暖。

（文／丁彦清）